图书馆之谜

〔日〕青崎有吾 著

李讴琳 译

人民文学出版社
PEOPLE'S LITERATURE PUBLISHING HOUSE

著作权合同登记:图字 01-2024-6342 号

Original Japanese title：TOSHOKAN NO SATSUJIN
© Aosaki Yugo 2016
Original Japanese edition published by Tokyo Sogensha Co., Ltd.
Simplified Chinese translation rights arranged with Tokyo Sogensha Co., Ltd.
through The English Agency (Japan) Ltd.

图书在版编目(CIP)数据

图书馆之谜/(日)青崎有吾著；李讴琳译. —北
京：人民文学出版社,2018(2025.8 重印)
ISBN 978-7-02-013937-8

Ⅰ. ①图… Ⅱ. ①青… ②李… Ⅲ. ①长篇小说-日
本-现代 Ⅳ. ①I313.45

中国版本图书馆 CIP 数据核字(2018)第 042727 号

责任编辑 朱卫净 张玉贞
装帧设计 钱 珺

出版发行 人民文学出版社
社 址 北京市朝内大街 166 号
邮政编码 100705

印 制 上海盛通时代印刷有限公司
经 销 全国新华书店等

字 数 240 千字
开 本 890 毫米×1240 毫米 1/32
印 张 11
版 次 2019 年 1 月北京第 1 版
印 次 2025 年 8 月第 6 次印刷

书 号 978-7-02-013937-8
定 价 69.00 元

如有印装质量问题,请与本社图书销售中心调换。电话:010-65233595

风之丘图书馆

2楼

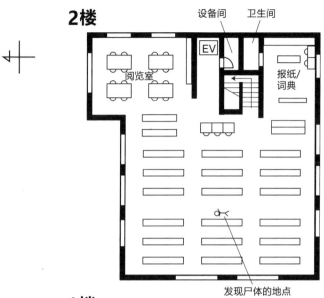

设备间　卫生间

EV

阅览室

报纸/
词典

发现尸体的地点

1楼

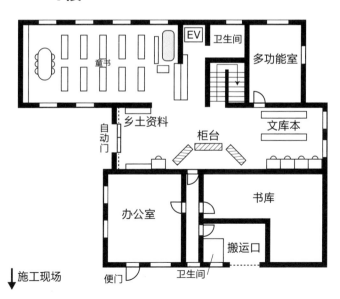

EV　卫生间

童书

多功能室

乡土资料

文库本

自动门

柜台

书库

办公室

搬运口

施工现场

便门　卫生间

逻辑至上

当我收到编辑邀约来为青崎有吾的《图书馆之谜》作序的时候，我诚惶诚恐。一我不是写过什么佳作的推理作家，二不是饱览万卷的书评人，所以接下来看到下面这些文字的您，一定得做好准备，因为这里既不会有多优美的文笔，也没有引经据典的高谈阔论，这可能是您看过的最"口水"的序。

知道青崎有吾这个名字，是因为陈思诚导演的《唐人街探案》。这部电影中曾提到了青崎有吾和他的《体育馆之谜》，同时一并被提到的作家还有埃勒里·奎因、歌野晶午、杰克·福翠尔，这三位皆为推理小说领域赫赫有名的大人物，所以尽管当时对青崎有吾这位作家还很陌生，但隐隐中觉得这必定也是一位大神级的推理作家。果不其然，当我在网上搜索"青崎有吾"这个名字之后，出现在眼前的，是推理迷们对其极高的评价。只可惜，有心一睹大神风采，却止步于语言的门槛，因为那时候国内并没有引进青崎有吾的作品。直到 2017 年"99 读书人"出版了青崎有吾的《体育馆之谜》，我终于拜读到了这位作家的作品，在整个阅读过程中，我经历了久违的阅读推理小说时的颅内高潮，而严谨缜密、滴水不漏的推理过程唤醒了我当初为什么会为"推理小说"着迷的记忆。

我高中时期在旧书店偶然买到了一本书，书的开篇便讲述了一起巴士上发生的谋杀案，死者被一个插满毒针的橡木塞扎到而丧命，正当警察还一头雾水的时候，小说中的侦探单凭这个奇特的凶器便锁定了凶手，之所以得出这个结论并不是侦探的臆想，而是依靠严丝合缝的逻辑推理。这本书名字叫《X的悲剧》，而它的作者正是被后人誉为"逻辑之王"的埃勒里·奎因兄弟。正是从这本书开始，我真正见识到了什么叫逻辑的魅力。这种类型的推理小说，没有多么华丽的犯罪诡计，也没有让人发寒的恐怖氛围，有的只是扎实严密的逻辑推演，作者将所有的线索与证据摆在读者面前，而后抽丝剥茧得出结论的过程，让人大呼过瘾。美国作家埃勒里·奎因兄弟，正是将这种小说的公平性和解答唯一性发挥到一定高度的大神级作家，由他们所奠定的这种风格被后人称为"逻辑流推理"。在奎因之后，出现了很多他们的追随者，而读者也很乐于将这些追随者中的翘楚冠以"奎因"的称号，比如日本推理小说家有栖川有栖便有"日本奎因"的美誉，而在日本平成时期（1989年1月8日起）出生，21岁凭借处女作《体育馆之谜》获奖并出道的90后作家青崎有吾就被人称为"平成的奎因"，足见其在"逻辑流推理"创作中的功力。

迄今为止，青崎有吾的"里染天马系列"出版了三本，它们分别是《体育馆之谜》《水族馆之谜》还有您现在即将阅读的《图书馆之谜》。其中《体育馆之谜》作为青崎有吾的处女作，一经出版便技惊四座，人们难以想象这本逻辑扎实严密的推理小说，竟出自一个年仅21岁的新人之手。年纪轻轻便写出如此老道的逻辑流推理作品的确让人对青崎有吾刮目相看，但年龄也将青崎有吾的弱点暴露无遗，这是每一位年轻作者都会犯的毛病，因为写作经验与生活阅历的关系，往往会让他们的小说难掩青涩，这也就是很多人会因推理大赞青崎有吾，却因文笔而颇有微词的原因。但经验与阅历都会随着练习与时间得到改善，青崎有吾也的确没让读者失望，随后出版的《水族馆之谜》和《图书馆之谜》，除了依旧保持着高质量的逻辑推理之外，其对叙事的节奏把控还有故事人物的描写，都在逐渐完善。而您现在手里的这本《图书馆之谜》，便是目前青崎有吾最好的"里染天马系列"作品。

　　《图书馆之谜》讲述了一座图书馆在准备开门迎客的时候，发现有人死在图书馆二楼。死者头部遭受重击，凶器是一本书，这是一起一目了然的谋杀案，但警方却犯了难。让他们困惑的是死亡现场，图书馆。死者在图书馆二楼遭到了凶手的袭击，可在图书馆一楼警方又发现除死者之外的某人的血迹，这个人是谁？死者在断气前用自己的血分别在地毯上和手边的一本书上留下了死亡留言，留言直指了凶手的身份，但他为什么要写两条留言呢？凶手作案时全程没有留下指纹，但却有意擦拭某段地毯上的血迹，这是为什么？这些遗留在现场的证据不多，而且几乎没有关联，警方对此毫无头绪，他们又又又只能求助本书的主角宅男侦探里染天马了。里染天马来到图书馆，他在死者的屁股口袋里找到一把断了刀尖的美工刀，随即又在图书馆的卫生间贴镜子的胶带上找到了断掉的刀尖碎片，正当众人以为这又是一个新的疑问时，殊不知，里染天马仅凭这个刀尖碎片已经将凶手的画像描绘得八九不离十了！而他之后需要做的就是推理、求证、锁定凶手，为此他列出了五条只有凶手才会满足的条件……相信我，在您接下来阅读本书的时候，您看到的与书中人物看到的别无二致，这些现场仅有的蛛丝马迹如何整理串联出背后的真相呢？还是由您去书中寻找答案吧，我就点到为止啦。

严谨的逻辑推理是青崎有吾的特色之一，而他的另一个特色是字里行间的动漫感，从以高中校园为大舞台的背景设定，再到中二感爆棚的宅男侦探，小说充斥着浓烈的二次元气息。这让您在阅读过程中可以自行脑补出一部动漫的画面。青春洋溢的校园伴随着谋杀，两者结合所产生的化学反应，或许会让您一面为逻辑推理惊叹，一面为主角们嬉笑拌嘴的生活细节会心一笑。这便是青崎有吾，这个宅男作家的魅力。

对了，既然是关于图书馆的谋杀，书中的主角又是一个十足的二次元宅男，那么，在本书中还有一个绝对会让您无比熟悉，甚至是亲切的小彩蛋，您会发现吗？

最后容我引用一句埃勒里·奎因的名言：祝君狩猎愉快。

Good bye！

怪异君

于深圳

主要出场人物

主要出场人物

（风之丘高中的各位）

袴田柚乃……高一，女子乒乓球队队员。文艺少女范儿的体育少女。不擅长考试。

野南早苗……高一，女子乒乓球队队员。柚乃的朋友。她在接下来要出的短篇小说集中会很辛苦。

佐川奈绪……高二，女子乒乓球队队长。文武双全，训练热心。

向坂香织……高二，校报社社长。里染的发小，幕后军师。

仓町剑人……高二，校报社副社长。面对社长的操纵束手无策。

梶原和也……高二，话剧团团长。我认为作品中最为讴歌青春的人就是他。

针宫理惠子……高二，因为种种遭遇，在夏季的尾声摘掉了假面具。恭喜！

八桥千鹤……高二，前学生会副主席。腹黑，被里染揪住了小辫子。

城峰有纱……高二，图书委员会主席。喜欢读小说，是图书馆的常客。

里染天马……高二，住在学校社团活动室的无用之人。

（图书馆及其相关人士）

那须正人……风之丘图书馆图书管理员。二十来岁，纯情派。

上桥光……同为图书管理员。和那须年龄相仿、眉清目秀的女性。

久我山卓……同为图书管理员。绰号是"列侬先生"。

寺村辉树……同为图书管理员。好脾气的叔叔。

梨木利穗……图书管理员兼馆长。神经质地对待一切。

桑岛法男……男性，前图书管理员。

城峰恭助……有纱的堂兄。横滨国立大学二年级学生，图书馆的常客。

城峰美世子……恭助的妈妈，有纱的婶婶。单身母亲。

明石康平……横滨国立大学二年级学生。恭助的朋友，清唱团团员。

（绯天学院的学生）

里染镜华……初三，里染的妹妹。对柚乃虎视眈眈。

忍切蝶子……高二，关东地区实力最强的女子乒乓球队队员。正大光明地瞄准佐川。

（警察们）

仙堂……县警搜查一科。经受基层锻炼成长起来的警部，最近开始学着妥协。

袴田优作……县警搜查一科。在仙堂手下工作的年轻刑警，柚乃的哥哥。

白户……保土之丘警署的老年刑警。在《体育馆之谜》里也曾登场。好事之人。

梅头咲子……白户的下属。因为眼光甚高（从某种意义上来讲很低），至今尚无男友。

目 录

前一天　期末考试来临

"主席，你这就回去了？"

就在城峰有纱离开自习桌，向门口走去的时候，柜台里的弥生跟她打了声招呼。她停下脚步，不好意思地笑着回答：

"嗯……因为我在别的地方更能集中注意力。"

她环视放学后的图书室。就连平常读者稀稀落落的阅览室，今天也都座无虚席，挤满试图最后挣扎的学生。"会考这个公式吗？""范围就到第二章吧？""放弃吧，和我一起下地狱！"这样的对话四处响起，让贴在墙上"请保持安静"的提示语失去了意义。考试的前一天，总是如此。

"啊？主席这就要走了？"

"我还想一会儿请教你《车争》① 呢。"

两个在弥生旁边摊开教材的女生埋怨着。

"古文的话我可以教你们哦。"

"不行的，三田师姐。要是你教，我们反而会更不明白……"

"你们居然这么说！"

半开玩笑挥起拳头的弥生。师妹们用教科书当作挡箭牌，哈哈哈地大笑起来。

---

① 《源氏物语》的一个段落。

"既然主席要回去，那我也走吧。"

"弥生，今天轮到你在柜台值日，可不能走哦。"

"你真够认真呢。"

弥生取笑她道。有纱在第二次涌起的羞涩感中离开了阅览室。

四月确定职务时，有纱抽到了下下签。一转眼五个月出头的时间已经过去。高中的图书委员会主席虽然并不需要承担太多责任和义务，但至少对于有纱来说是个重担。她当上图书委员只是因为喜欢读小说。她一直以来都不太擅长组织人员，也不善于融入各种圈子。

"号外！号外！号外！"

她一走出入口，就听见了朝气蓬勃的声音。那是早就埋伏在此的报社成员向放学回家的学生发放最新一期的校报。女社长积极主动的身影似乎给了有纱一种压力，她慌慌忙忙地靠边溜走了。

她把女式自行车从车棚里推出来，骑向正门。伴着生锈刹车发出的声音，她沿着林荫道向坡下驶去。九月中旬的空气依然闷热。

有纱的两条发辫在风中飞扬，她心里盘算着接下来该去哪儿。回家倒是可以，但是她想找个更能集中注意力的地方安安稳稳地坐下来。一个安静、凉快，适合复习备考的地方——要是这样，还是去老地方稳妥。

比学校图书馆更大的书籍城堡。那是对于怕生的有纱来说，为数不多的属于自己的地方之一。

车站对面的图书馆。

她跨过道口，穿过商业街，进入风之丘的住宅区。在临近公园、球场，却更为恬静的一角，有一片树丛，横滨市立风之丘图书馆就伫立在这里。

两层楼的混凝土建筑，就像拼在一起的两块正方体积木。外墙是灰色的砖墙风格，窗户上装饰着淡淡的红褐色线条。建筑物棱角分明，唯有安装着自动门的中央区域，拥有可爱的弧形天井。这种微妙的设计十分符合公共设施的风格。

作为每个区都拥有的地方图书馆之一，它的规模并不是特别大，但是和市内其他图书馆可以馆际互借，所以一般的书籍在这里都能看得到。出生并成长于这个街区的有纱，自幼就出入于此，来的次数多得都数不清。多亏如此，她现在已经成为了一名图书管理员都认识的常客。

她每次来，都会震撼于书架上书籍的庞大数量，纠结着到底该借什么，最后背着鼓鼓囊囊的书包回家。新书的话，她依靠零花钱拼拼凑凑在书店里买，而其他书基本都依赖于图书馆。无论是与芝田胜茂相逢，得知儒勒·凡尔纳的名字，还是沉迷于京极夏彦，都是在这里。对于有纱来说，图书馆既是熟悉而亲密的友人，也是为她开拓未知世界的老师。

她把车放在自行车停车场，走进了自动门。

就在她迈入的瞬间，顿觉空气的密度升高了。纸张的气味，人工调节的室温，还有不可思议的宁静。整个地面都覆盖着浅灰色的方块地毯，将脚步声吸收。隔壁的施工噪声也被隔绝在外。或许有人会觉得这种气氛让人憋闷，但是有纱很喜欢。

进馆后第一个大厅是乡土资料阅读角。左侧是宽敞的童书阅览室，从图鉴到连环画都能找到。经过这里，右侧靠墙是大型柜台。在里面工作的职员们身穿围裙，胸前别着姓名牌。这两点把他们和其他人区分别来。柜台正前方是楼梯，整个二楼都是普通图书的开架区域。

有纱正要上楼，只见电梯前，两名男子正在叽叽咕咕轻声交谈。一个是套着深蓝色围裙的长发男子，另一名则是身穿凉爽衬衣的青年。

"可是，非得我们馆不可吗？"

"对。能麻烦你想想法子吗？"

"我倒是没问题……"

"那就拜托了。无论如何今天之内……"

"恭助哥。"

听见她呼唤，青年吃惊地转过身来。然后抬手示意："哟，有纱！"他另一只手抱着几本书。

他的名字叫做城峰恭助，和有纱姓氏相同，是因为他俩是父亲这边的堂兄妹。两家人住得也近，所以有纱从小就常常让恭助陪她玩。尤其是，他俩难得有在图书馆碰不上的时候。有纱爱书，在很大程度上也是受了他的影响。

"久我山先生，那就回头见。"

恭助向与他交谈的人说道。对方沉吟点点头，对有纱也颔首致意，然后回柜台去了。这位姓久我山的图书管理员，因为外表和有名的音乐家列侬相似，所以有纱私底下叫他"列侬先生"。

"你们在说什么？"

"我请他从书库里取本书出来，所以找他商量。"

恭助和有纱一起走上台阶，用不影响周围人的音量低声交谈。

"你是来借书的？"

"不是，我来复习，准备考试。明天就要期末考试了。恭助哥呢？"

"我和明石一起在做暑假作业。"

"你们有作业呀。"

"是教育学的读书报告。不过，资料比想象的要少。"

"你用大学里的图书馆多好。"

"太大了，待着不舒服。还是这里能静下心来。"

恭助爽朗地笑道。他柔和的笑容还是和小时候一样，让人如沐春风。

接着，他把声音压得更低，喃喃道：

"那本书，今天好像还没人读过。"

"嗯。"

在她拘谨地回答时，二楼已经到了。

两个人向右侧的阅览室走去。在桌子的一端，恭助的朋友明石康平开着电脑，冲他们小声地打招呼。

"有纱，好久不见，"康平接着又开恭助的玩笑说，"我说你怎么来得这么晚，原来是和可爱的堂妹在约会呀。"

"我们偶然碰上的。她说明天要期末考试了。"

"哇，真的？不过有纱，你成绩应该不错吧？"

"没有，哪有那么好……"

她想要否认，但恭助他们已经自顾自聊下去了。打工的时间没问题吧？哎呀，还真快到了。那接下来的部分就下次再做吧。他们俩是再往前一站路就到的国立大学二年级学生。大学生轻松又自由，看上去很成熟。

"我们要回去了。你坐这儿吗?"明石问。

"哦,不用,我坐凳子那边就行。只是重新看看课本而已。"

"城峰,我们走吧。我骑车把你带回家。"

明石把电脑装进包里,朝楼梯走去。但是,恭助却没动,他忧虑地凝视着有纱。

"怎么了?"

恭助微微一笑:"……抱歉,没什么。你好好学习哦。"他转过身追上明石。有纱听见明石在挖苦他:"那么舍不得?"

有纱茫然若失地呆立着,直到阅览室其他人的视线把她拉回现实世界。她把书包重新背好,向书架之间走去。

"英美小说""东洋小说""非虚构类读物",还有"日本小说"。

在国内小说的书架前,有一个较为宽敞的空间,读者稀稀拉拉地坐在四方形的凳子上。一边调节老花眼一边读报的老人。查阅东西还不太熟练的初中生。还有戴着漂亮圆顶硬礼帽,身穿皱巴巴的 Polo 衫,打扮很不协调的大叔,他埋着头似乎在打瞌睡。有纱来到"Ra 打头的作家"这一排前面,在一张空凳子上坐下来。

"橙子,看这边!"

她突然听见逗小孩的声音。朝书架一看,发现眼前站着一位辣妈。她正向年幼的女儿摆好手机,好像要拍照。有纱皱皱眉头在心里说:这可真有点不守规矩。

就在这时,或许是因为两个人想到了一起去,有纱的视线越过这对母女,与站在书架一端的一位少年目光交汇。四目相对只在一瞬间,对方的视线立刻撤回到书架上。

少年端正的侧脸靠近书脊，正用手指摸着选书。他身上穿的衬衫和深绿色的领带，是和有纱一样的风之丘高中校服。

他和自己以及恭助同为这家图书馆的常客。有时候有纱会看见他坐在凳子或阅览室的桌前看书。不知道他是性格容易厌倦还是阅读速度异常快，前一刻还在阅读早川文库《特色作家短篇集》，下一分钟便摊开了穗村弘的诗集。真是个有点奇怪的人。他还频繁出入学校图书室，在那里他经常阅读的是轻小说和漫画。

他应该是姓里染。因为他是隔壁班的，因此有纱几乎没跟他说过话，但是据闻他的学习成绩超级好。他临近考试还在选小说，也是因为游刃有余吧。

啪嚓——快门的声音响了起来。辣妈和她的女儿吵吵嚷嚷朝其他区域去了。有纱松了口气，抚慰般地看了一眼被当成摄影背景墙的书架。她没有坐在阅览室而选择了这里是有原因的，她想把自己喜爱的一本书纳入视线之内。

在"Ma打头的作家"这个书架，从下往上数，第三行中有一本硬壳精装书，浅灰色的书脊上用红色文字写着作者的姓名——

《钥匙之国的星球》——森朝深零。

在这座图书馆的十二万册藏书中，有纱最为珍视的就是这本书。大约二百五十页。封皮是没有装饰图案的布面，横向印刷的标题围绕在常春藤的边框之中。角落上贴着一个条形码，上面写着"风之丘图书馆"。翻开书，跃入眼帘的是全书四个章节的目录，还有洋溢着异国气息的人名。那是登场人物介绍。因为有纱已经彻底把它背了下来，所以即使不从书架上取下来，也了如指掌。

贴在背面封皮最下角的，不是写着出借编码的标签，而是一个写有"馆内专用"四个字的红色标签，它意味着这本书是不外借的。尽管它放在并不显眼的地方，但是有纱常常看见有人在读它，可能是因为标签引人注目吧。恭助说的"那本书"指的也是《钥匙之国的星球》。有纱总是很在意这本书，每当看到有人读它，内心都会一阵悸动。

她从手拿书本的里染身前穿过，向阅览室走去。他好像已经选好要读的书了。她扫了一眼封面，是皆川博子的《吃东西怕烫的男爵》。她不由得也心神不宁起来。

有纱把眼镜往上推了推，从书包里取出了教科书和单词本。

＊

"我要借几本书，你在外面等等我吧。"

下到一楼，城峰恭助对朋友说道。

明石康平出了自动门，恭助则走向借阅柜台。刚才和他说话的图书管理员久我山正坐在里面。没有其他人排队借书。

恭助和平时一样，把六本书和借阅卡放在柜台上。久我山一边机械性地说"借阅时间两周"，一边扫描了书的条形码。

《旁听》《梦的远近法》《瓶中手记》《教育咨询入门》《特别活动与人的塑造》《道德教育论》。机器吐出一段再生纸，上面用黑墨水打印着每本书的书名和归还日期。久我山把它撕下来，又从笔筒里取出了一支红色圆珠笔。然后，他把借阅回单翻了个面，迅速地写了几个字，夹在了《旁听》里。

"请拿好。"

久我山把书递给恭助的时候，两人对视了一眼。管理员目光中流露出些许不安。恭助若无其事地冲他笑了笑，离开了柜台。

恭助向在自动门边等他的明石走去。途中，他抽出夹在书里的借阅回单。他看了一眼纸上排列的书名，假装无意似的翻了个面，弄清圆珠笔写下的文字，再次夹回书里。

回单上这样写着：

按"输入"，251026。

*

陈旧的荧光台灯虫鸣般的持续低吟。

有纱用自动铅笔的笔尖哒哒哒地敲着笔记本的空白处，翻阅着参考书对答案。同样的事她已经反复做过多次，所以空白处已经刻下了无数个小黑点。连起来似乎可以画出星座来。

夜晚。有纱继续在自己房间里和考试范围搏斗。

有纱一直坚持到图书馆闭馆，完成了英语阅读的考试对策。数学 B① 的最终确认也利用晚饭和周一九点电视剧的间歇在起居室完成了。现在复习的是物理习题。只错了一道，检查一遍后发现，只是纯粹的计算错误。总之，照这样看，明天要考的科目应该没问题了。虽然还不能掉以轻心——

她觉得自己有点拼过头了，大大地伸了个懒腰。

一看钟，现在是十点五十分。她拢拢头发，在背心上套上一件 T 恤，下了楼。

妈妈和弟弟正在起居室里看综艺节目。

"我去买点喝的。"

"啊？这么晚还出去？"

---

① 数学 B 为高中二年级的科目，数学 I、数学 A 为一年级的科目。

"我就到自动售货机那里。"

"你小心点哦！"

妈妈的视线立刻又回到了电视机里 SMAP 的身上，她是稻垣吾郎的粉丝。

她穿上运动鞋来到门外，打开自行车锁。虽然在步行距离里就有自动售货机，但是有纱想散散心，打算去图书馆。图书馆前面的自动售货机卖一些非主流的饮料，有纱挺喜欢的。

就在她踩上脚踏板的时候，衣兜里的手机响起了邮件的提示音。她打开一看，发件人是"城峰美世子"。这位是恭助的母亲——也就是有纱的婶婶。她打开邮件，而内容更是让她感到意外：

"恭助在你家吗？他九点半左右出门，到现在还没回来。"

美世子婶婶真是过度保护！

有纱苦笑着回信道："他没来我家，不过我觉得不会有事。"发完她便骑车出发了。

恭助的父亲——有纱的叔父十年前去世了。美世子一直和恭助两个人生活。或许是因为这一点，她总是爱操心，时不时会发这种邮件来。恭助都二十岁了，晚上在外溜达的情况也是有的。或许他正一个人在横滨闲逛，也有可能在和明石喝酒，或是和女朋友约会什么的。

和白天迥然不同，夜晚的室外还是凉飕飕的。有纱在灯光下骑行，经过一盏盏路灯。在踩了大约五分钟脚踏板、呼吸急促起来的时候，她到达了目的地。

紧挨着自动售货机，就是进入图书馆的道路。建筑物在树丛之间露出了它棱角分明的剪影。一盏灯都没开，这么看上去真让人觉得毛骨悚然。

或许是因为这种情绪作祟，有纱觉得二楼的窗户似乎闪过一道光，鬼火似的转瞬即逝。

她条件反射地推推自己的眼镜，但是转念一想，一定是自己看错了，这么晚不可能有人在图书馆。

她转眼去看自动售货机，亮得炫目，与图书馆形成了鲜明的对比。有纱的目标是名叫丸美饮料的厂家生产的苹果汽水。她下了车，毫不犹豫地投入零钱。

咕咚一声，饮料罐掉了下来。她取出后立刻打开。拉拉环的时候，她感到手指一阵刺痛。金属边缘割伤了她的大拇指指根。哇，真糟糕！自己总是很小心的，看来现在果然注意力下降了……她心里这么想着，喝了一口饮料。强烈的碳酸立刻冲走了学习带来的压力。有纱把瓶罐从唇边移开，喘了口气——

就在这时。

停在一旁的自行车被狠狠地撞倒了。

*

与此同时。

袴田柚乃把教科书扔在一边，趴在桌上，自暴自弃地呻吟道：

"已经，不行了……"

第一天　地理、古文、案件、搜查

1　人之临终图书馆

在拐进通往图书馆的那条马路前，那须正人看了看自动售货机。他恰好想喝杯早晨的咖啡。买一罐吧。不，还是用办公室的咖啡机冲一杯合算。时间上应该还来得及。他赶走诱惑，和困意斗争着，走进图书馆院内。

那须是风之丘图书馆的管理员，今天他轮到五天一次的早班，比其他管理员要早一个小时上班。他需要打开自动门的锁，拉开搬运口的卷帘门，巡查开架区域，进行简单清扫，检查书库，设置空调，还要确认闭馆时使用的归还台。昨天他熬夜了，所以七点半上班完全就是件苦差事。尽管这个早晨晴朗清爽，可对于他来说似乎会是糟糕的一天。

"嗯？"

正当他慢悠悠迈动步伐的时候，看见前方有一个熟悉的身影。长及肩胛的直发，以及干练的裤装。

"上桥小姐！"

"哦，那须先生。早上好！"

回过头来的女子果然是上桥光。她也是管理员，和那须同岁。今天，在赛璐珞边框眼镜的衬托下，她清秀的容颜如往常一样美丽。只需看上她一眼，那须的困意就被抛到了九霄云外。他想，应该撤回刚才说过的话，一大早就能碰上她，今天真是个好日子——不对，等等。

"今天应该是我上早班呀？为什么你来这么早？"

"没什么大事……我昨天回家时，没有收拾从书库里拿出来的书。我有点不放心，想早点放回去。"

"啊？就为了这点事呀？"

"这本书我刚刚才修复完，要是又弄坏了岂不可惜……"

上桥不好意思地说道。那须不由得毫不掩饰地称赞道："上桥小姐可真是了不起啊！"为了一本书提早来上班，换作自己是绝对做不到的。她这股认真劲儿也极为出色。他俩明明年龄相同，却用这种显得很生分的方式说话，也是因为她过于认真。或许。

"对了，你修复的是什么书呀？"

"《人之临终画卷》的上卷。初版，带盒子的。"

"哦。梨木小姐说那本书装订的地方松动了对吧？是老化造成的吧？"

"也许是因为借书的人不爱惜。"

"最近的读者有些不守规矩啊。二楼卫生间的镜子也弄裂了。"

"那只是被寺村先生的拖布撞坏的而已。"

两人（至少那须这么认为）愉快地交谈着，穿过自行车停车场，到达了大楼。正面的自动门还上着锁，所以他们绕到了工作人员出入的便门。

便门是位于建筑物西侧的一扇不起眼的小门，安装着电子密码锁。呼叫器下面是用来输密码的小键盘，外面套着一个开合式塑料保护罩……本来应该是。

"咦？罩子怎么是开着的？"

上桥说道。

的确，平常总是合上的罩子开着，小键盘裸露在外面。

那须应声道："还真是！"但他并不怎么在意。他凑到键盘跟前，熟练地按下六个数字键：

2、5、1、0、2、6。

锁定解除，门开了。没有人影的办公室迎接了他俩。工作人员的桌子、摆放在各处的书籍手推车、文件架和复印机，还有烧水用的小水槽。熟悉的杂乱房间。

"上桥小姐，你修复的书在哪儿？"

"我应该是放在走廊里的手推车上了……咦？"

上桥正要去走廊那一侧房门的时候，又叫了一声。

门是开着的，能够看见走廊对面书库的入口。

"这道门，昨天回去的时候是关着的吧？"

"是吗？"

和便门旁的罩子一样，那须都记不清了。但是，他觉得平时这扇门的确是关着的。管理员兼馆长的梨木小姐在这方面有些神经质，每次回家时都会检查一番。

"真奇怪……啊，书也不在！"

进入走廊的上桥再次喊叫起来。那须跟过去一看，发现她正指着放在书库大门旁的橙色手推车——那是个带轮子的小型活动书架。手推车上放着几本书，但确实没有看见《人之临终画卷》这个书名。走廊下东西少，所以也不会混在其他东西当中。

"真奇怪。我绝对是放在这里的。"

"你虽然放在这里了，但不是在马上就要下班的时候放的吧？说不定是有人注意到，替你放回书库了。"

"会是这样吗？"

"肯定是这样。好端端放着的书，怎么会自己跑掉嘛……"

那须没把话说完，因为他又发现了一个奇怪之处。

走廊是以办公室的门为中心，向左右延伸的直线。办公室对面是书库大门和搬运口的门，右侧尽头是扇小窗户，左侧尽头是通向柜台的门。

而尽头那扇门，和办公室的一样，不知为何敞开着。

"那须先生……昨天回家的时候，那扇门也是关着的吧？"

"嗯，应该是梨木小姐关的。"

"关好的门也不可能自己打开吧。"

尽管没有上锁，可这是分割开架区域和办公区域的重要大门，闭馆时通常不会让它敞着。

"是晚上有人来过吧？"

那须穿过短短的走廊进入开架区域。他扫了一眼柜台内侧。墙边是存放馆际互借的图书和预约图书的大型书架。没有异样。正面的借阅柜台——

就在那须目光所及的那一刻，他大吃一惊。

办公椅五个圆滚滚的轮子冲着他倒在地上。柜台下的地面，有着与浅灰色地毯明显色调不一致的污渍。直径大约二十厘米的污渍，看上去像是某种液体渗入形成的。

那种颜色，是一种发黑的红。

"那……那须先生。"上桥拽着他的衬衫袖子。如果不是在这种情况下，他会多么高兴啊。

"这东西，是什么啊？"

"我也不知道呀……"

他怎么可能答得上来呢？

"看上去就像……就像血。"

那须往前更近一步。地板上的污渍无疑是血。柜台上、电脑的键盘上，飞沫四溅，到处都是红点。昨天闭馆的时候，当然没有这种东西。

啊，今天果然是个糟糕的日子啊——那须觉得浑身直冒汗。他开始检查开架区域的其他地方，上桥也跟着他。文库本区域、童书区域、卫生间和多功能室，所有地方都和昨天一样。

"除了柜台，好像都没什么问题。"

"对。不过还有……"

还有二楼。

两个人对视一眼，默契地达成一致。下定决心后，两个人慢慢地上了台阶。馆内鸦雀无声，连脚步声都听不见。作为图书管理员，对这条路熟悉无比的那须，也因为这寂静而感到毛骨悚然。

虽然阳光从窗外洒进来，但是二楼宽敞的开架区域却依然光线昏暗。那须按下楼梯旁的开关，打开了灯。杂志柜台的低矮架子，用于检索藏书的电脑……看来没什么问题。两个人四处张望，进入了距离最近的通道。

"啊！"

经过大约一半的书架，上桥发现了什么。在通道前方靠右的位置，躺着一本书。是本带盒子的书籍。眼尖的那须一眼就看清了书脊上的标题:《人之临终画卷》。正是那本上桥应该放在了办公区走廊里的书。

"它怎么会在这种地方啊……"

上桥加快脚步向书走去。那须茫然地望着她长发左右飘动的背影。她蹲下身打算把书捡起来——却就那样僵住了。

她似乎在就要捡起书的时候,有了新的发现。上桥凝视着地面,战战兢兢地把脸转向右侧。原本充满知性美的脸庞变得木然。她蠕动着双唇,却没有发出声音。她重新站起身来,摇摇晃晃地往后退,然后无力地倒在了地上。看上去她受到了程度远超过往的极度惊吓。

"上桥小姐?"

那须呼唤她,可她没有应声。

"上桥小姐?你怎么了?!"

那须加快脚步,来到她身边,终于明白她看到了什么。他的反应也和同岁的女子大同小异。

有个人死在了书架前。

2　第一次期末战争开始

计划失败了。

为什么会失败呢?原因可以想出好几个。或许是因为过于相信自己的力量,或许是弄错了优先顺序。但是,反省这件事可以往后放放。摆在眼前的问题是如何度过危机。还剩仅有的一点点时间。每个人都说,如果放弃,考试也就结束了。我只能竭尽全力拼到最后!

"Ko、Ki、Ku、Kuru、Kure、Ko、Koyo。Se、Si、Su、Suru、Sure、Seyo……"

"你在念什么咒语？"

听见柚乃一边吃早饭一边叽叽咕咕吟诵，坐在她对面的哥哥问道。柚乃给他看看手里那本封面上写着《古文》二字的教科书，简短地回答：

"这不是咒语，是古文文法。动词的 Ka 行变格活用和 Sa 行变格活用。嗯，下一个是……"

"柚乃，吃饭的时候把教科书合上。"

妈妈隔着餐台对她说。

"就今天，就今天一天！"

"不行。我难得烤了三文鱼。歌里不也唱吗？吃鱼会变聪明。"

"要是吃点鱼就能变聪明，我也用不着这么辛苦了……"

"有小测验？"

"她说今天开始期末考试。"

哥哥和妈妈悠闲地交谈着。柚乃极不情愿地合上教科书，把烤三文鱼送到嘴边。咸淡口味绝妙，但她并没觉得因此就能变聪明。

柚乃上学的风之丘高中从今天——九月十一日开始要进行上学期期末考试了。考试为期四天。一年级学生这次总共要考十二门科目。现代文、古文、数学Ⅰ、数学A、化学、地理、日本史、现代社会、英语阅读、英语写作、保健体育、家庭综合……比期中考试门数还多，单是罗列出来都让人气馁。

第一天的科目是地理和古文。因为只有两门，所以比起第二天的战斗来说还算轻松。但是，这种疏忽大意是要命的。她分配了过多时间在不擅长的地理上，导致古文几乎还没着手复习。她试图在昨天一天之内完成任务，然而结果就是开头第一句话所概括的那样。

"要说起来，你们怎么这时候就到期末了？不是刚刚才放完暑假吗？"

"两个学期的学制就是这样，"柚乃说，"上学期到九月份就结束了。"

"哦，原来如此。天气还是挺热的，辛苦你了。呵呵呵。"

哥哥笑着翻开了报纸，旁边放着马克杯，身上穿着睡衣，看上去别提有多悠闲了。

"哥哥，你今天不上班？"

"今天休息。"

"哦，原来如此。"

"你好像并不是真对我感兴趣嘛！不过说实话，我好久没休息了。今天要在家里悠闲地……哎呀？"

他炫耀的口吻被手机铃声打断，来电话了。

"喂，我是袴田……哦，仙堂警官。您好！啊？案子？啊呀，可是……好……好。保土之谷？要是这样确实离我家很近……是。可是我今天休息呀……啊，好……"

随着通话的展开，他的脸色逐渐变得苍白。柚乃在一旁嚼着三文鱼，偶然一看表，自己也变了脸色。已经这么晚了！糟了，吃得太慢了！虽然还不会迟到，可这样的话，去学校之后就没有复习时间了！

她慌慌张张喝完豆酱汤，奔向卫生间。在梳妆打扮之时，也不忘继续在脑中吟唱形容词的 Ku 活用。Ku、Kara、Ku、Kari、Si、Ki、Karu、Kere、Kare……镜子里的她，外表看上去文艺范十足，皮肤也保持着白净。她检查了自己中等长度的头发，右侧还有发丝翘着。要把它弄好看上去会花费很长时间。是要成绩还是要发型呢？她内心哭泣着选择了前者。

"Nara、Nari、Ni、Nari、Naru、Nare、Nare……"

她一边过渡到形容动词的活用，一边向玄关进发。哥哥这时也摇摇晃晃从二楼下来了。他换上了西装，拿着包。

"还是要上班？"

"明……明明是放假……明明是放假……"

"真是不容易呀。"

"彼此彼此。"

哥哥用死人般的表情说道。

兄妹俩打开玄关的大门，异口同声地说了声"我走了"，声音比平常的早晨更为无精打采。

"下一个。古生代的六个阶段中，生物爆发式出现的第一个时代叫什么？"

"寒武纪。"

"那好，下一个。被称为泥盆纪出现的最古老陆上两栖类生物是什么？"

"提示。你提示我一下。"

"它的脸蠢笨而可爱。"

"这可不是什么提示！"

"正确答案是鱼石螈。"

早苗把地理资料集倾斜过来给柚乃看。上面确实印着一幅插图，图上的生物就像把娃娃鱼和蜥蜴加在一起除以二似的。可是这个，可爱吗？

"我连已经复习过的地理都没信心了……"

"别想了，事到如今叹气也没用呀。"

早苗嘭地敲了一下柚乃。柚乃肩上挎着塞满教科书的包包，被敲这么一下似乎就要垮掉。

连接风之丘高中正门和校舍的是一道长长的坡道。柚乃和朋友早苗一边互相出题，一边沿着这条让人低血压的缓坡往上走。平时在这个时间段，看到的都是悠闲的上学风景，而今天的状态却有些不同。学生们造型各异，显示出期末考试时期独有的奇特行径。

有的人像诵经一样极其诡异地咏唱数学公式。有的人沉浸在教科书中，在树上撞个眼冒金星。还有人向朋友展示谐音谜语："我说，你记住'爪子挠一挠克洛维'就可以了。"还有两个貌似高二学生的男孩子，目中无人地笑谈着从柚乃身边经过。

"你看见昨天报社那东西了吗？"

"看见了，看见了。我昨晚一夜没睡，一直在学习。"

"呵呵呵，遗憾啊，我也一样。"

常常见人自豪地说自己不学习，倒是很少见到学习了还这么自豪的。

"好像很多人都很有干劲哦。报社的东西是什么呀？"

"柚乃，你不知道吗？呃，对了，你昨天一放学就回家了……"

早苗把资料集放回书包，窸窸窣窣在包里翻找，很快就取出一张纸来：

"这是昨天放学之后发的。你也没看手机吧？师姐们聊得热火朝天的。"

那是报社发行的《风之丘时报》号外。上面是社长冲读者挑战般伸出手指的照片，还跃动着超粗黑体字的大胆标题——

针对二年级学生的紧急通知！让我们回答完考卷，前往水族馆！

各位！明天，期末考试终于要开始了。范围广、科目多，没有干劲、效率低。每个人都一如既往地痛苦着吧？但是，我们报社为了提升各位的动力，特别面向二年级学生策划了一个活动。

众所周知，我校每次考试后都会公布学习优异者的姓名和分数排名。期末考试的主要科目有十门，也就是最高分为满分 1000 分。对于此次点亮排行榜的第一、第二、第三名同学，也就是在二百八十八人中名列前茅的三人，报社决定授予表彰其优秀学业的附加奖品。

第一名……横滨丸美水族馆通票五十张。

第二名……同上，通票三十张。

第三名……同上，通票十八张。

这是增刊号特辑曾经报道过的丸美水族馆的门票，而且是罕见的一整年通票哦！可以和朋友一起去玩，也可以送人。奖品的使用方法由个人自主决定。那么，各位，让我们一起闯过明天开始的地狱之旅吧！

"原来如此……"

柚乃基本弄清了状况。原来高二学生是因为看了这条消息才激情四射的啊。虽然给考试发附加奖品是否妥当还值得探讨，但这是报社自己搞的活动，估计也没人抱怨吧。

"真是可惜！如果高一考试也有奖品就好了。"

"就算有奖品，我们俩也进不了前三啊。"

"这倒是，"早苗晃晃她的马尾辫，"不过，香织是怎么搞来奖品的呀？加起来得有将近一百张呢。"

"哦。估计……是从他那儿搞来的。"

来到出入口时，柚乃指指校舍对面，恰好一位瘦削的少年从那里走过来。

他额前的头发流露出忧郁，半睁的眼睛显得毫无干劲。深绿色的领带松散地系在胸前，一双黑眼睛盯着智能手机的屏幕，每走几步就会打个哈欠。

他泰然自若地混在从北门进校的学生当中，尽管他实际上并不需要"进校"。他一开始就在学校里。他占领了文化部社团活动楼没人使用的一个房间，把床、家电和常用的私人物品都搬了进去，是个在此偷偷过着懒惰生活的无用之人。他的生活状态本身就存在问题，而性格和头脑就更加古怪了。

"里染，早上好！"

听到有人招呼自己，正在看手机的他——里染天马抬起头来，来了一句：

"你睡懒觉了？"

"啊？"

"你右边脑袋的头发支着呢。"

"很遗憾，我今天早晨可是按时起床的！"

"那就是早饭吃得太慢。"

他轻描淡写地得出结论，进了出入口。柚乃咬牙切齿地跟在他身后。她和里染两个班的鞋柜离得近，于是她在里染身边换了鞋。

"里染，你看上去像刚起床的呢。"

"我昨天没怎么睡觉。"

"啊？你熬夜复习了？……啊，等等！"

"我订的《扑杀天使朵库萝》送来了，我一直在看。"

柚乃本想说"我还是不问了"，但是她还是听到了有气无力却和她预想一致的答案。这就要考试了，真不知道他在干什么！

"不愧是上次考试的第一名啊，游刃有余嘛，"早苗说，"这回也要拿满分吧？"

"上次考满分，是因为我出现了学分危机。这次我才不要那么夸张的分数呢。"

"可是第一名到第三名有奖哦！"

"我知道，不就是门票嘛。那本来就是我的。"

"是吗？"

早苗转头看看柚乃，柚乃答道："好像是。"

大约一个月前，还在放暑假的时候，里染受到警方邀请，助其一臂之力，破解了丸美水族馆的谋杀案。馆长应该是送了他一百张通票表示感谢。

恐怕是与里染素来交好的香织请他贡献出了九十八张。剩下的两张去向如何就不知道了。

"不过报社的想法也够蠢的。"

里染啪地关上鞋柜门，苦笑道。

"香织找我要票，我还以为是要拿来做什么呢，原来是为了那张号外。这种东西，就算得到几十张，又有什么值得高兴的呢？其他家伙也很有意思。如果是奖金还另当别论，不过是门票而已，居然那么狂热……"

"可是，门票不是可以换钱吗？"

听柚乃这么一嘀咕，正打算去教室的里染停下脚步：

"你说什么？"

"我是说呀，如果卖给收门票的，或是兑换券商店，不就可以换成钱了吗？"

"一年时间的通票，原价可能是四千日元左右。丸美的票又很少见，就算别人趁火打劫，也能卖到大概一千日元吧？"

"也就是说，第一名如果把五十张全部卖掉，可以拿到五万元……"

"第二名也有三万元？哇，太棒了！什么都买得起啦！"

"等等！等等！等等！"

里染打断了讨论得热火朝天的两个人。

"门票可以卖掉？"

"通常都可以卖呀。你不知道？"

"不知道。"

"你没在兑换券商店买过迪斯尼乐园的一日券？"

"Disinileyuan……？"

他像说外语一样地反问道。

"难……难道你不知道迪斯尼乐园？"

"当然知道！你别小看人！"

"这就好。"

"不就是温泉很有名嘛。"

"你把迪斯尼和哪个地方搞混了呀？！"

对于"家里蹲"的没用家伙来说，这是个太缺乏存在感的地方。哦，没留意到兑换券商店也是这个原因吧。

如同里染所说，无论风之丘的学生们有多癫狂，也不可能为了区区几张本地水族馆的通票就如此当真。然而重点在于写在报道末尾的那句话："奖品的使用方法由个人自主决定。"既然可以自主决定，那么卖掉当然也是允许的。也就是说，朴素的"奖品"可以直接转换成奢侈的"奖金"。

第一名五万日元。第二名三万日元。第三名一万八千日元。

在获得好成绩的同时，还能得到零花钱，难怪高二学生下定决心奋发图强呢。

"每个人都这么起劲，原来是这个原因……一帮见钱眼开的家伙！"

里染一拳打在鞋柜侧面，也不知道他把自己忘到哪里去了。

"真遗憾啊，你把票送给香织了。"

"现在还来得及。本来就是我的票，跟香织商量商量全部要回来的话……"

说曹操曹操到，抬眼一看，向坂香织来了。她像个英雄一样拦住了里染的去路。红色的发卡加红色边框的眼镜，挂在脖子上的黑色相机。她的双眸炯炯有神，一点也没有早晨刚起床的疲惫。她身边那个自始至终面无表情、五官轮廓分明的少年，是副社长仓町剑人。

"你现在才发现，已经晚了，明智君！我说'给我'，天马你说'好啊'，就在那一刻，门票就属于我了，不能归还。"

"你别这么说嘛，还给我多好，二十面相君。"

"我说了不行！你要想拿回门票，必须走正规程序。"

"……你是说，让我参加活动？"

"对。你考试拿到第一名，就可以拿回来一半哦。不过，我可不知道能不能如此顺利。"

二十面相露出无敌的笑容。

"天马，就算你聪明，二年级也是强敌众多哦。比如这位小仓。你别看他事不关己的样子，他可是上次考了第五名的优等生哟！"

"抱歉啊，里染，我们社长又开始说些莫名其妙的话……"

"没关系，我习惯了。"

"不许习惯！"

香织对着青梅竹马的里染抬高了音量：

"总之，成绩好的同学们都以'打倒里染'为目标，怀着满腔热忱在学习。你可不要掉以轻心哦！"

"说不定他会吃大亏。"

一个女生在旁边的鞋柜旁接过话头。

里染皱起眉头，一副"这又是谁"的表情。现身的是一位玉树临风的少女，一头自然黑的短发与她无比相称——这是我们女子乒乓球队队长佐川奈绪。柚乃欢呼道：

"佐川师姐！"

"早上好！"

面对两位点头致意的师妹，队长开朗而简短地应声"早"，然后说：

"里染，我上次是第六名，不过这次我学得很认真哦，说不定能进前三呢。"

"你也想要门票呀。"

"免费门票干吗不要？袴田，考完试我们就去水族馆。"

"哦?！就……就咱俩去?"

"不是，和队友们一起去。"

"哦，好的……我要去！佐川师姐绝对是第一名！"

"很遗憾呢，第一名会是我。"

里染不以为然地说。他突然转变了态度，看来也打算大干一场。

"你刚才不是说为这种事狂热很愚蠢吗?"

"既然能赚五万日元，事情就不一样了。"

"虽然你有点动机不纯，但这不影响我们一决胜负哦，里染。"

"哟，不错不错，这么火热！这计划我没白做呀，尽管小仓正在对我翻白眼。"

斗志昂扬的佐川队长和感慨万千的香织，还有横眉冷对的仓町。就在这时——

"哎呀，你们好像把我忘了嘛。"

柚乃等人身后响起了另一个声音。

回头一看，原来是一位有着光艳长发的高雅女生。而她湿润的双眸严肃地盯着里染。

"你是谁?"

"八桥千鹤呀。你还真把我忘了呀?"

她懊丧地在地板上跺跺脚。前学生会副主席八桥千鹤——用香织的话来说，她上次排名第三，比佐川队长和仓町还要靠前。

千鹤咳嗽一声，重新打起精神说：

"里染，你相当从容嘛。你不会认为自己永远能占据第一名吧？你真是大意啊。你要是漏洞百出，会被绊倒摔上一跤的。比如说被你一直轻视的前学生会副主席。"

"是啊。"

"不许讽刺我！我又不是傻瓜！"

地板又一次颤抖起来。八月里见到她的那回，柚乃就觉得这位师姐的形象和以往大不相同，似乎和里染之间发生了什么……

"你等着瞧，这两个月来受到的侮辱，我会加倍还给你！我要把你打得落花流水、体无完肤。让你变回原形，痛哭流涕，看你还怎么装腔作势……"

"不好意思，借过……"

"啊，抱歉抱歉！"

千鹤的诅咒念到一半就被人打断，狼狈地退到一边。她双手叉腰站在踏板上，当然挡了道，妨碍了一名学生换鞋。

这位同学越过千鹤，走到贴着"高二（2）班"的标签的鞋柜前，轻手轻脚地开始脱鞋。是位戴着眼镜的大眼睛少女。

她低垂的侧脸给人纤细的印象，如同绘图笔描绘出来的一样。柔软的黑发束成两股垂下来。红色的领结规规矩矩地系在衣襟上，长筒袜和裙子的长度也很标准。鞋子是双白色的运动鞋。风之丘高中对鞋子虽然没有特殊指定，但是几乎所有的学生都穿平底皮鞋，很少见到穿运动鞋来上学的。她的鞋尖上粘着红褐色的泥土，拿鞋的大拇指指根处缠着创可贴。

柚乃觉得在哪儿见过这位师姐，于是在记忆中搜寻。哦，对，这是图书委员会主席。柚乃常常看见她在图书馆前台和食堂读书。名字应该叫做城峰——

"有纱，早上好！"

香织抬起手来。"你认识她？"里染没礼貌地问。

"是二班的城峰有纱，上次考试的第四名。比奈绪和小仓还要强悍哦！对吧？"

"哦，你好。"

图书委员会主席向他点头致意，然后低着头从柚乃等人身前走过，看不见她的脸庞。

接着，千鹤抛下一句"你要做好思想准备哦"，便迈向走廊。香织等人也说了声"教室见"，返身离开了。佐川队长也走了，离开前留下了愉快的叮嘱："袴田，你们也加油！"

"我想回去了。"

在暴风雨过去的出入口，里染的脸上早已露出了倦意。

"你好像连教室都还没进吧？"

"而且对于里染同学来说，学校就是家嘛。"

柚乃和早苗二人穷追不舍，里染耸耸肩走向楼梯。柚乃和他并肩问道：

"里染，你真是记不住人的名字呢。图书委员会主席叫什么，连我都知道。"

"我就是一时想不起来了而已。"

"那你能说出我的名字吗？"

"不就是袴田妹子嘛。"

这不是名字，是姓氏和关系。

"不过，你居然连图书委员会主席是上次考试的第四名也不知道呀，"早苗说，"她人称'图书馆的主人'，气质也很文艺哦。"

"不一定，没准是个出人意料的野丫头呢。她穿的不是平底皮鞋，而是运动鞋，而且运动鞋上粘着土，手指头上还贴着创可贴……"

柚乃得意扬扬地一边上楼一边炫耀自己的观察力。

"为什么这就代表她是个野丫头啊？"

里染在楼梯转弯处的平台又停下脚步。

"啊……我是说，她手指头上有创可贴。"

"受伤嘛，我不也受过伤吗？前一阵睡觉时从床上掉下来了。"

"可……可是她穿着运动鞋。"

"为什么穿运动鞋上学就是野丫头呢？"

"因为经常动，所以才穿呀。还有其他什么原因吗？"

柚乃生气地反问道。里染把视线移向窗外，说道：

"比如，她骑自行车上学。"

"自行车？"

"我常常在车站前的图书馆碰上那家伙。她家就在附近。这样一来，坐公交车或是电车太近，步行又略远。所以自行车是最有可能的选择。几乎没有学生注意到，骑自行车上学的话，更适合穿运动鞋。平底皮鞋容易脱落，不适合蹬脚踏。而且皮革容易磨损，如果用脚当刹车，很快就坏了。如果是出于这样的原因特意穿着运动鞋，那么这家伙就是个珍惜东西、能够合理思考、比起时尚更看重安全性的好姑娘，和野丫头可差了十万八千里呢。"

一口气说完，他把视线拉回来。柚乃等人听得目瞪口呆。早苗先有了反应，比他慢半拍地说：

"里染，你可真了不起。女孩子的一双鞋，你就能想到这么多，简直就像个变态！"

"里染，原来你去图书馆的呀，真让人刮目相看，我以为你光是宅在房间里看动画片了。"

"你们的反应完全出乎我的意料。不过，谢谢夸奖。"

里染面无表情地讽刺道，然后先一步上了楼。教学楼里立刻响起了铃声。难道这是晨礼前那道铃？糟了，最终还是把学习时间浪费了！

柚乃拉着早苗的手，急急忙忙向二楼高一（2）班的教室奔去。在走廊里奔跑的时候，她回忆着图书委员会主席的模样。认为她是个野丫头或许的确是个错误。她说话声音小，而且表情腼腆。

不，和腼腆有些微的差异。怎么形容好呢？那是一种更加深刻、似乎有所烦恼的表情。

3　比自己年轻的男子

向外面的警官们微微行礼后，梅头咲子穿过自动门踏入了风之丘图书馆。

虽然她在同一片区的保土之谷上班，但是来图书馆还是头一回。冷气不怎么管用，地板上铺着和自己西装颜色相称的地毯。四周是乡土资料，左手是儿童书，里面是文库——不管朝哪个方向望去，都是纸张和文字。她一直不擅长应付这种地方，因为一来就感觉喘不上气。

右手靠墙是一排柜台，贴着平假名写的"咨询""借阅处""归还处"牌子。搜查人员在"借阅处"来来回回。正当她想往那边走的时候，听见有人说：

"哦，来了来了。梅头警官，你来得可真晚啊。"

一名男子向她走来。那是一位五十岁上下的刑警，皱巴巴的西装敞着前襟，弥勒佛般笑容可掬，与现场氛围格格不入。这是她的顶头上司白户。虽然他嘴里埋怨梅头来晚了，可语气里却听不到责备。梅头又一次微微致意："早上好！白户警官。"

"是凶杀案吗？"

"看起来是。"

"现场就在柜台？"

"不是，柜台的地面上残留有血迹，但是尸体在二楼。我刚才看了一下，估计这是个相当有趣的案子哟。"

白户天真地宣布。他觉得有趣的案子，通常都很棘手。

梅头靠在身后的复印机上，一只手举起便利店袋子，说：

"我还没吃早饭呢。可以吃吧？"

"图书馆里禁止喝水吃东西。"

"总比在图书馆里杀人强吧？"

她不以为然地说完，拆开金枪鱼沙拉酱饭团的包装，自顾自地吃起来。

她嚼着海苔，看了一眼墙上的告示牌。上面贴着当地的各种通知：市民大厅的音乐会、儿童馆的义卖通知、"志愿者清扫每周一 17:30 "，等等。看上去就是普普通通的公共设施。没想到竟然会在这里发生谋杀案。

"什么？已经设立搜查总部了？"

"对，和县警察局联合搜查。搜查一科的仙堂警部，你认识吧？六月风之丘高中案件的负责人。"

"不认识。我那个时候在户塚警署研修呢。"

"哦，是吗……总之，他是总指挥，是个作风老派、令人愉快的人哟。"

白户露出了微笑。能让他愉快描述的人，通常不是什么好家伙。

"他已经来了？"

"没有。据说有会，要晚到。他手下的刑警替他先来了，参加初期搜查。你和我要共同支援他，拜托你了。他在寝入神社祭祀的时候也来过，你应该认识吧。"

不记得这个人。因为上个月夏季祭祀时，她被派去协助外勤警卫工作了。她倒是记得，白户当时开小差，和当地的女高中生亲密聊天，被她狠狠地瞪了几眼。

"他的手下叫什么名字？"

"叫袴田，是个年轻人。"

"年轻人……嗯。如果是个瘦削、黑发、略带忧郁的帅哥就好了。"

"黑发？"

"我理想中的男性形象。"

"要黑头发啊。"

上司摸摸自己白发稀疏的脑袋。

"白户警官本来就不在考虑范围内。我喜欢年龄比自己小的，比如大学生。"

其实她喜欢的是中学生，但是她不愿意因此被人当作有犯罪倾向，所以不与人言。

"嗯，如果要年龄比你小的，袴田或许能入你眼。他应该是二十五岁。"

"二十五？比我小一岁就在县警搜查一课？讨厌，讨厌的家伙。"

"梅头，你对自己的想法一点都不掩饰嘛……可是你不能当着他的面说哟。"

"知道知道。"

她敷衍地回答，把饭团剩下的垃圾塞进衣兜。就在这时……

自动门开了，又关上。一名没见过的年轻男子走进图书馆。他环顾四周，然后朝这边走来。

"白户警官，好久不见！"

"哎呀，你好。谢谢你上个月祭祀时送来慰劳品。"

"哪里哪里，我给你们添了不少麻烦呢……嗯，这位是……"

男子向梅头转过身来。梅头也回头看看他，并在瞬间完成调查。

体格，没问题。黑发，没问题。颜值，凑合。年龄，可容忍范围内。忧郁……完全没有。给人整洁利落的印象，简直让人怀疑他到底是不是个刑警。

"六十五分吧。"

"啊？"

"哦，没有没有。我是保土之谷署的梅头咲子。汉字写作'梅头'，念'Umezu'。请多关照！"

"哦，好……我是袴田优作，请多多关照。"

两人微笑着握握手。白户站在一旁，脸上露出了"前景堪忧"的表情。

*

尽管假日打了水漂，袴田还是干劲十足。

我会迟到一会儿。在我到达现场之前，你先一个人组织搜查工作——这是警部交给他的任务。一个人！组织搜查工作！这是多么有吸引力的词语啊！跟在警部身后三年，机会终于来了！这是我的案子。不，是我的命。我必须展示华丽丽的搜查和推理，让迟到的上司大吃一惊。

"那么——"

和两位片区刑警打完招呼，袴田拍拍手，眺望宽阔的图书馆，说：

"……怎么办呢？"

无路可走。

"袴田警官？"

那个叫梅头的女刑警在叫他。袴田回答："在，没问题！"实际上，问题很大。

细想来，在没有警部的帮助下参与初期搜查，他还是头一遭，并不知道该怎么办。事先得到的信息也仅仅只是"图书馆发现有人被杀"。首先应该做什么呢？仙堂平时都是怎么做的？案子的概要？被害人的身份？不对，确认尸体？对了，尸体。尸体在哪儿？借阅柜台内侧能看到搜查人员的身影，一定是在那儿。

"案发现场是在柜台里？赶快看看尸体……"

袴田抬头挺胸走近柜台入口，像个舞者一样转身，向内侧望去。

地板上只有一点血痕。

"已经搬走了？"

"不是，尸体在二楼。"

"啊，哦，这样啊。OK。嗯，那我们就去二楼……不，等等，先看看这些血迹……"

"看来这家伙真是不靠谱。"

"喔？"

梅头的嘟哝猛地戳痛了他的心。白户救场似的说：

"我先带你去二楼吧！路上我给你介绍一下案情。梅头，我安排两名第一发现人在童书区的阅览桌边等待。你能让他们随便来一个人，领我们去现场吗？"

梅头回答"明白"，走向童书区。她离开的时候，还不忘向袴田投来可疑而锐利的目光。她给人的第一印象是个好人品的姐姐，其实很严厉。

"抱歉，我的下属失礼了，不过她人很好哦。"

"哪里哪里，她并无虚饰，非常棒，又那么漂亮……"

"袴田不加虚饰这一点也很棒。我们照常进行，照常进行。"

他砰地拍一下自己的左胸。袴田缓过神来，从前胸的口袋里掏出常用的笔记本，翻到空白页，拿出笔，就像和仙堂在一起时常常做的那样。

年长的刑警微笑着点点头，向楼梯走去。

"被害人是住在附近的大学生，头上有两处伤口，太阳穴上的第二击应该是致命伤。凶器是图书馆藏书，落在附近的地上。发现人是这里的图书管理员。他们俩今天早晨七点半上班的时候，在柜台内侧发现了血迹。他们到二楼查看有无其他异样情况的时候，发现了尸体。"

"管理员上班的时候尸体已经在这里了？"

袴田在楼梯转弯的平台处停下了脚步。

"请稍等。推断的死亡时间是？"

"还不太确切。应该是昨晚十点左右。"

"十点……那个时候图书馆还开放吗？"

"没开。图书馆五点关门，十点钟工作人员也已经回家了。"

"那么受害人是在闭馆后悄悄进入图书馆的？"

"接着被人杀害了。嗯，这是第一个谜团。"

白户像过去联合搜查时一样，话里有话。

"听上去似乎还有其他谜团嘛。"

"还有一个有趣的。"

白户露出上了年纪的牙齿，继续往上走。袴田心中升腾起不安的情绪。白户觉得有趣的案子，通常都是不好应付的。

整个二层都是开架区，空间很宽敞。地上铺着和一楼一样的浅灰色格子地毯。眼前就是用来检索的电脑和摆放杂志的矮书架，对面是三个木质的大书架。大量书籍的书脊都冲着这边。三列书架方向一致地挨个摆放，延伸到里侧。虽然只是地方图书馆，却依然不乏庄严之感。书架与书架之间是纵向通道，连同左右窗户边的通道，总共有四条。

白户穿过电脑和杂志架，把袴田领到正对楼梯的通道。

走过三排书架，是一个略微宽敞的空间，平行于书架安放着长方形的凳子。凳子对面靠右的地面上，放着一个标明物证位置、写着"A"的牌子。

"被当作凶器的书就落在那里。现在鉴定科正在进行搜查，回头我安排他们拿过来。尸体在……"

那边。不需要回答，他已经看见了。

"A"牌四周，红色的飞沫向右侧飞溅。或许是人试图用某种东西擦拭它，这些飞沫印迹断断续续，渗入地毯。

往前大约一米，是一具人体。

那是一名二十岁上下的男性。他的身体贴近书架，脚朝向这边。他的身高属于平均水平，偏瘦，便装，身穿蓝色条纹衬衫和薄裤子，脚蹬凉鞋。脚边是一个黑色带肩带的挎包。

尸体是趴着的，不过脸部左侧贴在地上，朝着侧方。如同白户所言，他的头部有两处伤。一个在右眼上方，眼睑肿得高高的，鲜血沿着颧骨和脸部左侧两个方向流下来。致命伤看来位于左侧太阳穴。因为那一侧紧贴地面，所以无法直接看见。不过以头部为中心蔓延开的直径五十厘米左右的血泊，描绘着这一裂伤究竟有多深。

并且，头部四周不知为何散落着大约十本书。有的封面朝上，有的翻开，乱七八糟地散落在血泊中。或许是书架上的书籍由于某种原因掉下来了。

尸体伸出的右手摆出了一个奇怪的造型。他的食指竖着。指尖上粘着血。袴田思考着这到底是什么，又靠近了一步。

"咦？"

他开始怀疑自己的眼睛。他的满腔自信因此而彻底萎顿。

"白户警官，这是……"

听他这么问，这位五十岁上下的刑警依然笑容满面地回答。

"世上通常把这种东西称为死前留言。"

4　看见的所有信息

这看起来像个"〈"。

这个文字——记号？——是一条倾斜的线条，呈直角，就写在距离血泊很近的地上。字的宽度大约一厘米，颜色是发黑的红。很明显，这是用沾血的手指写的。字的线条微微颤抖，似乎传达着死者临终前的痛苦。

仅仅是这样，意义尚且不明，但是不知是幸运还是不幸，信息不止这一个。

尸体周围散落着数本书籍。其中有一本紧挨着谜一般的"〈"，落在距离被害人鼻尖大约三十厘米的地方。书的封面朝上，左上角挨着血泊的边缘，封面上是用流行的插画风格描绘的两名男性。其中一个的脸庞被一个红色的圈围绕着。不知道是字母"O"，还是数字"零"。

还是——

"你怎么想？"

白户的声音让袴田抽回了他的思绪。他不知该如何作答，挤出一句"不知道"。

"可以肯定的一点是……仙堂警官如果看到这一幕，一定会皱起眉头。"

"既然这样，我们抓紧点吧……"

白户递给他勘验现场时用的手套。袴田一边往手上套，一边在尸体边蹲下。

死者的脸庞因为痛苦而扭曲，除了这一点，他看上去是个诚实的青年。在光线的照耀下，他的头发现在仍然散发着光泽。

"白户警官，他叫什么？"

"挎包里的钱包中有他的身份证。"

袴田像警部平时做的那样，双手轻轻合十，捡起落在脚边的书包。包口的拉链开着，能看见里面的东西。钱包、手机、校园笔记本和皮革笔袋。

打开钱包，里面有学生证和驾照。

"城峰恭助，二十岁。横滨国立大学，教育人类学系……"

横滨国立大学，距离风之丘坐地铁就一站。他自己家也就位于距离这里五分钟路程的住宅区。他证件上的照片表情柔和，给人温和的印象，看上去和犯罪扯不上任何关系。然而，这名学生为何会在这种地方以这样的方式死去呢？

他的钱似乎并没有被拿走。除此之外，钱包没有带来更多收获。他继续检查其他东西。

手机是折叠式的多功能手机，待机画面是锁定的。画面上部是表示邮件接收、节电模式的图标，要看其他东西，就需要破解密码了。接近十秒钟不按键，画面的光线就变弱了。

校园笔记本看来是死者在大学里使用的，上面写着"教育心理学"的课程名，大致翻阅一下，并未发现异样的记录。打开笔袋，里面除了钢笔和橡皮擦，还塞着其他各种文具。订书机、尺子、修正液、自动铅笔笔芯，以及美工刀的替换刀片。

"奇怪。有替换刀片，却没有美工刀。"

"你看看他右侧臀部的口袋。"

他的注意力转向趴在地上的尸体的臀部，能看见口袋里的黄色刀柄。

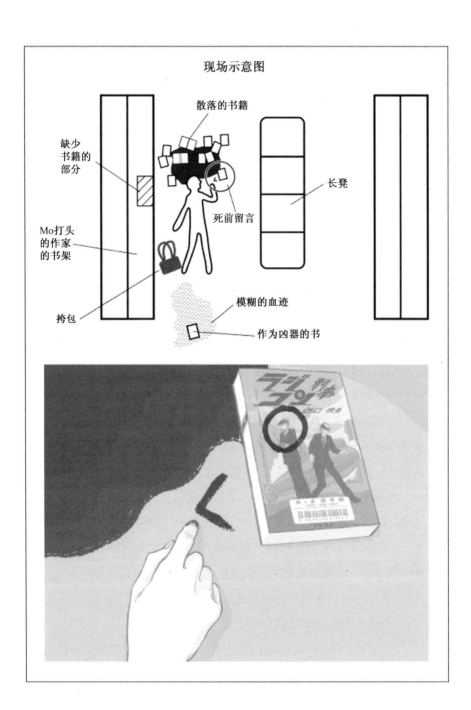

现场示意图

散落的书籍

缺少书籍的部分

Mo打头的作家的书架

长凳

死前留言

拎包

模糊的血迹

作为凶器的书

抽出来一看，果然是美工刀。这种类型通常被称为伸缩式美工刀，用安装在根部的扁平螺丝进行伸缩调节。个头小，刀柄也很细。

"替换刀片的厂家、尺寸和它一致。这把美工刀最开始应该也是放在笔袋里的吧。"

"为什么会在屁股口袋里呢？"

"不知道。是不是用来防身的？"

白户开玩笑似的说道。袴田松开螺丝，推出刀片，从上到下仔仔细细看了个遍。刀刃上明显有锈迹，刀尖略微有些损伤，但是完全没有血迹，应该没有用来防过身。

"受害人携带的东西就是这些了？"

"是的。别的也就是手表了。"

戴在他左手腕上、看上去很廉价的数字电子表，指着和现在同样的时间。他顺便看看左手，中指和食指上是读报纸、漫画杂志等留下的黑色污迹。

他装模作样地一边低吟，一边在笔记本上记下这些信息，接着又凑近尸体的头部。

"散落在地上的书是什么？"

白户用下巴指指旁边的书架。

那是摆放国内小说"Mo打头的作家"的书架。在受害人头部正侧方，恰好高度达到袴田腰间的那一格很不自然地空着。放在旁边的最后一本书的作者名叫"森博嗣"。尸体周围散落的书籍，作者的名字是森真沙子、森冈浩之、森泽明夫、森田鸣尾……原来全都是本来摆放在这里的书。

"或许是因为某个原因，比如说手碰到了，所以偶然掉落下来的吧。我不认为这是有意扔的。"

"受害人和凶手在书架前打斗过?"

"不知道。比起这个,或许被殴打的受害人倒下的时候撞到书架的可能性更高吧?"

"那么,他是倒下后写的这个字咯⋯⋯"

袴田再一次低头看看那谜一般的信息。地板上的"く"和画在书封面上的"○"。

他慎重地捡起了这本疑团重重的书。

这是一本软封皮的单行本,厚度大概三百页。翻到书的背面,挨着血泊的书角部分,边沿染成了红色。他转头看看地毯上的那摊血,和书近邻的部分也形成了一个凹陷的直角。这是因为书先落在地上,血是后来才蔓延过来的。

他又观察各个细节,发现书页翻动的那个部分——横断面的部分,有数根红色线条,看上去像是有什么纤细的东西拂过一般。但是这似乎并非某种信息,或许是受害人试图画"○"的时候指甲蹭上去的。

封面上方是字体动感十足的书名——《遥控刑警》。书名下面是作者的姓名"铦口夜央",出版社是"文福出版"。不知道的书名,没听说过的笔名,没见过的出版社。在封面角落贴着借阅时使用的条形码。书的底部还盖着印章,写着"2010,风之丘图书馆"。看来是前年买入的书籍。

"原来是《遥控刑警》啊。"

白户在他身后瞅瞅书说道。

"您知道?"

"这本书前一阵子挺火的。这是连载,主角是擅长无线电遥控的刑警，每一集里都会出现各种各样的机器，就像《雷鸟特攻队》一样。在去年的书店大奖中，它应该还被提名为候选作品了，不过最终输给了《推理要在晚餐后》。"

"哦。"

"我觉得书店里现在还有的卖呢。你没读过？"

"我不常读这种书……"

"这可是推理小说哦。你不读吗？你不是刑警吗？"

"正因为是刑警，所以不读。"

他敷衍地答道，再一次注视封面。上面用复古的色彩画着飞机、潜艇等运输工具（或许是无线电遥控的）。两名戴鸭舌帽的男子站在这一背景前面。右边的是位长着娃娃脸的青年，左边这位是名装扮时髦的男子，手里拿的似乎是个遥控器。用"○"圈起来的就是他。

"这个被圈起来的人就是遥控刑警？"

"是的，他就是主人公。以前是航空自卫队的王牌飞行员。"

"为什么这种人会当刑警呢？"

"这一点读者也弄不明白。他的名字应该叫久我山……"

"莱特……久我山莱特。"

他身后传来低声的回应。

"据说名字来自莱特兄弟。我在杂志的采访专栏上读到过。"

他回头一看，发现一名二十来岁的男子窘迫地站在那里。在他身边的是梅头。

"你不会就是第一发现人吧？"

"正是。这位是图书管理员那须正人。"

梅头介绍道。他本人也低声地自报家门："我是那须。"短发，泛红的圆圆娃娃脸，他姓"茄子"，但是看上去倒像个西红柿①。

"初次见面，我是县警察局的袴田。"

袴田把《遥控刑警》放回原来的位置，再次拿起笔记本。嗯，仙堂警官平常是如何开始提问的呢？

"我想你已经把情况告诉了当地警署的人，嗯——请讲一讲吧。把发现他的情况，详细地再说一遍。"

"好，好的。"

那须生硬地点点头，不时用胆怯的眼神瞟瞟尸体，讲述了他的发现过程。

今天他是早班，在来的路上偶然遇到了上桥，于是两人一起来到图书馆。他们发现好几个奇怪的地方，首先是密码锁的保护罩处于打开状态。接着，他们又在柜台发现了血迹。为了查看有无异常情况，两人又去了二楼，然后就发现了尸体。发现后立即联系警察，没有触碰尸体和凶器。

"另一位图书管理员是……"

询问完毕，袴田问梅头。

"她叫上桥光，是和那须年龄相同的女性。她好像受到了很大刺激，我觉得暂且不要叫她来为妙……我说，地面上是什么字？"

"死亡信息。"白户说。

"死亡信息②？不可理喻。"

"犯罪通常都不可理喻。"

袴田教导的语气让梅头漂亮的脸庞扭曲起来。袴田再次转向那须，问道：

"你认识城峰吗？"

"当然认识。他在我来这家图书馆上班之前，就已经是这里的常客了。据说他从小就每周都来。他上大学之后，没课的时候也常常露面，说是这里比学校的图书馆待着舒服。他是个聪明孩子，和我也经常说话。昨天他应该也是来过的，和朋友在这里做课题，好像是四点钟前后离开的……"

"四点前后。我听说这里是五点闭馆。昨天各位工作人员都是几点回家的呢？"

"事务人员和平常一样，五点不到就下班了，但是我们这些管理员留下来开会了。会议结束之后，所有人一起离开图书馆，当时恰好八点多。我在马上就要离开的时候看了表，所以很确定。"

"城峰遭到杀害，是据此两小时之后，晚上十点左右。他有没有可能是闭馆后藏在图书馆里了呢？"

"这，这不可能吧。我们闭馆之后会仔细检查馆内情况，馆长在这方面要求也很严格。"

"昨天也确认过？"

"是的，回去的时候我和馆长确认的。当然没有人躲藏在馆内。"

"那么他为什么会躺在这里呢？"

那须苦笑的表情凝固在脸上。袴田翻阅着笔记本，用笔头敲敲脑袋，说道：

"嗯，那我换一种问法。请介绍一下这座图书馆的安保系统。有没有晚上能从外部进来的出入口呢？"

"安保系统……正门的自动门、后院的搬运入口，都无法从外面打开。所以，夜间有可能进入的，就只有位于办公室的工作人员专用便门了。"

"那个便门用的是什么锁？"

"是电子锁。门是自动上锁的，从外面进来必须输入密码。白天因为工作人员频繁出入，所以密码很简单，是'333'，但是晚上安保强度升级，密码增加到了六位。"

"也就是说，白天和晚上的密码是不同的？"

"这是电脑控制的，一到闭馆时间的下午五点，锁就自动转换为夜间模式。到了第二天早晨的开馆时间，又自动恢复。开架区域卫生间的照明，以及自动门的感应器等都是和它联动的。"

"作为地方上的图书馆来说，这可是动了真格哟。"梅头说道。

"这是市里要求的，上个月才刚刚引进。不过说实话，我也觉得有点多余……"

白天的密码设定为"333"这么简单的数字，可见这套系统确实有些多余。这或许就是管理方和一线的沟通不足吧。

"既然是电脑控制，是不是可以查看门的开关记录呢？"

"不行，这套体系的规格还真没那么高。"

袴田本想了解凶手的出入时间，但是愿望落空了。

"那么晚上的密码是什么呢？"

"是'251026'。"

251026……袴田嘴里重复着，把数字记录在笔记本上。尽管不是很难记，但是有六位数，还零零散散的。这可不是一个随意按几下就能猜中的密码。

"夜间密码是全体工作人员都知道的吗？"

"只有我们管理员才知道。我们馆的事务员都不是正式员工，他们的上班时间不包括夜间和清晨。"

"原来如此。那么管理员的人数呢？"

"目前是五名。"

"五名，出人意料的少呀。"

"不，这已经算多的了。在图书馆里工作的管理员，全国的平均人数是一馆接近四人。要说到这种正式管理员的比例……"

"明白了，明白了。"

那须变得话多起来，袴田连忙阻止了他。虽说同样是公务员，可眼下哪个行业都不容易啊。

他重新翻阅笔记，开始思考。夜间进入图书馆必须要有密码。知道密码的只有那须等五名图书管理员——

"这么说的话，凶手很有可能就在管理员当中啊。"

白户说道。那须喊道："怎……怎么能这么说呀。"但是他不知该如何否定。

"不得不这么考虑啊。某位管理员在闭馆后回到图书馆，打开便门门锁，把城峰领进馆内。城峰在柜台内侧遭到袭击，在地板上留下血迹，直接逃到二楼。追赶而来的凶手在这里拦住并刺中他，他倒在地上，在断气的前一刻，用自己身上流出的鲜血写下了死亡信息……"

袴田等人的目光又落在鲜血写出的文字上。

临死前留下的讯息——被圈起来的久我山莱特，和"〈"这一简单的文字。"く"和久我山，久我山……

袴田问道：

"管理员中是不是有人姓久我山？"

他没有抱任何期待，完全就是撞运气。这个问题如果被仙堂听到，一定会大发雷霆。

但是，那须却回答说有。

"有一位管理员叫久我山卓，他在这家图书馆工作已经快十年了……他和恭助应该非常熟悉。"

这个回答或许让他自身也觉得有些困惑，于是他再次挪开了视线。袴田等人则目瞪口呆。墨水从写到一半便僵住的笔尖上洇开，在印有横线的页面上留下了一小点黑色污迹。

"哎呀，那案子不就破了吗？"

不久，梅头痛快地道破了结果。

5　晨间电话

图书馆的其他工作人员已经纷纷前来上班，也各自被警察拦住了去路。不过，据说管理员久我山卓今天本来就该休息，所以过了开馆时间他依然没有露面。

搜查人员给他家打了电话，可是没有接通，打手机后，是他本人接的。他似乎是刚听说这起案子，隔着话筒都能听出他的震惊。他说自己会很快赶来图书馆，但是因为要到静冈办些私事，已经出门，所以还需要差不多两小时才能到。袴田认为，还是等久我山和警部来了之后向工作人员问话比较好，所以让那须先返回一楼了。这次是白户陪着他。

在自己家里喝咖啡的时候，袴田还以为今天会是个优雅的假日呢，而现在——他眺望着窗外的住宅区，诅咒着自己倒霉的运气。对了，柚乃说她今天开始要期末考试了，现在她估计正在为了难解的题目绞尽脑汁，和自己一样。

"有什么可烦恼的呀？"

梅头咲子打断了他的思绪。

"那个叫久我山的管理员就是凶手嘛，这可是受害人本人写的呢。"

"嗯，我虽然也这么认为，但总觉得有点不踏实……例如，这条信息是不是真的指向久我山先生？"

"地上写着'ク'字，久我山被圈了起来，管理员中又有一个姓久我山的。夜间能够出入图书馆的只有管理员，还能有什么错？"

"你理由陈述得如此清楚……"

难以反驳。

"不过，既然这样，为什么不直接写'久我山'呢？"

"因为笔画多呀。濒临死亡的受害人试图传达凶手的信息，写下'ク'字便筋疲力尽。就在这一瞬间，他的视线中出现了一个同姓的人物，于是他就把这个人圈了起来。这样更简单呀！"

流畅的意见陈述让袴田退缩了。这位女性说话直言不讳，却又理性十足，仙堂警部应该会中意她。

"我还是觉得有些过于简单。"

袴田略微思考后回答。

"凶手为什么没注意到信息的含义呢？如果我杀了某个人，

而他留下'は^①'这个字，我是不会坐视不理的。"

梅头对此依然回答得很痛快：

"这又不是很显眼的写法……就算他注意到了，也有可能并不知道久我山莱特这个人物的姓名，因而不懂信息的含义。嗯，一定是这样。这也是受害人没在地上写下'久我山'的一个原因。比起直接写下姓名，用符号表示人物姓名更加难懂。"

"《遥控刑警》很火，也就是前一阵子的事吧？而且久我山莱特是主人公，图书馆的管理员不至于不懂吧？"

"又不是说管理员、书店店员就会把所有的书读个遍咯。"

"嗯，可是……"

"你真不干脆，"梅头在胸前交叉手臂，"头部受到重击，即将死亡的人，哪还有工夫钻凶手的空子字斟句酌地留信息？我知道如果让你囫囵吞枣，你不踏实，但是简单想来……"

"如果信息本来就是凶手伪装的，又当如何？"

袴田紧跟着又问道。梅头答道：

"你是说凶手举着尸体的手指，用鲜血代替墨水，写下了死亡信息？"

"是的。借此伪装成其他人行凶的样子。"

还没等他说完，梅头就笑了起来：

"如果我是凶手，我才不会做这么多余的事情呢，我会立刻逃离现场的。袴田警官，你是不是推理小说读多了？"

"我基本不读推理小说。"

"是吗？"

---

① "は"是袴田的第一个平假名。

"是。因为我是刑警。"

"白户警官倒是经常看哦。"

"哦，他嘛……"

"我怎么了？"

一个嘶哑的嗓音接过了话头。袴田回头一看，是去一楼的白户回来了。

"我正在说，你有独特的思想。"

"我就当成你在夸我吧。请看看这个。"

他就像送礼物似的，递过来一本像词典一样装在盒子里的书。

"这是那须他们发现的，落在走道里的凶器。"

长二十厘米多一点，宽十五厘米多，厚度接近四厘米。算不上大部头，但是看上去很结实。换言之，这东西足以充当打人的工具。书籍本身是黑色的，从盒子里取出来翻看，发现有些书页曾经脱落，有修补过的痕迹。盒子上面有淡绿色的花纹，上面的一角有血。盒子背面有稀稀落落的几个红点，正面则大大地写着《人之临终画卷》。

袴田不知道《遥控刑警》，但是这个书名倒是听说过。这是大约三十年前写成的一本奇书，书里调研总结了九百多人的死法。袴田不由得撇撇嘴。新版恐怕需要加上新的项目了。城峰恭助，二十岁，被《人之临终画卷》砸中头部而亡——

"这本书上有指纹吗？"

"凶手应该接触过下半部分左右两个角，但是已经被擦得一干二净。血液还在鉴定。此外，还发现了两处指纹被擦拭过的地方，在这边。"

白户在前面领路，穿过现场的时候，袴田把凶器放回了摆着"A"牌子的地方。盒子背面的红点看来是凶手放书的时候，沾上了溅到地面上的血。

下到一楼，穿过自动门来到外面，附近的居民听到警车的声音，聚集在黄色隔离带外。绕到建筑物西侧，立刻就是那道不起眼的门。

门上安装有一盏小灯，右侧是对讲机。下面是个一看就知道是全新的银色小键盘，看上去和电话按钮相似，只不过＃号的位置是一个写着"输入"的大按钮。小键盘是安装在一个盒子里的，盒子还有一个奶油色的塑料盖子。现在盖子是敞开的。

"小键盘的表面和门把手上的指纹都被擦掉了。"

"也就是说，什么都没检验出来？"

"准确说并不是这样。验出了那须早晨开门时附着在上面的指纹。但是，尽管这是工作人员每天出入都要使用的门，却完全没有找到其他指纹。也就是说，昨天晚间有人擦拭过。"

"擦掉指纹的是凶手？"梅头问道。

"通常会是这样吧。因为凶手应该也是从这道门出入的。"

袴田弯下腰，凝视着电子锁的键盘。见他伸出戴着手套的手指，白户提示道："先按输入按钮。"袴田按照他所说，首先按下"输入"，接着按了三遍"3"。这是那须说的白天使用的密码"333"。他一拧门把的手柄，门朝他的方向无声地打开了。

办公室里，穿着蓝色制服的鉴定科工作人员正在四处忙碌。右侧的墙上有一扇门，从那里可以看见里侧的走廊。

"其他门把手上的指纹都擦掉了吗？比如连接那边走廊的门，以及通往柜台的门，还有这扇门内侧的把手。"

"被擦拭过的只有键盘表面和这道门的外侧。"

白户重复道。

"其他地方发现了大量的指纹。谁碰了哪一个目前还在搜查当中，但是指纹的确没有被擦拭过。"

"也就是说，凶手没有碰过那些地方？"

"或者是凶手忘记擦拭了。"

"要是这样可就省事了。"

袴田松开了便门把手。或许是有弹簧装置吧，门慢慢地自动运转，和打开时同样无声地关上了。他再次握住门把手，试着开门，但是打不开。看来门确实是自动上锁的。

"唉，越来越弄不明白了。"

"真是不靠谱啊。"

梅头辛辣的言语再度刺伤了他。刚才她说的还是"看来这家伙真是不靠谱"。

他试图反驳，但是一阵"嘎嘎嘎嘎"的掘土声响吸引了他的注意力。一阵风刮来，鼻子里钻进一股红土味儿。

"工程好像开始了。"

"哦，对，旁边好像正在施工。"

"据说是地区中心正在改建。"

白户指指图书馆外。隔着绿植，能看见白色围挡拦起来的建筑工地。建筑物的骨架之间有戴着黄色安全帽的工人来回穿行。角落里的二层小楼，应该是住宿用的活动房屋……等等。

"白户警官，从那个活动房屋能看清图书馆吧？说不定工人们看到过什么。"

袴田兴奋地对白户说。

"是的，我也这么想，刚才派下属过去调查了。"

又被人抢先一步。"果然不行呀。"梅头自言自语道。他渐渐有了想哭的感觉。

"他去了已经有一段时间了，应该快回来了……哦，来了来了。"

一名男子钻过黄色带子，朝这边走来。那是体育馆命案时见过的保土之谷警署的刑警。如果他再早一点回来，自己就可以躲过一劫了。

没人注意袴田的心思，刑警说了一句"非常顺利！"，便开始了他的汇报。

"昨天，有四名工人住在活动房屋的二楼。从窗户可以清楚地看到图书馆西侧——办公室、二楼的窗户。半夜里窗帘是打开的，所以工人们记得很清楚当时图书馆的情况。

首先，晚上八点钟时建筑物的灯都灭了。在那之后，灯一次都没有再亮过，也就是说没有再开过灯。但是，他们三次看见二楼的窗户有摇曳的光亮。"

"三次……"

"第一次是灯灭之后一个半小时，九点半左右。第二次是在那之后三十分钟，十点左右。第三次是再过了一小时之后，大约十一点。每次看见光亮的时候，工人都聊到看来图书馆最近雇用了夜间警卫，所以他们记得很清楚。"

夜间摇曳的光亮，应该是手电筒吧。不过——

"受害人身边并没有手电筒呀。是凶手拿走了？"

"也许不是手电筒，是手机的灯光？"梅头说，"可以用来代替手电筒。"

"哦，对啊。"

"现在已经是个方便的年代了，"白户深有感触地点点头，"但是，还无法解释为何光亮出现的时间点会有差异。死亡时间的十点还好理解，但是在那之前的三十分钟和一个小时之后……"

九点半、十点和十一点。既然目击到了光亮，那么馆内就一定有人。究竟是何人，又在做些什么？这就是白户口中的"第一个谜团"。

"总之，我们必须验证受害人昨晚的行动……白户警官，你是不是也派人去了那边？"

"对。现在他们正在城峰恭助家里进行调查，应该马上就出结果了……哎呀？"

白户回头向便门望去，有位搜查人员打开门出来了。他是身着蓝色制服的鉴定科人员，看来并不是来汇报受害人家里情况的。

他并未兴奋地表示"非常顺利"，而是语气沉重地说道："不好了。"

"我们刚才检验了留在柜台的血迹，血型是 B 型。"

"啊？"

袴田点点头，疑惑地问：

"有什么问题吗？"

"问题可大了。因为受害人的血型是 A 型。"

袴田机械性地记录着这一信息，目光离开笔记本后一思量，终于发现了这一问题有多重大。梅头和送来报告的刑警也惊讶地四目相对，只有工地的噪声在远处虚无地响起。

"又多了一个谜团啊。"

白户摸摸皱纹密布的额头，总结道。

"昨天，在图书馆遇袭的人，不止城峰恭助一个。"

三十分钟之后，回到二楼的刑警们坐在楼梯前的长凳上沉思。白户闭着眼睛，像打盹儿似的歪着脑袋。旁边的长凳上，是交叉双腿、不耐烦地用鞋尖叩打地面的梅头。袴田在他们面前走来走去，翻看着笔记本。

从作为凶器的书籍上，又得出了新的鉴定结果。《人之临终画卷》书角上附着的血液，实际上有两种。一种是 B 型，一种是 A 型。首先附着的是 B 型血，经过四五分钟，在它一定程度干燥后，A 型血又附着其上。

也就是说，这本书用来殴打了两个人。从顺序上来看，在柜台留下血迹的人是先被砸中的，城峰恭助则是在几分钟之后被砸中的。可是，即便明白了这一点，也只是进一步加深了核心谜团而已。

在柜台遭到袭击的究竟是谁?

"B 型人的真实身份有两种可能，一种是凶手，另一种是第三人。"

袴田总结他的想法。

"如果是凶手，那么首先是城峰恭助袭击了凶手，紧跟着流淌着鲜血的凶手进行反击，导致恭助死亡——也就是说，两个人相互杀戮。如果是第三个人的，凶手则袭击了两个人。"

"但是，"白户睁开眼说，"如果是后者，柜台没有尸体又是什么原因?"

"柜台的血迹没有达到致死量，或许被砸中的人没有毙命，而是逃走了，或者是凶手把尸体搬走了。"

无论是哪个，都不是令人愉快的真相。

"比起第三个谜团，我更在意的是第一个——受害人到底在深夜的图书馆做什么？"

白户表达了自己的看法，脑袋又恢复到刚才的角度。

"或许杀人是突发性的，凶器和指纹就是证据。如果凶手一开始就想杀人，通常会准备更像样的凶器，而不会是放在那边的书。而且，擦拭指纹也意味着他并没有戴手套。所以这不是有预谋的犯罪……但是，如果是这样，我就更搞不清深夜的图书馆发生什么了。"

"会和其他犯罪有关吗？"

"有可能是毒品交易。我以前看过的动画片里，出现过一名买卖毒品的馆长。"

"毒……毒品交易？真是个厉害的馆长啊。"

"不管是哪种，问问凶手就知道了，"梅头插嘴道，"问一下那个叫做久我山的图书管理员的话。"

"呵呵，梅头警官关注的是第二个谜团？"

"第几个都无所谓，既然受害人写下了信息，就没有质疑的余地嘛。"

"不过梅头警官，我觉得这还是有些草率……"

"这是因为你优柔寡断。"

"啊！"

袴田终于跪下了。白户在一旁继续自顾自地说：

"说不定那个'○'，是字母 O 呢。改变一下'く'的角度就是 L。这样一来，凶手就是 OL 先生。"

"白户警官，你能不说话吗？"

"我在开玩笑，开玩笑。不过，我们应该考虑'〇'指的就是久我山莱特这种可能性。他的脸凑巧被圈了起来，而这个角色的姓氏又恰好和嫌疑犯相同，这种情况太具偶然性了。"

"如果这指的不是角色姓名，就没有理由特意在书的封面写下信息了……但是，这样看来，可疑的还是这位叫做久我山的管理员啊。"

袴田为了再读一遍尸体发现时的情况记录，翻开了笔记，就在这时——

"等等！"

梅头抓住了他的手腕。她盯着笔记本，吃惊地说：

"你把现场情况、证言记录得这么详细……你是一边跟我们说话，一边总结的？"

"嗯，对。以便警部到达后作参考。"

"你为什么能做到这一点？"

"为什么？因为仙堂警部要求我把所有信息记录下来呀，而且我本来就擅长这个。"

梅头是否听到了这个解释并不确定，她瞠目结舌，就像发现新大陆一样盯着袴田。

"你……莫非是个厉害人物？"

就在她嘟哝的同时——

"警部来了！"

一名搜查员在一楼叫了起来。袴田连忙摆出一副"要小心"的姿态，白户等人也从凳子上站起身来。

很快，仙堂警部迈着坚实而利落的步伐上了楼。

这是名高个宽肩的男子，灰色的西装敞着前襟，年龄大概五十五岁。他是哪怕在一科中也很少见的、从底层干起的警部。夹杂银丝的短发和细长的双眼，眉宇间刻着深深的皱纹，如实地体现了他多彩的犯罪调查经历。

警部和袴田等人汇合之后，简单地打了声招呼，就来到尸体所在地点。估计他已经接到了大致的情报。他的目光落在地面的书包、躺在地上的受害人，以及散乱的书籍上。确认这些情况后，他的视线最终停留在红色的死亡信息上。接着就是一声：

"混蛋！"

就像袴田预言的那样，警部原本就很严肃的脸庞已经严肃到了极点。

*

从二年（1）班的教室向往望去，能清楚地看见放学的一年级学生。

考试期间原则上禁止社团活动，所以每个人都径直走向校门。女生们疲惫的脸上露出笑容，或许是在对考试的答案，要不就是在商量午饭吃什么。增村慎太郎站在窗边，眺望着前院的这番景象，寻思着自己肚子也饿了。第三节的考试才过了十五分钟。结束监考吃午饭，看来还早着。

他把视线移回教室当中。四十个脑瓜子跃入眼帘。学生们把脸贴在答题纸上，默不作声地挥笔疾书。由于第一天的科目安排不同，和只考两科就能回家的一年级学生不一样，二、三年级的学生要考三科。为了让学生对考试更为重视，这次题目难度有相当的提升。他对阅卷很是期待。

离开窗边，增村开始了第二次考场巡视。

因为在以往的考试中出现过作弊风波，所以风之丘高中这次要求监考老师巡视，以应对不正当行为。他挨个观察学生的座位，眼神似乎在宣告自己不会漏过任何可疑行为。话剧团的梶原、吹奏乐队的山吹、报社的向坂。总是无忧无虑的学生们今天对待考试显得严肃认真……应该说，有些过于严肃认真。这些家伙为什么如此热情地对待这次考试呢？增村内心很困惑。他尚不知道，幕后的策划者就是近在咫尺的报社社长向坂。

不过，无论如何，认真对待考试终归是件好事。这位粗心大意的教师自顾自地说服了自己，继续往前走。

但是，来到教室后部的时候，他发现了例外——一个不认真的学生。

"里染，起来！"

增村呼唤着窗边一名伏在试卷上的学生。他一动不动，呼呼——他正在发出熟睡时才有的呼吸声。

"喂！不许睡觉！"

他用花名册敲了一下里染的后脑勺。伴随着呻吟声，里染动了动。但接下来听到的依然是熟睡的呼吸声。

"喂！里染……"

就在增村试图再次喊他的时候，特拉特拉特特、特特特嗯。特拉特拉特特、特特特嗯。

耳边传来熟悉的《原始人》主题曲。幸亏只响了两声就停了。学生们在他身后吵嚷起来。增村的饥饿感演变成了胃疼。

里染天马慢吞吞抬起头，睡眼蒙眬地望着增村。

"对不起，我睡着了。"

"没别的了？"

里染歪歪脑袋，说："早上好！"

增村不由得跟跄了两三步——啊，幸亏我不是这家伙的班主任。

"关闭手机电源！立刻！"

"啊？"他取出智能手机一瞧："哎呀，真有条信息呢。"

"谁让你看的？现在可是在考试！赶紧把电源……"

但是，还没等增村说完话，里染已经猛然从椅子上站了起来。他的视线还停留在手机上。

"喂！喂！怎么了？"

"我要早退。"

"早退？"

里染似乎是当真的。他迅速地收拾完东西离开了座位，向教室出口走去。教室里的吵嚷声更大了。

"发生什么事了？"向坂香织问道。里染只回答了一句："有人找我。"

"等等！里染，你真打算回去？"

"我突然有点急事，您把答题纸收了就行。"

"急事？"

连考试都能弃之不顾的急事，会是什么情况？是因为手机接到的信息？有人找他，是谁？家里人？

"难……难道是你家里有人出事了……"

听到增村的嘟囔，里染在快迈出教室的时候停了下来，然后略作思考答道：

"应该不是家里人，不过好像确实有人出事了。"

他冷冰冰地抛下这句话就关上了门。

增村姑且让学生们都安静下来。不到十秒，教室就回归了平静。他松了口气，揉揉胃部，回到里染的座位，拿起了放在桌上的答题纸。

接着，他目瞪口呆地望向墙上的时钟。考试时间还有将近三分之二。里染是从什么时候开始睡觉的？啊，不是他的班主任，果然运气好。

增村使出浑身解数设计的题目全军覆没。答题纸从上到下密密麻麻地写满了字。只有最后一道小题空着，就像是用来调整分数似的。

6　手电筒能量，苏醒

第一天的考试还算过得去。

第一科是地理。数天前就开始的学习没有白费，无论是地震、矿石还是地球历史，都顺利地解答了（顺便说一句，最古老的两栖类动物鱼石螈没有考到）。让她提心吊胆的第二科古文，也亏了她上课没打盹，躲过了最糟糕的劫难。至少应该能到平均分。

但是，现在就松懈还太早。各科当中最大的敌人是化学。无论读多少遍教材，都理解不了摩尔浓度，至于阿伏伽德罗常数，简直无法和森牌黄油区分开来。

基于这种情况，柚乃打算认认真真自习。她在车站前告别了早苗，前往风之丘图书馆。柚乃居住的街区和风之丘图书馆就隔两条街，放学路上曾经顺道去过几次图书馆。那里又凉快又安静，而且是个少有人知的好地方，不怎么拥挤——

"哎呀？"

但是，她刚走进图书馆院子，就遭到了打击。

图书馆前面人山人海，一片喧哗。她透过人群缝隙，看见了黄色带子和彩色圆锥筒。建筑物似乎被封锁了。

"请问，是出什么事了吗？"

她向身边的一位大叔询问道。他看了一眼拱形屋顶，说道：

"好像是有人被杀了。"

"啊？"

"真让人为难啊。我是来续借椎名诚的书的。这样的话就没法子办续借手续了，今天就该还了。在这种情况下，就算过了归还日期，也能够延长吧？我还没看完呢。小姑娘，你觉得呢？"

"这我就不知道了……谢谢了。"

看来得不到什么信息。于是柚乃装作若无其事的样子离开了大叔，打算绕到建筑物后面去。她朝边上走去，可又被黄色隔离带挡住了去路。她伸长脖子，看见自动门前面站着两名警察。看来大叔说的是真的。有人被杀了。是谁呢？

不安之情涌上她的心头。风之丘六月末的时候，刚发生了一起命案，广播站站长在体育馆里被杀害了。这次的受害人不会又是自己的熟人吧……

在喧闹声中，她听到了嘎吱一下刹车声。

回过头，她发现一辆汽车紧挨着自己停了下来。那是一辆银色的轿车。后座的车门打开，一名少年下了车。他肩上挂着书包，深绿色的领带无精打采地系在脖子上，手上拿着助六寿司的包装袋。

"里……里染同学？"

听见她打招呼，里染一边往嘴里塞葫芦干卷，一边转过头来。

"你翘着的头发已经服服帖帖了嘛。"

"你好。"

柚乃伸手摸摸头发。休息的时候她请早苗帮忙梳理好了，翘着的头发确实服帖了，但是这个男人，难道想当翘头发研究家？

"你怎么会在这里？而且，为什么坐车来？"

"我在打工呀。我想要《那朵花》的蓝光碟。"

"那朵花？"

哪朵花呀？

"辛苦你了！回去的时候还要麻烦你！"

里染对车里的人说。驾驶座的门打开了，出现了一位身着西装的男子。

"凭什么我得干这种活儿啊……"

充满倦意的话语让柚乃想起了他的名字。羽取警官。上个月水族馆命案的时候，里染懒得出门，这位一科的新刑警被迫承担了接送他的任务。尽管柚乃很同情他被呼来喝去的命运，却也搭了好几趟顺风车。

这位羽取先生就这样载着里染来到了风之丘图书馆。图书馆被警方封锁，馆内似乎发生了案件……也就是说——

"难道是警察叫你来的？为了谋杀案？"

"你知道得真清楚！你是凶手吗？"

"或许我有不在场证明。"

"排除一个人，"里染说这话时，没有一点开玩笑的样子，

"你帮我拿着这个。"

助六寿司和书包被塞进了柚乃手中。柚乃只好顺势接下。

就在这时，传来一个沙哑的声音："啊呀，你好！"

"又见面了。坐车来的，真是奢侈啊。"

走向图书馆，又看见一位认识的刑警，那是保土之谷警署的白户。

"警部在里面等着你。从正门走太显眼了，我领你从便门进去。"

"白户警官，你好！"里染轻松地打完招呼，"顺便把这家伙也带进去行吗？"

"哎哟，袴田警官的妹妹。你起用她为助手了？"

"她是给我拎包的。"

"她哥哥也在里面，应该没什么问题。请进。"

好事的刑警抬起黄色隔离带，冲他们微笑。里染弯下腰从带子底下钻过去，大步流星地朝建筑物走去。

柚乃看看手中贴着打折标签的助六寿司，又看看他的背影：

"居然叫我拎包的！"

完成这慢半拍的吐槽后，她无奈地向里染追去。

在白户的带领下，他们穿过宽敞的办公室和短短的走廊，来到柜台内侧。开架区域现在依然没什么人，只有三名男女正在楼梯前面等候。

一位是面容和身材都很粗犷的男人仙堂，一位是头发别在耳后、身穿西装的女性，还有一位是表情郁闷的哥哥。今天早晨电话里偶然听到的"保土之谷案件"看来就是这起案子了。

"柚……柚……柚……柚……柚乃？你怎么在这里？！"

一看见妹妹，这当哥哥的就扭动身子，抱住了脑袋。那位女子更是气势汹汹地吼道：

"白户警官！"

"怎么了？梅头警官。"

"什么怎么了？你到底在干什么啊？我不管警部下的是什么命令，把无关人员带入现场是违规的！违规！而且，成年人也就罢了，居然是这种高中生……高……中……生！"

被称为梅头的女性，试图紧逼白户，但是不知为何，却在半途中偃旗息鼓，转而瞪大了杏仁般的眼睛，凝视着从一旁走过的里染，低声说：

"满分。"

仙堂并不理会这些下属，而是交叉着双臂一动不动，修长的双眼一直盯着他的宿敌。直到面对里染，他才终于张口说：

"抱歉啊，突然把你叫来。"

出人意料的台词。仙堂迄今为止都很讨厌里染，虽然不情不愿地找他帮过忙，但是态度绝对没有那么谦恭。或许是过去两次的实际成果获得了好评，也抹掉了他的棱角吧。

"没问题！"里染说，"我只是在学校里考物理而已。"

"这还没问题？"

"题目我都答完了。"

仙堂微微抽动嘴角。看来他改变了想法，还是认为这家伙讨人厌，一而再、再而三地感到他讨厌。

"总之，感谢你考试途中特地赶来。"

他充满讽刺地回答里染之后，转身看着柚乃说：

"我说袴田同学，你爱吃助六寿司啊，口味很古朴嘛。现在确实是午饭时间，但是你要吃的话，还是到图书馆外面吃吧。"

"这……这不是我的，是里染让我帮他拿着的。"

"哦，原来如此，"仙堂再次盯着里染说，"要吃你就出去吃！"

语气已经变得相当露骨。

"那位姐姐貌似就在馆内吃了饭团呢。上衣衣襟上还粘着海苔碎片，便利店的塑料袋从衣兜里露出来。如果是在外面吃的，应该会扔进门口前面的垃圾桶吧。"

里染脚步轻快。梅头脸颊一红："讨厌，居然叫我姐姐。"又一个谜一般的反应。仙堂仍然凭借他惊人的意志力控制着脸上的表情：

"好了……我们进入正题。袴田，把笔记本给他。"

"为什么柚乃也来了？其实听说里染同学要来的那一刻，我就有种不祥的预感，但是没想到你真的会跟来。难道你们总是在一起？这算什么情况？你们两个人已经完全……"

"袴田！"

"在！"

哥哥条件反射地遵循了上司的命令。里染接过了笔记本。仙堂态度恶劣地抱怨着"一个个都这样"，然后清清嗓子说：

"受害人是二十岁的大学生城峰恭助。他在横滨国立大学上二年级。"

他立刻开始讲述案件概要。

现场是如何被发现的。尸体的情况。图书馆夜间的安保系统和柜台发现的血迹。凶器、指纹，还有尸体留下的信息。

"目前让我们头疼的是这条信息该如何解释。几乎指向姓久我山的男管理员，但是并不确信。我干了三十年刑警了，还是头一回遇到自带死亡信息的尸体。我认为这种问题你更擅长。给你五分钟看现场，然后说说你的意见。"

"……"

"如果对逮捕凶手有用，我就支付给你报酬。"

"包在我身上，我会光速解决。"

一直默默不语的里染立刻迸发活力，第一次向警部露出笑容。这个名副其实的拜金男。

"那就请这边走。"

白户说道，大家一起上楼。柚乃也想跟着去，但是被重新站直身体的哥哥拦住了去路。

"你不用来了吧？你就待在这里。不，你回去吧。"

"哥哥，受害人姓城峰？"

"怎么了？"

"不会是城峰有纱的亲戚吧？"

"啊？哦，关于家人情况目前还没有得到汇报……好了，快走！"

"我还是要去！"

柚乃不是里染的跟班，她也不是为了在日常生活中寻求刺激，不惜插手谋杀案的人。比起这个，她更想赶快回家复习化学、现代社会和数学 A。

但是，内心有一种不安在阻拦着她。

受害人姓"城峰"，和那个图书委员会主席城峰有纱同姓。当然他们有可能毫无关系，可如果是她的家人或者亲戚呢？这样一来风之丘的学生就被卷进了案件。而且里染提过，她经常来图书馆，这条信息也让她放心不下。

城峰恭助和城峰有纱有关系还是没有关系？至少她想确认这一点。

柚乃用乒乓球队练就的步伐从哥哥身边溜过，跟在里染身后。仙堂侧目瞪着她说：

"你也要来？"

"因为我是拎包的！"

她展示了手中的助六寿司和书包。警部不满地哼了一声：

"你爱怎么着怎么着……不过我认为你一定会后悔！"

一分钟之后，柚乃的确后悔了。

一干人等并排站在书架前，俯视着躺在地上的男子——皮肤苍白、纹丝不动、头上淌血的男子，城峰恭助。

直接面对尸体已经不是头一遭。体育馆命案的时候自己和早苗是第一发现人，然而并非第二次便司空见惯。柚乃咽下一口唾沫，躲在紧跟而来的哥哥身后，就连里染也显得不适。

"我可没听说尸体还在这里哟。"

"我想也是。因为我没告诉你嘛。"

仙堂充满恶意地说道，递给宿敌一副用来勘验现场的手套。

"你看，一切都还保持着发现时的状态。你开始吧！"

里染心不甘情不愿地接过手套，上前一步开始工作。柚乃从哥哥身后战战兢兢地探出头来望着他。

里染首先翻看了哥哥的笔记本，对手指各个关键点进行了确认。尸体。散落的数册书籍。这些书原本收纳的场所。书包。还有凶器。

"从凶器周围到尸体脚边，溅有少量血沫。"

"哦，可能是被砸中时溅上的。"

"但是，无论哪一滴血沫都很奇怪，断断续续的，就像用什么东西擦过一样。"

"或许凶手擦拭过地面。"

"擦拭……？"

里染嘴里重复着仙堂的话，拿起《人之临终画卷》。

"凶器下面的地板也都溅上了鲜血。不过它和其他地方不同，并不是断断续续的。"

他低声自语，仔细端详这本书，还把书从盒子里取了出来，但是很快他就失去了兴趣，放回了原来的位置。

接着，他靠近尸体，把落在地上的几本书拿起来。大部分书都接触到了尸体头部流淌过来的鲜血，但是书底下的地面没有一处染有血迹。

"看来在血液流淌开来之前，书就已经散落在地上了。"

"是啊，"白户说，"可能是他倒地时碰下来的。"

"原来如此。"

里染大步走回凶器所在地点，他用前卫芭蕾一般的姿态再现了受害人的动作。

"他站在这里，首先被击中右眼。在他脚步踉跄半蹲之时，左侧又被砸中。地板上鲜血四溅，击打的力量让他朝右方转身，脚下发软地迈出两三步，想要双手撑地，结果手臂撞上了书架。书本被推落，掉在地上。瞬息之后受害人也倒下了，头部流出的鲜血在地毯上流淌开来。"

"然后他就写下了信息？"

警部接着说道。里染没有理会他的话，在书包前面蹲下身，浏览书包里的笔记本，把手机的待机画面打开后便扔在一旁，还在皮革笔袋里哗啦啦地翻来找去。

"我说，这孩子是什么人？"

梅头小声问哥哥。

"他算是搜查顾问吧。我们付给他报酬，让他来协助调查。"

"有成效吗？"

"已经破了两起案子了。六月的体育馆案和上个月的丸美水族馆案。"

"哦，这么厉害啊。"

梅头的双眸泛出了少女一般的光芒，然后她又看看柚乃，问：

"这个女孩子呢？"

"那是我妹妹。"

柚乃和梅头时不时目光相撞，无言地相互致意。梅头立刻又问哥哥：

"为什么你妹妹会来？"

"我也想问呢。"

"哥哥。"

就在哥哥悲鸣之时，里染叫了他一声。他刚从尸体屁股上的口袋里掏出美工刀。

"这把美工刀的刀刃缺一丁点。找到碎片了吗？"

"没找到……会不会本来就有缺口呢？"

"刀刃包括折叠部分在内都生锈了，但是断面却完全没有锈迹。这说明它与空气接触不多，我认为是最近才有的缺口。"

他一边语气冷淡地解释，一边把刀放回了口袋。他表情复杂地环顾现场，像在月台上等电车的乘客一样，用鞋尖在地面上敲了三下。

"哦，原来如此。是卫生间。"

他紧跟着说出的这句话让所有人都开始怀疑自己的耳朵。

"卫生间？"

"没听懂吗？刑警先生，就是厕所呀。也叫化妆室、洗手间、Water Closet、Restroom、Lavatory、茅房、不洁之处、雪隐、便所。随便你叫它什么都行。二楼应该也有。"

"啊？哦，词典区往里去就有一个卫生间，只有一个隔间，男女兼用。"

"已经查看过了？"

"搜查人员应该看过了。具体信息还不知道……哦，等等。"

里染一听这个回答便急匆匆地迈开了步伐。哥哥跟在他身后，躲在哥哥身后的柚乃也必然地与他同行。

"里染，你要去卫生间？是因为看了尸体觉得恶心吗？"

"恶心是恶心，但是我不是去呕吐的。"

"那你去做什么？"哥哥问，"像在水族馆的时候一样，去找卫生卷纸？"

"不对，这回要找的是刀尖。"

"刀尖？美工刀的？"

原路返回来到走廊，在楼梯前面右转，就是报纸和词典区。左侧墙壁靠里的位置有一个拉门，上面有男女兼用的标志。

里染打开门走了进去。感应器有了反应，灯自动开了。这是个没有窗户的较大隔间。右侧是盖子合上的马桶和卫生卷纸支架。正面是一个小型洗手池，上面贴着一张纸，写着"小心裂缝"。看来纸下面是镜子。

柚乃和哥哥环视卫生间内部。地面上平坦的地砖，一尘不染。

"你说刀尖在哪儿？"

哥哥问道。但是里染没有回答，默不作声地行动着。他把脸凑近地面四处走动，打开马桶盖子，扯出卫生纸。绕场一周后，他检查完洗手池，终于开口了："原来是猜错了呀。"

"你认为美工刀的刀尖在这里？"

"我以为是，不过似乎错了。"

"搞不明白你在干什么，不过这就是浪费时间。回去吧。"

"浪费？这个词用得过分了，哥哥。我的效率也是很高的……等等！"

里染突然把鼻子凑近写有"小心裂缝"的纸上。

"有重新粘贴的痕迹。"

这个提示纸张的四个角用透明胶固定，贴近些看，会发现沿着胶带的墙壁色调和周围有着微妙的差异。看上去的确像是重新粘贴过。

里染用手指头捏着透明胶带，小心地揭下了这张纸。它覆盖的果然是面镜子。左侧有好几个裂缝，看来是因为它危险，工作人员才贴上提示的。但是，他不关心这一点，而是注视着揭下来的胶带背面。

左下角的胶带背面，有三毫米左右的银色碎片。

"猜对了。"

里染满意地捏起碎片，交给哥哥，说："请转交鉴定科。"

"这个……难道是美工刀的刀尖？"

"怎么想都是它咯。不过哥哥，这个卫生间只有照明是感应式的。感应器夜间也管用吗？"

"不是，感应器全都和电子锁联动，所以闭馆时不运转。"

"全都？一楼的卫生间也是这样？"

"嗯。不过，办公区里工作人员的卫生间应该可以使用。因为那儿的照明不是感应式的。"

哥哥顺势作答之后，才像刚醒悟似的，问道："这有什么问题？"里染一副沉思的表情，重新把提示贴回去，又在卫生间里来回走动起来。

"还有东西要找？"

"还有一件现场没有的东西……算了，就这样，先回去吧。"

他就像是工作告一段落似的，吹着口哨走出了卫生间。那是井上阳水《去梦中》的旋律。柚乃等人再次从楼梯前面经过，回到现场。

梅头正在发呆，白户看上去满心欢喜，而仙堂则青筋毕现："想去卫生间的时候要先举手获得允许，你在小学没学过？"

"不记得咯。我是宽松教育的受害者。"

警部似乎马上就要大发雷霆，然而当哥哥把碎片交给他，讲述了刚才发生的事情之后，他露出了仿佛遭到豆粒机枪扫射似的表情。他想对里染说点什么，但是立刻又闭上了嘴。愤恨之余，呻吟般地说道："谢谢你的帮助。"

里染微微抬手致意。接着，总算拿起了那本写有死亡信息的书。

"这是铦口夜央的《遥控刑警》嘛。"

"哦，你知道呀！"

白户两眼生辉。

"当然了，"里染点点头说；"第二回写得尤为精彩。那个远距离诡计在悬疑小说中史无前例。"

"我倒是觉得这么说不公平呀。关于最重要的衣架，描写不够充分。"

"网上也有这种批评。但是我认为这是因为他们解读不够深入。从开头的描写和久我山的台词出发进行推理，就能明白浴室里的衣架是塑料的……"

"你！能！看！死亡信息吗？"

仙堂终于等得不耐烦了。

里染表示"我能听见你说话"，就像观察凶器时那样，从各个角度端详起《遥控刑警》来。他看到侧面时，停住了手。

"刑警先生，和书脊相对的、翻阅书页的这一侧——是叫切口吧？这里沾上的血迹是怎么回事？就像细细的线条。"

"哦，这个呀。应该是画圈的时候指甲蹭上去的吧？"

"指甲？不对，不是指甲。受害人的指甲剪得整整齐齐。就算是手指蹭上去的，也不可能留下这么纤细的印子。"

"那你认为是什么？"

里染没有回答，继续和切口玩盯人游戏。然后，他的视线又转移到封面上的死亡信息——不，他把书放回了原处。他接下来的行为更是让人难以置信。

他跪在尸体前方，抓住尸体的头部，猛一抬手，把它拎高几厘米。

"里……里染，你做什么？"

刑警不由得大喊起来。里染严肃地注视着头部与地面之间的空间，说道：

"脸部侧面没有血。"

他再次自言自语道，接着便把城峰恭助的脑袋放回了原处。接触尸体的恐惧看来已经完全消失无踪。他把脸庞贴近尸体，从头到脚仔仔细细地观察一番，然后烦恼地歪歪脑袋。

然后，他又来到摆放"Mo打头的作家"的书架旁，从一头走到另一头，就像在卫生间里的时候一样，他好像在寻找什么，睁大眼睛四处观察，但是没有再进行详细调查。

里染来回走了两圈，停下脚步，开始宣布他的搜查结果：

"没有手电筒。"

"你说什么？"

"手电筒。按照工地的证词，八点之后这座图书馆再也没有开过灯，对吧？只是，二楼的窗户出现了几次光亮，像是手电筒。也就是说，无论受害人试图在夜间的图书馆做什么，他都必然携带某种光源。否则，受害人不可能在夜间的图书馆里四处走动。但是，现场并没有手电筒。"

里染确认似的环视书架……确实，这里没有这类工具。

"四周、书包里、衣兜里都没有，卫生间里也没有。这就很奇怪了。那么，手电筒在哪里呢？"

里染又开始四处逛巡。仙堂和哥哥交换着不安的目光，就像在说："叫这家伙来，是不是个错误呀？"

"喂……我觉得你应该知道，这世上还有手机这种方便的东西哟。"

"你是说，他是用手机的灯光照亮脚下的？"

"对，简单明了。"

"但是他的手机装在书包里。如果它是手电筒的替代品，这一点就很奇怪了。周围漆黑一片，而且他的手机还设定为节电模式。这种模式基本上都是依靠降低灯光亮度和音量来控制电能消耗的。我认为，在亮度下降好几个层级的情况下，手机是无法代替手电筒的。"

简单的反驳被更为简单地驳倒了。仙堂退缩似的挠挠脑袋。

"那么，凶手把受害人的手电筒拿走了？"梅头问，"要不然，就是只有凶手携带了手电筒。如果是他们俩一起潜入图书馆，受害人就没必要非带手电筒不可了。"

"就是这样，姐姐。我认为恐怕是前者。"

"为什么？"

"凶器下半部分的两个书角都被擦拭过，对吧？擦了两个地方，意味着凶手用了两只手拿书。因为，想要用书把人打死，无论如何都需要两只手的力量。然而，这时候凶手两手不空，无法持有光源。受害人携带手电筒，凶手行凶后拿走的可能性更高。"

梅头和仙堂同样茫然若失，只说出一句："原来如此。"

"可是这样一来，情况就很奇怪了。"

"啊？"

"手电筒上哪儿去了？请大家想一想。手电筒，手电筒！"

他的举动越来越怪异。柚乃用怀疑的目光注视着里染交给她的助六寿司。这里面不会放着什么可疑物吧？

仙堂投降似的叹了口气："喂，里染！"这不知是他第几次试图说服里染了。

"我已经知道手电筒的问题了，比起这个还有更重要的事吧？死亡信息！你赶紧谈谈对死亡信息的看法吧！"

"死亡信息！"

里染气势汹汹地叫喊起来，似乎要把它抹得一干二净。

"死亡信息？重要？刑警先生，你还在打瞌睡吗？快醒醒吧。你说说看，关注死亡信息能弄清楚什么？什么意义都没有，纯粹浪费时间。"

"你居然说这是浪费时间？这当然很重要！这可是受害人留下的……"

"是的，这是受害人留下的。但是别人在想些什么，我们绝对无法了解。即使我们认为自己了解，也只是在猜测。况且对方已经死了。"

他毫无敬畏之心地用手指头戳戳鲜血淋漓的脑袋，尸体没有任何反应。

"'く'和'〇'，表示的是图书管理员的姓氏。或许如此。然而，也有可能并非这样。可以解释为'痛苦'①的'く'。也不能否认，这有可能是他临死之前，回顾自己的读书生涯，把喜爱的书中角色圈了起来。我们可以建立无数个假设，可又都缺乏根据。因此把时间用来思考死亡信息完全就是浪费。手电筒也清楚地表明了这一点！"

"手电筒表明了什么？"

"表明了很多信息。我从头说起吧，例如……"

"警部，打扰一下。"

---

① 日语中"痛苦"的开头也是"く"。

就在里染想要继续炫耀的时候，一名搜查人员跑了过来，汇报道：

"久我山卓到了。"

"好的，我这就去。"

仙堂稍稍安心了一些，转身对里染说："这件事姑且放一放，我们必须先找管理员了解情况。"

"好啊，或许能从不在场证明中了解到什么。"

就在里染不以为然说出这话的时候，警部的安心也被吹到了地平线的那一端。

"你也要跟着来？"

"当然。"

侦探露出事务性的笑容：

"因为我还没陈述完自己的'意见'呢。"

7　从今天开始寻找带"〈"的凶手

童书区的书架比二楼普通书籍区域的要矮，四处张贴着手绘海报和朗诵会的通知。笔直地穿过这些书架，走到头就是阅览室。

正面靠墙摆放着学研出版社的图鉴和小学馆出版的伟人传记等用以查阅的书籍，中央放着一张宽幅的椭圆形桌子。和二楼的桌子相比，高度也同样低一些。四处都有明显的伤痕和铅笔污迹。大约两周之前，孩子们一定在这里为了完成暑假作业历尽千辛万苦。

但是，现在出现在桌旁的却不是小学生，而是五名成年人。

他们面朝这个方向坐成一排。

从柚乃等人这里看过去，坐在最右边的是一名圆脸男子，他似乎很在意坐在他身边、缩着肩膀的女性，目光多次快速地扫向她。这位戴眼镜的女性低着头，用手绢掩着嘴巴。从她凌乱的直发便能看出她有多狼狈。柚乃心想，这应该就是仙堂口中的第一发现人了——好像叫做那须先生和上桥小姐。

上桥身边，也就是桌子中央，坐着一名好身材的男人，年龄大约在五十岁到五十五岁之间。他用一根带子把梳到脑后的长头发束起来，浅黑色的鼻子上架着一副棱角分明的黑框眼镜。眼镜的两端挂着金属链，一直垂到脖子上。他看上去就像一个豪爽知性爱冒险的学者。他的嘴唇不断变化形状，表明了他的不安，皮肤也汗津津的。

在他旁边女性，身材娇小，与他形成对照。她皱纹满面，看上去年事已高。大眼镜后面是神情严肃的双眼，夹杂银丝的娃娃头短发，骨骼分明的手指交叉着放在桌上。她身穿驼色开衫，不过黑色斗篷和三角帽或许更适合她。

接下来是最后一位。左端的座位上，是一名戴着时髦眼镜的中年男子。他脊背挺得直直的，一动不动。和其他四个人相比，至少眼神没有那么慌乱。长脸形，目光不知正投向何处，有些拳曲的头发及肩。无论是他的样貌，还是他的脱俗感，都让人想起过去那位讴歌世界和平的摇滚歌手。

"让你们久等了，抱歉。"

仙堂站在桌前第一个开了口。

"我是县警察局的仙堂，这是我的下属袴田，请多关照。那么，当地警署的同事已告诉你们发生了什么。作为搜查的一个环节，我也需要向你们了解一下情况……"

"我打断一下可以吗？"

娃娃头的女性插嘴说。

"我知道你们是刑警……可是那边两位呢？"

五个人的视线都落在警部身边不合时宜地大嚼黄瓜卷的少年，以及他身后的柚乃。柚乃连忙躲在哥哥身后，但是晚了。不过这种境况是必然的。当地警署的两个人留在了二楼，只剩下县警搭档和他们两人，自然愈发显眼。

"哦，"仙堂手抚脑门说道，"他是搜查顾问。他只是坐在这里而已，请不要在意。"

"可他看上去还是个孩子。"

"他是名高中生。不过，并非什么可疑人物。"

"可他看上去正在吃寿司啊。"

"失礼了，我纠正一下，他是个可疑人物，但是请大家不要在意。"

她还想说点什么，但是忍住了。里染本人似乎并不介意，还在咕噜咕噜动嘴巴。顺便说一句，柚乃被迫拿着的寿司盒已经回到了他手上。在这种情况下东西不难吃吗？从各种意义层面上来看。

仙堂再次清清嗓子说：

"那么，首先请那须正人先生和上桥光小姐之外的三位……介绍一下自己。"

"我是寺村辉树。"

坐在中间的好身材男子开口说。

"我是梨木利穗。"

接着娃娃头女性报上名来。她加了一句："我兼任馆长。"

"我是久我山……卓。"

最后是左端戴圆眼镜的男子，一字一顿清楚地说道。

久我山——这是和尸体写下的打头文字相同的名字，和尸体圈起来的人物相同的姓氏。看来他就是传说中的管理员久我山。仙堂的眼睛微微一亮。

"各位，你们认识被杀害的城峰恭助吧？听说他常常来图书馆。"

"从他这么小的时候我就认识他了。"

寺村伸出手来，在和桌子差不多的高度比画着。

"他每周都会来几天，选书、学习……过去他还在这张桌子上帮助我们做自由研究呢。他常常和母亲、学校的朋友一起来，还有他的堂妹。"

"是啊。借阅也很守规则，是个很聪明的孩子。"

梨木也加了一句。仙堂像是在琢磨单词的意味，重复道："聪明……"

"寺村先生等人比那须先生他们还熟悉城峰吧？"

"因为我们和那须、上桥不同，在这里工作的时间长嘛。"

"不过，关系最好的或许是久我山先生吧？昨天两个人好像也交谈过。"

"哦。久我山先生和城峰很熟悉啊？"

仙堂接过梨木的话头，向久我山转过身去。对方平静地回答：

"嗯，我们在书籍上趣味相投。有时候我们会互相推荐自己读过的书。"

"顺便问一下，昨天你们都说了些什么？"

"没什么重要事，就是打了个招呼。"

"打招呼？原来如此。城峰有什么不一样的地方吗？"

"没有。"

回答得过于痛快。或许是因为随时都能追问，仙堂没有再说什么。他恢复了身体的角度，换了个问题：

"据判断，城峰被杀害是在昨晚十点左右。各位昨晚八点左右就下班回家了吧？离开图书馆的时候，那须先生和梨木女士检查了馆内情况，对吗？"

"是的，"梨木说，"我们巡视了包括书库和卫生间在内的所有地方。"

"当时有异样的地方吗？"

"完全没有。"

"离开图书馆的时候，你们把柜台的门、办公室的门都关上了吗？"

"关上了。"

"大家是一起回家的吗？"

"所有人都住在海老铁道沿线，坐电车上下班，所以大家一起走到风之丘车站，在那里告别，各自乘坐上行或下行电车。"

海老铁道，指的是连接横滨和海老名之间的私营铁道，共有大约十五个车站，从横滨数起，风之丘是第五站。

"各位当中有人回家后再次返回图书馆吗？"

警部扫视整张桌子，但是没有人回答。他挠挠下巴，回到正题：

"那么，回家之后——尤其是十点左右，大家都在做什么？

而且，有没有办法证明？请大家准确地告诉我。我们从那须先生开始吧。"

右端的圆脸青年肩膀一颤，坐正后说：

"好的。我一个人住在雪之原的公寓……昨天我不到九点就到家了，然后一直在家。所以没有不在场证明……哦，不过我十点左右登陆了网上游戏账户，这个或许能证明。"

"原来如此。"

仙堂不悦地点点头，似乎想说："这种东西哪能当作证明呀！"

"那么下一位，上桥光小姐……上桥光小姐，你没事吧？"

上桥看上去还没从发现尸体的打击中恢复正常，对警部的问话并没有作出清楚回应。那须叫了一声"上桥小姐"，她才终于抬起头，低声回答"我没事"，脸色却很苍白。

"你是问我昨天晚上在做什么？昨天……我回到双子川的公寓后，吃完饭……就没干别的了。十点左右应该正在洗澡。因为我一个人住，所以没办法证明……对不起。"

"你不用道歉，"仙堂柔声说，"寺村先生呢？"

"我和妻子、儿子三个人一起住，就在隔壁镇上。不过昨天只有我一个人在家。"

"这是为什么？"

"妻子去参加同学会了。儿子在读大学，昨天社团聚会，回来很晚。所以我回家时一个人都不在。从九点到十一点，我都没有不在场证明。"

寺村说完后，似乎想起了什么，说道：

"等等，我看了周一九点的节目，可以讲清昨天那一集的内容。就是小栗旬找工作的那部电视剧。"

"上网一搜到处都是剧透，算不上严谨的证明。"

里染忽然说道。寺村瞪大眼睛看看他。与其说是吃惊于他说的话，不如说是吃惊于他开口说话这件事本身。

"啊，哦。或许的确如此……警部先生，我撤回这句话，我还是没有不在场证明。"

"顺便说一句，不是小栗旬找工作，"柚乃说，"找工作的是石原里美。"

"谢谢纠正。"

"哇。"

她无论如何都想指出这一点，却被里染用豆皮寿司塞住了嘴巴。他自己随随便便张口就说，却这么对待别人，这算什么啊？

"寺村先生，谢谢你！"仙堂控制住了节奏，"梨木女士呢？"

"实际上十点左右我是一个人。在回家的路上，我在连王町下了车，看了晚场电影。"

"电影？片名是？"

"是一部重新上映的、名叫《东京教父》的动画片。"

"《东京教父》？"

里染鹦鹉学舌般地说道：

"我也很喜欢哦。梅垣义明这个角色最棒了！不过这是相当老的作品了，为什么现在会上映呢？哦，对了，是导演的去世三周年纪念吧？真是家好电影院啊。我一直在期待《做梦机器》能早日完成呢哦唔。"

见他说个没完，柚乃把盒子里剩下的最后一个粗卷寿司捏起来塞进里染嘴里。尽管遭到他怒目而视，柚乃满不在乎。

"听你们一讲，我也想起来梨木女士昨天回家时说过要去看电影。"

寺村嘟囔道。那须和久我山也点点头。

"您一个人看的？"仙堂问道。

"是的。所以很难证明呀……剧场也很小，票根也扔掉了。当然，我可以讲清内容。"

如同刚才里染指出的那样，用鼠标点击一下就可以搜集信息的现代社会，这算不上什么大不了的证明。重新上映的影片就更不用说了。

"我回到白沼桥的家，是在十一点半左右。这一点我丈夫可以证明。"

"明白了，您不用说了。那么最后是久我山先生。"

仙堂再次转向坐在左端的男子：

"你在离开图书馆之后在哪里？做了什么？"

仙堂尽管神色平静，但是言语之间流露出比刚才更强的威慑力。哥哥把笔记本翻到新的一页，等待嫌疑人的回答。

柚乃忽然想，久我山本人以及其他管理员，是否知道受害人在现场留下了信息呢？从他们的样子看来，可能只有那须和上桥才知情。一定是仙堂故意没告诉他们，为了让嫌疑人放松警惕。

"我坐电车，在超市买东西，晚上九点半左右回到位于大和的家。吃完买来的熟食后，洗澡，喝了一罐啤酒就睡了。就这些。"

"熟食——抱歉问一下，你家里人呢？"

"我有妻子和两个年幼的女儿，但是昨天家里一个人都没有。"

"和寺村先生的家人一样,他们也有事出门了?"

"不是,大约四天前,我妻子回娘家了,带着女儿们。"

这句话他说得干干脆脆,却让刑警们和管理员们都瞪大了眼睛。这意味着什么,连高中生柚乃都能轻而易举地想象出来。

"久我山,你和太太分居了?我这可是头一回听说呢。"

听寺村这么说,久我山平静地回答:

"我们只是吵架了而已。之前也发生过一回,没什么大不了的。"

"难道,"哥哥刚想起来似的说,"你说自己今天早晨因为私事正在赶往静冈,是指……"

"去我妻子娘家,我想和她和好。因为中途折返,所以还没见上面。"

整理完思绪后,仙堂总结了证词:

"也就是说……没有一个人能证明你十点在家?"

"是的。"

他老老实实地点点头。"谢谢你。"仙堂的眼中闪耀着捕获了猎物般的光芒。

久我山没有不在场证明。不对,其他四个人也没有不在场证明。从理论上看,所有管理员都存在行凶的可能性。究竟是谁——刚想到这,柚乃就忽然注意到:

凶手存在于这些人当中——这一前提说到底,一定就是正确的吗?

"关于办公室的便门,各位把夜间密码告诉过别人吗?"

仙堂向管理员们询问道，似乎也有和她相同的思路。他们各自摇摇脑袋，梨木代表大家说："没有。"

"夜间密码只告诉过管理员，搬运工和办事员应该都不知道。"

"也就是说，夜间能够出入图书馆的，只有在场的各位了？"

馆长正要点头，寺村的粗嗓音响了起来：

"等等！那家伙可能知道吧？"

"就是那家伙呀，上个月辞职的。当时馆内已经启用密码锁了嘛。"

"哦……这么说起来，他确实知道密码。"

梨木回忆起来了，她严肃的表情松弛了下来。仙堂立刻追问：

"他是谁？"

"三周之前，我们这里还有一名管理员，不过他这人有点问题……"

"问题？"

"我们发现，他把作废的图书卖给了旧书店，钱落入了自己的腰包。虽然是不要的书，但是暗中倒卖是重大的违规行为。"

"喔唷。"

"因此，我立刻解雇了他。但是，在那之前就已经启用了密码锁，他也知道密码。"

"就是说，这名以前的管理员可以进入闭馆后的图书馆？"

"是的……现在想想，没有修改密码真是太不小心了。"

梨木或许是感到了身为馆长的责任，窘迫地撇了撇嘴。

"解雇的男子叫什么？"

"他姓桑岛。桑岛法男。"

桑岛。

柚乃一惊，和哥哥对视一眼。这个姓氏也是"く"开头，发音和久我山也很接近。

"他是个什么样的人？"

"这么说可能不太好，但是他平时就给人自私的印象。他关于书籍的知识很丰富，工作也并不马虎，可是缺乏协调性，行为蛮横无理……"

"外貌如何？"

"他个子偏高，年龄应该是四十三岁。光头、眼睛大而有神。还有就是左脸有块烧伤的疤痕。"

"据说是小时候遇到了事故，"寺村说，"虽然不是很明显的疤痕，但是他自己好像挺介意的。所以我尊重他个人的意愿，不怎么让他在柜台、开架区工作。"

"也就是说，解雇之后，桑岛先生没有再次出现在大家面前？"

"不是。他家住得近，所以作为读者来过几次，那家伙在这些方面有些厚脸皮。不过到底他没敢借书，也没跟我们说过话……哦，对了，我昨天好像也看见他了。像这样，把帽子压得低低的，就跟易装了似的。他一直在二楼的凳子上坐到闭馆……"

"啊！"

突然，上桥光高声喊道：

"我想起来了，昨天桑岛先生……"

"上桥小姐，怎么了？你想起什么来了？"

“我昨天也在图书馆见到桑岛先生了。他和恭助在自动门外面说话来着。”

阅览区再次掀起波澜。

“下午三点左右。我休息期间顺便到外面的自动售货机买饮料。回来的时候，看见恭助和一个戴帽子的男人紧挨自动门站着，似乎正在交谈……”

“你是说，跟恭助说话的人就是桑岛法男？”

“他帽子压得很低，我看不见他的眉眼和脑袋，但是能看到脸颊上红色的疤痕。我当时还想，哎呀，桑岛先生又来了。”

被图书馆解雇的前管理员，易装似的来到原来的工作单位。

还和案件的受害人说话。

“上桥小姐，你听到他们在说什么了吗？”

“没有，只是看见了而已……哦，不过我觉得恭助看起来不怎么友好，说话时表情很严肃。”

“也就是说，他和那个男人并非只是在打招呼。”

仙堂说道，就像在挖苦刚才的久我山。久我山本人倒是面不改色，依然平静地坐着。

“关于这个男人，稍后我们会在附近确认他的行踪。感谢你们提供的重要信息。”

仙堂说完这话，纠结地嗫嚅片刻，然后转身问里染：

“你有什么要问的吗？”

顾问没有回答，而是把吃完的助六寿司盒子交给仙堂，上前几步，扫视五名管理员后说：

“各位当中，有没有谁的外表和昨天差异很大？比如，妆化得更浓，眼镜的种类变了，或是更换了发型？”

管理员们不得要领地互相看看，很快，寺村回答：

"所有人都和昨天一样呀。"

"原来如此。谢谢。"

里染就提了这么一个问题。他行了个礼，打算回原位。可就在他转过一半身子的时候，突然停下了脚步，问道：

"哦，我还有一个问题。我想问问久我山先生，您刚才说，和城峰恭助先生'在书籍上趣味相投'，您二位喜欢什么样的书呢？"

又是一个让人摸不着头脑的问题。连久我山也不由得微微皱起眉头：

"推理小说。尤其是国外的短篇。"

"城峰先生最喜欢的短篇是哪一部呢？"

里染追问道。久我山困惑地思考片刻，回答道：

"他应该喜欢爱伦·坡的《失窃的信》……这和案子有什么关系吗？"

"没有，只是我个人兴趣。谢谢！"

里染转过身去，对呆若木鸡的管理员们留下了一个笑容。

"警部先生，我们有一个请求。"

就在警部结束讯问离开阅览室、柚乃等人也打算随他离开的时候，一个客气的声音叫住了他们。回头一看，那须和上桥已站起身来。

"二楼，散落在恭助身边的那些书，可以收拾了吗？"

"如果泡在血泊里不管，会坏的……"

"哦，反正现场勘验已经结束了……可以在搜查人员的见证下收拾收拾。不过《遥控刑警》要交由我们保管。"

"明白。谢谢！"

两个人争分夺秒，刚道完谢就越过柚乃等人，向楼梯奔去。她想起警部说过，上桥为了一本书不惜早早来到图书馆上班。遭遇尸体，脸色铁青，却不忘保护书籍。这样的态度让她感受到了图书馆管理员的精神。

警部目送着他们，再次迈开步伐，等来到童书区入口，他才松了口气。这里与其说是儿童区，不如说是幼儿使用的空间。在绘本和连环画书架的包围中，摆放着色彩缤纷的凳子和小沙发。警部一屁股坐在其中一只上面，一直站着的柚乃等人也疲惫地随他坐了下来。

哥哥迅速掏出笔记本重新翻开，说道："我们来总结一下吧。"

"全体管理员都没有明确的不在场证明，住处距离也不太远，所以即使先回到家中，也有充裕的时间再次返回图书馆。理论上每一个人都存在作案的可能性。而且还有一个人浮出水面，就是上个月被解雇的男人桑岛法男。他有在图书馆造成问题的前科，而且昨天还在图书馆前面与受害人交谈过。"

"嫌疑很大啊，"仙堂抽抽鼻子说，"有必要详细调查桑岛。但是，真正的问题还是久我山。死亡信息指向他，而且他还没有不在场证明，基本上已经确定了。接下来要重点布控，直到他露馅。"

"你们还在说这种话？"

里染开口了。他手拿一本绘本，打发时间似的翻看着。有位飞天少年、颇有超现实主义风格的封面上，印着书名《橡皮脑袋砰太郎》。

"我刚才不是告诉你们了吗？考虑死亡信息是没有意义的。"

"我可不记得你说过。还有，自己把这个寿司盒子拿去扔了！"

"喔，我还没说完对吧？那我接着往下讲！"

"不要把别人的话当成耳旁风！垃圾自己拿走规规矩矩扔掉……"

"这个死亡信息，和凶手的姓名完全无关，又或者，是凶手事后故意进行的伪装。有关手电筒的事实已经证明了百分之九十。"

仙堂试图把空盒子塞进他的手，却猛然停在空中。

"伪装？你是说死亡信息是假的？"

"我不认为它完全是假的，但是用尸体的手指当作笔来写信息，不仅花费时间而且会留下痕迹带来危险。正常的凶手不会做这种多余的事情，他一定会抓紧时间赶紧逃跑。但是信息有两条。看到了其中一条的凶手，为了掩盖它的意义，被迫伪装另一条，这种可能性也是很大的。"

"为什么会这样？"

里染合上他正在读的绘本，转身对两名刑警说：

"我从头说起。尽管有证词显示图书馆一直处于黑暗当中，受害人身边却没有手电筒。这一点意味着两种可能性。受害人本来就没有带手电筒，或者是受害人拿着的手电筒被人拿走了。

"在被人拿走的这种情况下，又有两种可能性。一种是，拿走手电筒的是打死受害人的凶手 K，另一种则是，拿走它的是在柜台留下血迹的第三个人 X。"

"第三个人是 X 倒也没问题，可是凶手为什么会是 K 呢？"

哥哥问，"是久我山的 K^①？"

"是 Killer 的 K。"

在文学名著众多的图书馆里，给凶手起名为 K，多少有些失礼……柚乃想起了上初中时读过的夏目漱石的小说^②。

"那么刑警先生，假如手电筒被人拿走，你觉得是 K 还是 X 拿走的？"

"那肯定是凶手拿走的咯。本来又没有证据说明第三个人不是凶手。"

"正确。不过我认为 X 是实际存在的。"

"什么？"

"这可以从目击到光亮的证人证词中推测出来。工地的工人们看到图书馆二楼有手电筒的光，一共是三次。九点半、十点和十一点。杀人是在十点。那么十一点在二楼打开手电筒的人是谁？凶手在杀人现场逗留将近一个小时，或者是一度逃跑，一个小时后又返回——比起这种可能性，凶手以外的其他人来过现场要更为自然。因此，十一点打开手电筒的人很有可能是第三个人 X。如果假设为，凶手 K 殴打 X 和城峰恭助并逃跑之后，隔了一会儿，晕过去的 X 恢复了意识。从时序上来看这也是协调的。

"但是，在这种情况下，X 需要一个人上二楼。刚才我也提到过，在没有光源的情况下从柜台去现场，无论对图书馆内部多么熟悉，都是很困难的。也就是说，从一楼向二楼移动的时候，X 应该带着自己用的手电筒。这样一来，X 几乎就没有偷走受害

---

① 久我山的打头字母是"K"。

② 夏目漱石代表作《心》中的一位重要人物叫做"K"。

人手电筒的必要。当然，不合常理的可能性也有几个。但是至少比起其他假设来说，凶手拿走手电筒这种简单的可能性要容易成立得多。"

仙堂在里染喋喋不休开始之后，慢半拍眨了眨眼睛，看了看手里的寿司盒子。

"吃了加醋的米饭，头脑的运转速度都加快了啊。"

"这可不好说，看起来没什么效果。"

"为什么看着我呀？"

柚乃刚才确实吃了一个豆皮寿司。

"我们继续往下说。既然 X 拿走的可能性薄弱，现场没有手电筒的原因就集中在以下两点。受害人本来就没有带手电筒，或者是凶手把手电筒拿走了。"

"我听明白了。可这与死亡信息有什么关系？"

"关系太大了，刑警先生。这是因为，人在漆黑的地方是不能写字的。"

一听这话，仙堂和哥哥大吃一惊，脸都僵了。

柚乃也留意到了。手电筒和血书，突然间拥有了重要的意义。

"请想象一下。城峰恭助被凶手击倒在地。临死之际，他思考着想要留下信息。他用手指沾上血，写下文字与符号——但是，晚上的图书馆一片漆黑。单是写个'く'或许还能设法办到，单是要正确地圈出书封面上人物的脸，在黑暗当中却是不可能的。因此，相当理所当然的结论便是：受害人手边有照明工具提供光亮。

"在这里，我们可以套用刚才推导出的两种可能性。受害人没有携带手电筒的情况，和带了手电筒的情况。就像我在二楼时解释过的那样，前者可能性很小，不过谨慎起见我们再思考一下。受害人没有携带手电筒——这样一来，当然就是凶手携带手电筒了。也就是说——"

里染站起身来，好像拿着什么东西似的伸出右手，说：

"凶手击打受害人之后，像这样继续用手电筒照射受害人手边。头部遭到击打，意识模糊的人，用鲜血替代墨水留下两种信息，需要耗费多长时间呢？十秒？二十秒？不对，应该更长。如果是这样，刑警先生，凶手为什么没注意到死亡信息呢？明明是凶手自己照着受害人手边的呀。击打他人之后心中再怎么慌乱，也不可能注意不到吧？"

是的。凶手一定注意到了死亡信息。既然他注意到信息指向自己的名字，就一定会抹掉它，或是用其他词语替代它，来进行伪装。

这么一想，也就理解了里染一开始得出的结论。为什么关注死亡信息没有意义？因为这个信息和凶手的姓名毫无关系，或者是经过凶手加工的虚假信息……

"那么，"仙堂用低得几乎听不见的声音说，"那么，另一种可能性……手电筒是受害人携带的，被击打的时候落到了地上，偶然照亮了他的手边。"

"对，是这样。但是，在那之后，凶手把手电筒拿走了。拿走，指的是他靠近、蹲下，再捡起来。手电筒在一片漆黑当中，就像舞台上的聚光灯一样，一直照耀着受害人手边的死亡信息。靠近那里，蹲下，再捡起来……刑警先生，你想想。"

里染用教诲的语气，冲着坐在儿童凳上的两名刑警，重复着和刚才同样的台词。

"这样的话，凶手为什么会注意不到死亡信息呢？"

8　第四个谜团

"哎呀？"

骑着自行车进入图书馆院内，城峰有纱心中立刻充满困惑。

第一天的考试顺利结束，她打算准备明天的内容，于是和昨天一样来到了图书馆——然而，入口前却人山人海，不知为何不能入内。她出入这里已经超过十年，这样的盛况还是第一次遇到。她太过惊讶，忘记保持平衡，差点摔倒。

她骑着自行车继续上前，发现不仅仅是入口人很多，而且图书馆的建筑本身似乎也被封锁了。难道今天闭馆？

"请问，是出事了吗？"她向一位站在人群最后、伸长脖子张望的大叔询问道。

"好像是有人被杀了。"

"啊？"

"真让人为难啊。我借了椎名诚的书，是来延期的。这样的话就没法子办续借手续了。今天就该还了。这种情况下，就算过了归还日期，也可以延期吧？我还没看完呢。姑娘，你觉得呢？"

"这个嘛，不知道……延期的话，在网上也能办理，所以应该没问题吧？"

"啊，是吗？我不知道呢。"

有纱把心宽的大叔扔在一旁，连忙离开了。

连自行车停车场都挤满了看热闹的人，因此她骑到图书馆的角落，姑且把自行车停在绿植前面。还是这边人少，连横贯建筑物前面的黄色带子和里面站立的警察都能看见。看来大叔说的是真的。杀人案。在这种地方？究竟是谁被杀了？有纱徒劳地在带子周围徘徊，摸摸贴在大拇指指根的创可贴。

不祥的预感在心头一掠而过。

*

"总之，辛苦你了。我会在搜查中参考你的'意见'。今天就到这吧，你可以回去了。不，你赶紧给我回去！"

"你不说我也正有此意呢。"

里染一边回答警部，一边慢吞吞地在楼梯前走来走去。手里是被硬塞回来的助六寿司空盒子，看来他是找不到地方扔。

"我也不想总在杀人现场待着呀。回去，还能叫出租车送我吗？"

"谁送你啊，傻子！对了，不许把县警察局的车叫作出租车！"

"对不起。说成出租车，是我失礼了。"

"知道就好。"

"应该叫作 Hire^①。"

"也不是 Hire ！"

仙堂愈发烦躁，唾沫横飞。

"Hire 是什么？是空手道的喊叫声？"

柚乃忽然感兴趣起来，小声一问，里染却对她投来极其遗憾的目光。柚乃把塞到她手里的书包朝里染扔过去，挡住了这种视线。

"好了，不开玩笑了，"里染按着被砸红的鼻子说，"刑警先生，顾问给你几个建议，建议你搜查图书馆内的每一个角落。天花板里头、储物柜当中，还有书库里移动书架的缝隙，总之要搜

---

① 租赁车。

查所有地方。虽然管理员们说回家前都检查过了，可是能够藏人的地方有很多呢。例如，我以前看过的动画片里，就有一个馆长，把尸体藏在电梯上面。"

"……世上的图书馆长真是各式各样啊。"

不知为何，哥哥认输般地嘟囔了一句。仙堂倚在借阅柜台旁说：

"你不说我也知道。如果有人在闭馆后还躲在馆里，夜间安保系统也就失去意义了。我打算翻个底朝天，看看到底有没有人的痕迹。"

"要的就是这种气势。还有一点，麻烦你尤其仔细地搜查二楼的卫生间。"

"既然已经发现碎片，这么做……对了，你为什么知道那里有碎片？"

"我用的是初步的排除法。总之拜托你了，那就再见了。"

向仙堂挥挥手，里染走入柜台里。"喂，你也快走。"哥哥在背后推推她。柚乃没好气地回了句"我知道！"。这么说来，到最后也没搞明白城峰恭助和图书委员会主席之间有什么关系——

叮！

就在两个人正打算离开大厅的时候，楼梯旁边的电梯传来了到达的声音。

门开了，刚才上二楼去的那须和上桥，推着一部橙色的书籍推车走了出来。他们身后是白户的身影。那须注意到大厅里的仙堂等人，恭敬地行了个礼：

"谢谢你们。"

"书没什么问题吧？"

"连书页都染上血的书很少，基本上都只需要更换封面就可以搞定了。也没有丢失的书……"

那须低头看看小推车。刚才散落在尸体周围的书，除了《遥控刑警》之外，都按照五十音图①的顺序排列好了。

森真沙子的《放学后的回忆》《化妆坡》，森瑶子的《香水故事》，森内俊雄的《十一月的少女》，森冈浩之的《温柔的炼狱》，森川智喜的《猫粮》，森泽明夫的《津轻百年食堂》，森田成夫的《穿过山岭》《仙人同心》，盛田隆二的《港湾叙事诗》……

"请等等！"

里染上前，靠近小推车。

"收拾好的书都在这里了？"

"对。哦，我们没动《遥控刑警》。"

"除了它之外，散落的书全都在这里了？没错？"

"是的。"

"确确实实没有丢失书籍？"

两名管理员互相看看，回答道：

"确确实实没有丢。我们用二楼检索目录的电脑查了那个位置的藏书，和出借的书籍进行了对照，没发现有书籍丢失。"

"依靠电脑也不算什么问题吧？即便是我们，也不可能掌握馆内所有藏书的情况啊。"

上桥说完后，那须苦笑着补充道。可是说到里染，他非但没有苦笑，连讨人喜欢的笑容都没有露出一丝，凝视着摆在推车上的书籍。

---

① 即日语五十个假名的排列顺序。

他缓缓地、缓缓地把头偏向左侧，很快就像得出结论似的，恢复正常角度——接下来的一瞬间，他向楼梯冲去。

"啊！喂！"

仙堂喊叫着，柚乃也条件反射地追了上去。上楼、穿过书架。里染的目的地是刚才到访过的杀人现场。

"哎呀！顾问同学！"

梅头正百无聊赖地在那里站岗。当然，尸体也在。没想到居然会看到两次。刚才吃掉的豆皮寿司好像就要回到嘴里来。

但是里染看都不看一眼尸体，而是站在可以将整个"Mo打头的作家"纳入视野的位置，盯着为数众多的书脊。

"怎么了？"梅头问柚乃。柚乃耸耸肩说："不知道。"

"姐姐，"里染的视线依然停留在书架上，"那须先生他们收拾书籍、核对藏书期间，有没有什么异样的行为？"

"异样的行为？当然没有了。"

"是吗？这非常重要。"

里染离开现场，又跑回楼梯旁。柚乃完全不明白他到底认为什么"非常重要"，却也姑且跟着他来回奔跑。这多少让人感觉有些怪异。

大厅里的仙堂怒火冲天，就像要冲过来捉住他似的。

"我每次都告诉你不要乱跑，对不对？为什么你非要这么做……"

"刑警先生！抱歉，我还有一个请求！"

"啊？"

"请详细调查城峰恭助及其周边。他的房间、电脑，还有……哎呀，算了，就这样吧。详细情况我稍后和你联系。"

里染摆摆头，像是要甩掉焦躁。他自己似乎也没有整理好思绪。

"真是的，这案子里存在好几个谜团，要比死亡信息难解得多。受害人和凶手在夜间的图书馆做什么？城峰恭助为什么会被杀害？第三个人 X 是否存在？如果存在，又会是什么人——还有那本书！"

"书？"

"刑警先生，说不定我们被卷入独创性的犯罪了。"

里染快速说完这话，把目瞪口呆的哥哥及管理员等人扔在原地，向办公室走去。右手中的助六寿司盒子已经被他捏扁了。

"我说……那我们就此别过。"

柚乃告辞，慌忙中也替他行了个礼，再次跟上里染，恰好在他走出便门的时候追上了他。里染心不在焉，嘴里吧啦吧啦念叨着什么。

"真是奇怪啊。这是怎么回事呢？难道是我记错了？不，我的确见过……证据！有证据！好像昨天……是叫什么名字来着？"

"我说，里染同学。"

"柚乃。"

忽然听见他不带姓氏地直呼自己的名字，柚乃惊呆了。

"啊？"

"我当时好像想到你了。"

里染一瞬间回过头来，接着又大步流星地向前走。在这过程中，他依然喃喃自语。

"为什么？Younai。由乃……不对，不对啊。是柚子吗？Youzi、Youzi……"

“我说，我说里染同学！”

“不对，不是歌手。是水果的柚子吗？水果、水果……挺接近的，让我联想起什么。水果的名字。是什么来着？”

“里染同学！”

“是作品名！九十年代的……名字……水果……啊，想起来啦！”

“里染同学！前面！前面！”

“是机械女神！”

里染一弹手指高喊道。同时，他猛地撞上了停在眼前的一辆自行车上。

哐当！华丽的声音响彻四周。里染发出了与“哇”听起来发音相似却不甚明了的声音，栽了个跟头摔倒在地一动不动。柚乃一面想，所以我才叫你嘛！一面跑向他。

“你没事吧？”

“……怎么会有自行车停在这里啊？”

“我倒是想问你，为什么没注意到这里有自行车呢？”

总之看来他不要紧。柚乃看了一眼自行车，想确认它有没有损坏。大概是撞上它的对手实在太过虚弱，自行车看上去也没出问题。因为有脚架，所以它连倒都没倒，是一辆银色车身、随处可见的女式自行车，后轮侧面贴着熟悉的贴纸。

“咦？是我们学校的学生。”

贴纸上印着“风高”二字，用来证明这是风之丘高中学生上下学使用的自行车。为了便于和其他学校进行区分，入学的时候每个学生都会领到一张。有很多学生嫌麻烦没有贴，不过这辆自行车的主人看来很守规矩。

里染爬起来，似乎也对自行车产生了兴趣，皱皱眉头说："哎呀？"

不过，他的视线目标不在贴纸，而在车座。

浅灰色的车座。没有什么特别奇怪的地方，不过顶端粘着茶色沙粒般的东西。里染靠近自行车，用食指蘸了一点，确认触感似的在拇指间摩擦一番。

"红土。"

接着他又把脸凑近车座，极为认真严肃地用鼻子使劲闻……总觉得，总觉得这是一个怪异的画面。

"里……里染同学，你怎么了？这回又在这方面觉醒了？"

"你也闻闻！"

"啊？啊？"

看来他没在开玩笑。柚乃无奈地把鼻子贴近车座，合成革气味和泥土气息，夹在其中的是淡淡的——

"苹果的香味？"

"我说，不好意思，那是我的自行车。"

柚乃刚嘟哝完这句话，身后就响起了一个声音。

城峰有纱站在那里。

"我，嗯——"

在冻结的空气中，柚乃寻找着辩解的语言。

城峰有纱自我保护般地捂着自己的裙子，退后半步，脸上充满了困惑而非愤怒的表情。这也难怪。就算是自己，如果发现并不熟悉的同年级男生和师妹对着自己每天安放臀部的自行车车座又闻又嗅，也会有同样的反应，一定会把这两个对象都当作变态来处理。

如果解释清楚，如果把误会解释清楚的话。

"不是，我们不是那种……"

"图书委员会主席，今天早晨我们见过面，我记得你叫城峰有纱。"

里染把语无伦次的柚乃推到一边，泰然自若地说道。

"嗯，嗯……你是，里染同学？"

"对，这是袴田妹子。"

"准确说我叫柚乃。"

里染这家伙不是已经记住我叫什么了吗？

"你们俩，在这里做什么？"

"倒也没做什么。我来图书馆学习，谁知道这里却发生了案子，今天好像临时闭馆了。真遗憾……啊呀，等等。城峰？"

里染撒谎撒得和呼吸一样自然。然后他声音高了八度，似乎这才注意到她和受害人一个姓。

"你会不会是城峰恭助的家人？"

"恭助是我堂哥。"

柚乃吸了口凉气。堂哥，果然有关系啊。这么一说想起来了，有一位管理员提过，他经常和堂妹一起来。

但是，这样一来事情就更复杂了。还没有人通知她恭助已经死了。在这种情况下，是否应该告诉她呢？柚乃正在犹豫，却听见有纱问：

"恭助哥怎么了？"

里染没有回答，两只眼睛却死死盯着有纱，不是她的脸，而是她的身子和脚。少女越来越困惑，向后退去。柚乃心想，如果她叫警察，自己丢下里染一个人也得逃。

"主席，昨天我应该在图书馆见过你吧？在二楼的小说区。"

里染突然话锋一转。

"嗯，对。你记得真清楚。"

"大约是四点钟吧。我四点半左右回去的，你一直在图书馆？"

"我一直待到五点钟闭馆。"

"闭馆后你直接回家了？"

"嗯……"

"回家之后，你回过图书馆附近吗？"

对答如流的有纱听到这话，停顿了瞬间。越过镜片，能看到她的双眸闪烁出胆怯的眼神。

提问的人面不改色，静静地等待回答。

"没有。"

"是吗？谢谢。图书馆今天好像一整天都进不去了，建议你回家。"

里染转身向图书馆院外走去。柚乃犹豫了半天，最后和刚才一样，向有纱行了个礼，向里染追去。她感到图书委员会主席投来的视线刺痛了她的背。

走到一半，她发现绿植附近扔着助六寿司的盒子，便捡了起来。看来是里染摔倒的时候掉地上了。结果还是自己把它扔进了垃圾桶。啊，心头涌上一股无力感。

"你刚才跟她的对话，究竟是怎么一回事？"

"真是的，今天怪事一连串啊。"

柚乃追上他问道。可是里染依然自言自语，并不打算认真回答。

"在我看来，里染同学你才是最怪的……总之，我觉得你最好还是别再去闻女孩子自行车的车座啦！作为一个人！"

"你别说话，我正在思考。"

"思考什么？"

"思考城峰有纱。"

回答依然很怪异。

来到人行道，里染在道旁的自动售货机前面停下来。机器里摆放着丸美饮料的两个品种。

"原来如此。吃了寿司，口渴了。"

"或许吧。"

里染敷衍地答道，望着自动售货机的货品。柚乃以为他要掏零钱，他却忽然不明缘由地蹲下身来，观察着地面。

"你在找别人掉的零钱？"

"我可没那么缺钱！"

水泥路面被红色的沙土弄脏了。或许是图书馆旁边的工地飘来的沙尘。移动视线，还发现单单就自动售货机附近的地面颜色较深，像是洒落了某种液体。里染摩挲着这些地方，把指尖凑近鼻子。似乎有所理解，点点头，跟着污迹来到自动售货机侧面。

"找到了。"

他捡起了某件东西。

那是一个开了口的、三百五十毫升装的饮料罐。他的另一只手上是同一商品的铝拉环。

"哦，是丸美的苹果汽水……这个不常见哦。"

"好像是。"

里染轻轻摇晃罐子。能听见饮料晃荡时的哗哗声，还有碳酸冒泡的声音。

"还没喝完。碳酸也还没跑光。"

"好像是。你打算喝？"

"我看上去像是喝捡来东西的人吗？"

"从你迄今为止的怪异行径来看，非常像这种人。"

里染把瓶子放回原处，这次又开始观察拉环。柚乃也凑过去看。盖子没有什么特点，但是边缘附着有红色的东西。

"这不会是血吧？"

柚乃看看里染，他望着机动车道，似乎在总结思考。两三辆汽车开过去后，他想到了什么，念叨一句"机械女神"，拿出手机来。

柚乃没打算看，但是因为脸凑得近，所以看到了屏幕。里染在搜索引擎里输入了两个词语：Raimu 风之丘图书馆。

然后，他略微犹豫后，把"Raimu"换成了汉字"来梦"，检索。出现了风之丘周边将近三万个餐饮店、公寓的名字。里染打开搜索筛选，把范围变更在二十四小时以内，再一次检索。

这次的检索结果数量极少。他用纤细的手指点击了出现在最上面的检索结果。那是 SNS 的个人页面。头像是一个棕色头发的年轻女性照片，还有一条与检索关联的推特信息。

发表时间是昨天下午四点。附件里的照片中，有一名两岁左右的女童，站在并不适合她的图书馆书架前。文字部分装饰着各种表情符号，内容如下：

"来梦，图书馆初秀！徘徊在风之丘图书馆～"

柚乃听到了呼气声。

在她身边，里染松了一口气似的眉开眼笑。看上去并非因为女童的照片得到了心灵慰藉。他把照片放大，指着女童身后陈列书籍中的一本。

看不出那是什么书。过度放大导致像素颗粒粗大，无法分别书名和作者名。

不过，书脊上贴着红色标签。

*

这是在搞什么？

里染二人离开之后，有纱仍然呆立在自行车前。

她在图书馆四周徘徊一圈，回到自行车停放的绿植前，发现两名风之秋高中的学生把脸凑近车座，不知在做什么。那是图书馆的常客——里染天马和早晨在鞋柜旁见过面的高一女生。暑假里，她好几次看见这个女生穿着乒乓球队训练服来到图书室。不过，袴田妹子这个名字倒是第一次听说。不对，是袴田柚乃。

即便关于车座的行为是个误会，后来发生的事也依然让她放不下心来。里染莫名其妙的提问。昨天在图书馆待到什么时候？闭馆后立刻回家了吗？有没有返回图书馆？她的心脏紧张得发痛。

这简直，简直——

衣兜里的手机震动起来。

来电话了，妈妈打来的。有事的时候，她基本都是发邮件，这回真是难得。

"喂。"

"啊，喂，有纱？你现在在哪里？在做什么？"

妈妈的声音和平时不同，有种走投无路的紧迫感。

"我在图书馆前面。怎么了？"

"图书馆……我说，有纱，你冷静一点听我说。"

妈妈停顿了一下，也像是在让她自己平静下来，深吸了一口气说道：

"恭助被杀害了。"

第二天　化学、现代社会、数学 A、秘密、奇怪的人

1　关于创作的、错综复杂的搜查

凉爽的风轻抚过观光人行道呈放射状延伸的中央广场。

草坪沙沙作响，梅头压住头发。暑假里，而且还是上午，周围看不到太多学生，建造在树林中的宽阔校园显得冷冷清清。广场树丛的对面，耸立着大学的中央图书馆。眺望这座玻璃幕墙、设计风格现代的建筑，不由得感受到一种压力，仿佛它在催促自己快去学习。她也开始理解，为什么城峰恭助不愿意待在这里，而是出入于邻镇图书馆了。

"也就是说，事情是这样的，明石同学。"

袴田把目光拉回到坐在长凳上的男生身上。

"你前天受恭助的邀请，午饭后去了风之丘图书馆。你一直在阅览室的桌前写课题报告，恭助则中途离开大约一小时，说是要'选借阅的书'。他回来的时候马上就要四点。你和恭助一起离开图书馆，骑车把他送回了家。然后你直接去了家庭餐馆打零工，工作到八点钟，晚上九点左右回到了学生宿舍的单人房间。"

明石康平点点头，没有改变脸的朝向，只是把脑袋往前伸了伸。这名青年看上去打扮并不算太花哨，但是总让人觉得他说的

话并不完全靠谱。他每隔几秒钟就看一眼左手腕上的卡西欧，据说他午饭后还有无伴奏合唱的练习。

"你经常和城峰同学去风之丘图书馆吗？"

"嗯，有空的时候时不时去一趟。因为学生宿舍离风之丘近。"

"前天城峰有什么异样的地方吗？"

"我倒没发现。"

"在明石同学眼中，平时的城峰是个什么样的人呢？"

"普通的好人咯。我从进大学起就跟他关系好，虽然不是十分了解他……但我觉得他很认真，性格又没有阴暗之处，跟我很合得来。哦，不过他基本上好静，所以朋友少，应该没有女朋友。"

"认真？那么，他以往惹过麻烦吗？"

"我都说我不了解嘛。如果想了解城峰，请你们去找和他更熟悉的人，比如他的堂妹有纱。"

"有纱。哦，城峰有纱对吧？"

昨天在关于受害人家庭情况的报告中见过这个名字。她好像也是风之丘图书馆的常客，这个时候应该还在上学，到了傍晚有必要去找她了解一下情况。

"那么明石同学，我们就……"

"我们想知道你眼里的城峰是个什么样的人。"

从旁插嘴的梅头抢过了他的话头。袴田没有办法，只好附和道："是，是这样。"明石挠挠染成焦茶色的短发说：

"对了，去年他和大学办公室发生过纠纷。"

"纠纷？"

"不过，真的只是件小事。我参加的无伴奏合唱研究会是前年刚刚成立的，我们虽然排练，却找不到地方表演。所以我常常跟他说，干脆我们来个快闪吧。然后，城峰虽然不是我们社团的成员，但是一商量，他也来了兴趣，帮我们订计划做宣传板。结果，我们还真的演出了，就在这个广场。"

"快闪合唱？"

"是的是的。气氛很热烈，但是因为没有申请许可，学校很生气，把城峰也卷进来了……总之，我就是想说，这家伙也有这种接地气的地方，有时候特别有行动力。"

明石怀念地微笑着，然后寂寥地垂下眼帘。

"这家伙，怎么会被杀害了呀？"

"我理解你的心情，"梅头把手搭在他肩上，说道，"我们一定会抓住凶手！"

"好……拜托你们了！我觉得城峰不是坏人。"

"感谢你抽出宝贵时间。无伴奏合唱，你要加油哦！好，袴田警官，我们走吧。"

"嗯，好的。"

梅头先迈出一步，袴田紧随其后……哎呀？我是县警察局的，她是当地警署的，对吧？怎么倒过来了？唉，算了吧。

"刚才的证词你都记下来了？"

"嗯。基本上。"

他把文字密密麻麻的笔记本页面给她看。梅头半是佩服半是无语地瞥了一眼，说：

"不过，我们按警部要求特意来调查，却徒劳无功嘛。"

"是啊，没得到什么重要信息。"

"也没有什么感觉好的学生。"

"感觉好的学生？"

"没有没有，这是我自己的事。比起这个，袴田警官，你多给我讲讲顾问的事呗。"

梅头的声音忽然有了劲头。无论是白户还是她，为什么都对里染感兴趣呢？

"里染同学不是什么好家伙。倒不如说，他是最糟糕的。他在案发现场随意走动，态度蛮横，说的话让人摸不着头脑，住在学校，房间脏兮兮的，爱好也很扭曲，还粗鲁地对待我妹妹。暑假的时候不知道两个人都干了些什么。真是的！单是想到这个都让我……"

"太棒了。"

"难道你是戴了滤光镜？！"

听袴田这么一叫，附近的一组女学生似乎是误会了，嘻嘻哈哈地笑了起来。他像警部那样慌慌忙忙咳嗽一声，把话题扯回工作：

"总……总之，我们赶紧回风之丘吧。这次该询问受害人的母亲了。"

昨天，搜查人员把城峰恭助的母亲城峰美世子请到了警署。但是，得知儿子身亡，她情绪非常不稳定，所以没能了解具体情况。于是，他们提出请求，等她平静一个晚上之后，再前往受害人家里进行搜查。袴田他们打算向城峰恭助的母亲了解情况，然后搜查他的房间，顺便按照里染邮件里的要求，寻找"某件东西"。

不过，为什么有必要寻找这件东西呢？袴田也好，警部也好，都完全搞不明白。

"哦，你们来了啊。"

仙堂已经在住宅区的停车场里等候。身后是白户等五六名待命的搜查人员。

"明石康平情况如何？"

"只找到了他和受害人在一起的证据，并无其他收获……"

"搜查总部有什么进展吗？"

梅头问白户。

"查到了桑岛法男的住址。"

"啊，真的？"

关于被解雇的前管理员桑岛法男的搜查，当然也正在进行。保存在图书馆里的简历上记录着他在风之丘的公寓名，但是搜查人员去后发现，桑岛不知为何上个月底交房退租了。此后就一直在调查他搬往了何处。

"不难找。就是邻镇的公寓，"仙堂说，"羽田町三栖丸高台，103号房。"

"因为就在附近，已经派搜查人员去了。门牌上确实写着'桑岛'。"

"那见到本人了吗？"

听到袴田的追问，白户缓缓摇头说：

"很遗憾，他不在家。邮箱里塞着晚报，看来他从昨天白天开始就一直没有回家。如果他下午还不回来，我就要找管理人借钥匙开门调查了。"

"这样啊……"

桑岛法男。这个男人在案发当日与受害人交谈过。面部有烧伤疤痕。现在尚未露面，是个看不清真面目的幻影。比起死亡信息指向的久我山，他已经成为更让人放心不下的存在。

"总之，我们先把凶手的事放一放，先来了解受害人。"

仙堂把搜查人员的心思拉回正轨，迈开步子说："差不多该去了。"

离开停车场所在的主干道，他们拐到一旁的小路上。城峰恭助的家，位于房屋拥挤的一个角落。这里的房子彼此间近得仿佛可以从这家屋顶跨到那家屋顶似的。

这是一个独门独户的房子，看上去像是在富余出来的土地上勉勉强强建起来的。不过，受害人是母子二人的单亲家庭，所以空间应该足够两人居住。房子坐北朝南，每个窗户都拉着窗帘。院子里敷衍地摆放着花架。跨过玄关前面的通道，是延伸出来的磨损台阶，通往下面的街道，让袴田产生了一种身处迷宫的感觉。

仙堂按了门铃，一位四十五岁上下的女性打开了门。

"您是恭助同学的母亲城峰美世子女士吧？"

"是。"

"我是警察。之前跟您联系过……"

"我知道，请进。"

没等仙堂把话说完，她就为刑警们让了路。与其说是通情达理，不如说她已经疲惫不堪，不愿意再多说一句无用的话。搜查人员各自低头行礼，进了城峰的家。白户和梅头上二楼去搜查恭助的房间，只有仙堂和袴田被领进了客厅兼餐厅的空间。

"我去泡茶。"

"哦，不用客气。"

"不，我去泡。"

她去了和客厅餐厅连在一起的厨房，点燃火烧了壶水。两名刑警在餐桌前的椅子上坐下，环视室内，等着她。

家具少，陈设简单——说难听点就是贫寒——的房间。沙发靠背上搭着手工编织的蕾丝花边，餐边柜上放着几个相框。全家一起拍的很少。恭助在十年前的一起事故中失去了父亲。

"请用茶。"

城峰美世子端来红茶后，面对两人坐下。

袴田心想，她和受害人长得不太相像啊。她是一位头发干巴巴地披在肩头，筋疲力尽的女性。虽然皮肤还保持着弹性，显得年轻，但是脸颊瘦削，胳膊纤细，身材消瘦。面对儿子的亡故，她表情相当阴郁。或许是因为眼镜镜片厚，唯有眼圈发黑的双眼显得格外大。

为了不让她更为疲惫，仙堂语气平稳地开了口：

"我是县警察局的仙堂，这是我的部下袴田。我们负责这起案子……您儿子的事，我们感到非常遗憾。但是，这是一起杀人案，虽然您很痛苦，但我们还是希望您回答几个问题。"

"好。"

"感谢您的配合。那么，首先是关于前天的情况。我听说您在车站前的裁缝店工作。前天也去上班了？"

"没有，前天是店里的固定休息日，所以我一直在家。"

"您儿子午饭后去了图书馆？"

"是的，一点左右，他说要去图书馆写报告。回来的时候是四点多，好像是他的朋友骑车把他送回来的。"

"回家后您儿子情况如何？您和他说过话吗？"

"说了些无关紧要的话。例如'报告进展不理想'之类的。

恭助后来就坐在沙发上读他从图书馆借来的书。"

"借来的书?"

"都还放在茶几上呢。"

他们回头看看沙发,茶几上叠放着六本书。其中三本是出于喜好而借来的小说,另外三本是用来写报告的专业书。《旁听》《梦的远近法》《坛中手记》《教育咨询入门》《特别活动与人的塑造》《道德教育论》。

仙堂说了声"失礼",离开座位,从二楼叫来一名搜查人员。下楼来的搜查人员用偏振照相机拍了书籍的照片,把书都收走了。

"您也常去图书馆吗?"

"休息日的时候常常去……也和恭助两个人一起去过。"

看来是进入了雷区,美世子的声音低沉了下来。警部重新在椅子上坐下来。

"嗯,我们继续说。您儿子坐在沙发上看书?"

"是的。他借来书后通常这样。他一直坐在沙发上,直到我开始准备晚饭。不过在那之后他出去了两次……"

"两次?"

"第一次是七点左右。他突然说要去车站前面买杂志,拎着包出门了。大概过了十五分钟就回来了,说是没买到。我没太在意。"

杂志。这么一说,他想起受害人手指上留有阅读漫画杂志时沾上的污渍。

"也就是说,他晚上七点出过门,十五分钟后返回。第二次呢?"

"第二次是在两个小时之后，吃完晚饭洗完澡之后。恭助坐在沙发上看电视，突然心血来潮似的说：'我还是去其他店找找看。'我还没来得及阻拦，他就又拎着包出门了。"

城峰美世子补充道，那是她最后一次看见恭助，然后就低下头去。她的长发毫无生气地低垂着，发尖都快挨着茶杯了。

"您知道他第二次出门的准确时间吗？"

"大约是在九点……二十分。"

"您儿子说，要去其他店找找想买的杂志？"

"是的。"

仙堂使了个眼色，袴田把这句证词圈了起来。

从这里走到图书馆需要五六分钟。九点二十分离开家的话，到达图书馆就是九点半——也就是第一次有人看见光亮的时候。

恭助向母亲撒谎，去了图书馆？然而，从接下来到十点为止的三十分钟时间内，他在馆内做了什么？而且，在那之前七点的外出又到底是为了什么？

"洗完澡了还出门，仔细想来也是很奇怪的。不过，我当时认为他马上就会回来，所以没太在意。然而，一小时过去了，两小时也过去了，他都还没回家，发邮件也没有反应。我想，他或许是去了附近我丈夫的哥哥家，就给他的堂妹有纱发了个邮件。"

美世子给袴田他们看了手机的通信记录。发给恭助的邮件记录有两条，分别是十点半和十一点多。两条文字都很简单，大意是问他在哪里。两者中间有一条收件人为有纱的邮件记录，内容是："恭助在你家吗？"

"过了半夜他还没回来，我担心归担心，但是也想，他或许是偶然遇上了朋友，所以才晚了，于是就先睡了……真蠢啊。我要是再留点神就好了。"

"哪里哪里，您对儿子已经给予了充分的关注。"

仙堂试图安慰，母亲却越发垂头丧气。美世子摘下眼镜，用眼镜布擦拭了好几次镜片，看上去是在用这个动作分散自己的悲伤。特意泡茶也是这个原因吧。

"对了，现场留有恭助手写的信息。这意味着什么，您有线索吗？"

仙堂把尸体搬运走之后拍摄的死亡信息照片递给了美世子。她凑近照片眯缝着双眼，然后重新戴上眼镜，用手指扶着镜架，凝视着照片。

"看上去像是指书里的登场人物久我山莱特。"

母亲的意见也是如此。

"恭助特别喜爱这本《遥控刑警》吗？"

"不知道……他倒是经常读推理小说，不过最近好像不太喜欢读了。不过，《遥控刑警》是本很火的书，我和恭助都读过。据说恭助在图书馆和管理员久我山聊过这本书……啊，久我山先生……"

久我山是凶手这种想法似乎也从她脑子里蹦了出来。仙堂连忙补充说："也不能太相信信息。"他换了张照片，提出另一个问题：

"这是装在恭助书包里的东西，您有什么留意到的吗？"

"手巾不见了。"

"手巾？"

"是。恭助常常把手巾放在书包侧面的口袋里，黑色条纹的。"

图书馆里并没有看到这种东西。是凶手拿走了吗？

"那么，关于携带的物品，还有一个问题。您儿子九点二十出门的时候，有没有携带某种照明工具？例如手电筒、笔形手电筒之类的。"

"照明工具吗？我们家有一个小手电筒，不过恭助带没带我就不知道了……"

"能请您现在确认一下吗？"

美世子和袴田他们一起来到走廊里。她打开玄关旁边的衣柜门，在里面看了一圈，惊讶地说：

"不……不见了。这里应该有一把银色的、细细的手电筒。"

袴田把这句话也记在笔记本上，圈了起来。里染的推理是正确的。城峰恭助携带手电筒进入图书馆，后来被人从现场拿走了。

仙堂原地沉思片刻，然后对美世子说："还有一个问题。您儿子为什么会去夜间的图书馆，为什么被杀害，您有什么头绪吗？"

"没有。"

美世子微微加强了语气。

"恭助在他父亲死后，一直支持着我。他自己年纪都那么小，一定深受打击，却丝毫没有表现出来，长大后温和坦诚。即使生活艰辛，他也从不抱怨，高中也好，大学也好，都拿奖学金、打工……别说跟犯罪扯上关系了，他连叛逆期都没有，是个非常好的孩子。可他竟然遭人怨恨，竟然被杀害了。这简直……"

脚步声从楼梯传来。是白户下楼来了，他用眼神告诉仙堂，房间里的搜查已经结束了。

在那之后，袴田等人征得同意大致搜查了客厅、餐厅以及其他房间。因为从案发当日就没有倒过垃圾，所以他们还检查了垃圾桶。在刑警们侵入生活空间的过程中，美世子一直坐在餐桌前，一动不动地盯着最终一口也没喝的红茶。

一切结束后，她把搜查人员送到玄关。仙堂最后说：

"那我们就告辞了。谢谢您提供的宝贵信息。"

"不用谢……对了，刑警先生。"

"什么事？"

"守夜，我想安排在后天……"

"好的，我明白了。我们会竭尽全力在此之前破案。"

仙堂有力地对她点点头。

但是，当美世子关上门后，仙堂的眼神立刻恢复了刑警的冷酷。袴田听见他喃喃道："好孩子啊。母亲们全都这么说。"

*

"喂。"

"里染同学？现在方便说话吗？"

"哦，哥哥呀，你好！方便。我正好刚考完第二天的科目。"

"哦，是吗……顺利吗？"

"目前看来没问题。"

"你这么无忧无虑，真好啊。"

"也没那么无忧无虑。快说说你那边战果如何？搜查城峰恭助的房间了吗？"

"刚搜查完。遗憾的是，受害人没有你推理出来的那种兴趣。"

"真的？连点痕迹都没有？"

"嗯，什么都没找到。不过，查他电脑邮件的时候，发现了一段奇怪的对话。"

"嗬！什么样的？……好……嗯。原来如此，这些都是我想到了的。手机的邮件呢？"

"实际上也有些让人在意的内容。对方……"

"哦，果然。我基本上清楚了。你能把往来邮件发给我吗？我要确认一下。剩下的事我会处理好。"

"处理好？"

"请傍晚到我房间来交流详细情况。我要挂了，我跟人有约。"

"有约？和谁？不会是柚乃吧？"

"是一个哥哥你也认识的可爱女孩子哦。"

"那不就是柚乃吗？"

"哟，来了来了。喂，我正等着你呢。那就回头联系咯。"

"喂！里染同学？里染？里染——！这家伙果然不是什么好人！"

2　学习会观摩

袴田柚乃正倚着朋友早苗的肩膀走在一楼回廊里。期末考试第二天的出击，基本上全军覆没。

第一科化学没考好，到底还是栽了跟头。现代社会论述题多得不得了，时间不够用，理科科目中还算不错的数学 A 也考砸了。对答案时她才发现，有一道题本来应该用重复序列来解答的，可自己却套用了其他的公式。完了，要毁灭了，已经不行了。真想什么都抛在脑后，回到家钻进被窝好好睡一觉啊。而这个梦想也破灭了。明天、后天也还要考试。

"我明天就去幼儿园上学，从初等教育开始从头来过……"

"初等教育是从小学开始的哦！"

早苗纠正道。连玩笑都能开错，真是没救了。

"虽然你这么说，可你每次都能考个像模像样的分数嘛。"

"不，这回真的不行了。啊，我觉得明天也完了。"

"为了不发生这种情况，我们不是正在向图书室前进吗……不过，我倒是挺想去发生命案的图书馆看一眼。"

风之丘图书馆发生命案的消息，在今天早晨的电视和报纸上都进行了报道。虽然只是简单的三言两语，请大家等待后续报道，但是因为案子就发生在附近，所以考试前大家在教室里也议论纷纷。

"去那儿有什么意思啊，今天可能还关着门呢。"

"哦，这样啊。嗯，那就去里染同学的活动室吧。"

"在那么不靠谱的房间学习，肯定是最集中不了注意力的……"

就在快要走出第二教学楼的时候，柚乃停下了脚步。

在北侧走廊下没有人影的空教室前，不靠谱房间的主人正站在那里。背靠墙壁的暗处，好像在和人说话。

"肯定会出现这种情况吗？"

"不是绝对会出现。我只是说，如果我是他，就会这么做。这是概率问题。"

"既然是概率，就有猜错的可能性咯？"

"到时候再说。反正我们又没什么损失。"

对方是个黑色直发的女生。她背对这边站着，看不出是谁。

而且，他们像是在谈论什么机密话题。柚乃和早苗对视一眼，藏在走廊的角落里，竖着耳朵听他们说话。

"可是，为什么我非得答应你的请求呢……"

"你不愿意？"

"倒不是不愿意，只是我应该不欠你什么了吧？"

"对了，你上次发给我的合影真是拍得太棒了。我把它拿到照片冲印社去放大，装在相框里挂到出入口的通知栏里怎么样？"

"懂了，我做。不，请让我来做。"

"那就麻烦你啰。"

"好……我还是讨厌你。"

"彼此彼此。哦，还有。"

"又是什么事？"

"那个更适合你哟。"

"你说了我也不高兴！"

女生害臊地留下这句话，转身向这边走来。似乎认识，又好像不认识。柚乃绞尽脑汁，被考试折磨得疲惫不堪的脑瓜子终于想起来了——

那是针宫理惠子。

这位少女是二年级的，一直给人人品不佳的印象。柚乃没能一眼认出她，是因为她的外貌发生了巨大变化。暑假结束的时候就听说她改变了形象，今天才第一次亲眼看见。她确实变了，而且变成了美女。金色长发痛快地剪成了波普风格，还恢复成了黑色。微拳的发梢，映衬着化了淡妆的修长眼眉，看上去就像国外杂志上的模特一样酷。

看得入了神，导致躲藏的脚步慢了一步。她正要在走廊里转弯时发现了柚乃二人，脸唰的一下就红了，向第一教学楼跑去……性格似乎并不是那么酷嘛。

早苗在身边"唔"地呻吟起来。柚乃把注意力撤回到走廊，发现里染的目光已经近在眼前。

"你们从什么时候开始站在这里的？"

"嗯……现在。"

充满科幻意味的回答。里染似乎懒得追究，不再看她们。早苗却立刻问道："你和针宫同学在说什么？"

"就是商量商量怎么应付考试。"

柚乃二人再次对视。她们听到的内容可不像这种高中生该有的对话。

"站住！"

一个兴高采烈的声音忽然传来。一瞧，原来这回是香织从第三教学楼向这里跑来。脸色苍白的里染试图向相反方向逃去，却被隐约觉察到什么的柚乃间不容发地拽住手腕。她轻而易举就把运动白痴的无用之人摔倒在地。

"逮捕！"

追上来的香织抓住了他另一个手腕。柚乃和早苗拍手称快，不过，在追赶别人时真的大叫"站住"的人，她们还是头一回见到。

"哈哈，终于抓住你了，二十面相！你该交年供了！"

"原来是你啊，明智！……啊，不对，昨天你不还是二十面相吗？你的世界观发生了什么问题？"

"这是魔法！"

"你别以为魔法可以解释一切！"

香织不理会里染的抱怨，向柚乃道了谢：

"谢谢你，小林，这是你的功劳啊！"

"我可不是小林。里染同学干坏事了？"

"他拒绝我的邀请，跑掉了，所以我一直在四处追赶他。快点跟我来，大家都到了。"

"很不巧，考试令我筋疲力尽，我要回一趟活动室睡午觉。"

"你考试的一半时间都在睡觉！我们需要天马的头脑！"

"头脑？"早苗对这个单词产生了反应，"难道是发生了什么案子？"

"不是案子……哦，要是方便，你们俩也一起来吧。"

拽着还不死心的囚犯的胳膊，香织伸出右手，指着柚乃二人正打算去的第三教学楼："到图书室参加学习会。"

"哎呀，这么多二年级的学霸都为我而来，真是太感动了！看来我这次考试有望及格！"

"为你而来？我根本就是被这个红眼镜不由分说拽来的！"

"坐在左边的我和你一样遭遇。"

"是男人就不要这么啰哩啰嗦！快点！天马，拿出教材。小仓，你也是。都学着点奈绪！"

"可以倒是可以……可是，向坂你自己成绩也很好呀，教梶原的话，你一个人就够了嘛。"

"人多不是热闹吗？"

"图书室里热闹可不行！"

"又不是吃火锅。"

"嗯，不过，人多的话可以取长补短，或许效率更高。"

"不愧是乒乓球队队长奈绪呀，一下子就明白了！"

"但是我也觉得吵吵闹闹不好。"

"哦，抱歉……那我们小点声。开始。哇！"香织拍起手来。

"向坂，不用非拍手不可吧？嗯，那么梶原同学，你想让我们教你什么？"

"首先，是明天考什么科目？"

"从这个开始？！"

"小仓，安静点！"

"向坂，你凭什么说我！？"

仓町连喊两声。幸亏其他座位的同学也都同样吵闹，才没招来白眼。

图书室在第三教学楼的四层，是校内最宽敞的长方形教室。门边上就是柜台，从柜台往里去，是摆放着新购图书和推荐图书的策划区，安放着书桌的阅览室，还有图书种类丰富的书架。或许是报社的号外发挥了作用，阅览室出现了前所未有的盛况，每个座位上都有学生在与教材、参考书苦战。时而也有呻吟声传入耳中。

柚乃他们占据了靠窗的一张桌子。五个二年级学生坐在桌旁。香织和里染，报社副社长仓町、自来卷令人印象深刻的话剧团团长梶原，还有佐川队长。

从对话内容，以及梶原坐在主座这一情况看来，这次学习会是他组织的，名义是优生带差生。柚乃想起来，在八月末发生消失事件时，梶原和香织好像谈过这件事。和师哥师姐一起学习虽然有些不好意思，但是毕竟要给知交一些面子，而且佐川队长也在。

"袴田，你们要是有不懂的，也可以问哦！"

坐在柚乃左边的队长，看着她说道：

"因为我觉得一年级的范围容易教。"

"好，好的。谢谢。"

队长嘴角还带着微笑，目光则已经落在用颜色仔细区分的世界史笔记本上。不仅在社团活动中，在图书室里她也是个值得信赖的存在。一年级的范围容易教——自己明年能不能对师妹们说同样的话呢？恐怕没希望。

"你说，我们从什么开始？"

右边的早苗碰碰她，她才回过神来。柚乃拿出数学题集，说："先从这个开始吧。"明天的考试是现代文和英语阅读，以及数学Ⅰ。今天的数学A考得不好，明天可不能重蹈覆辙了。

她忽然觉得有人在看她。她朝正对面的座位望去，发现坐在那里的里染正投过来混混沌沌的目光。他又要睡着了？不对，仔细一看，他的目光聚焦在自己身后。她转过身去确认。

在视线的正前方，是城峰有纱。

她独自坐在因为考试没什么人去的柜台，低着头在读一本文库本。昨天和柚乃他们告别后，她可能已经得知堂哥死亡。她的表情更加苦恼，明显情绪低落。

早间新闻或许是考虑到受害人是名学生，所以还没有报道城峰恭助的姓名。因此学生中没有一个人关注她的感受……是不是应该跟她打声招呼呢？

"明天考世界史啊。真麻烦……里染，你有记住国家的方法吗？"

"额上头发乱蓬蓬的是意大利，大背头是德国。"

"为什么拟人化？"

就在她犹豫之间，里染和梶原已经恢复了悠然自得地交谈。看来自己也还是先复习为好。

她打开以教材作为基准的题集，开始复习二次函数。幸亏还没碰过的问题多得堆成了山，想做多少就有多少。她眼泪都快掉下来了。想掉眼泪，不，自己绝对不是不认真，而是社团活动用力过猛。

她一边给自己找理由，一边攻山。六月学的单元在夏季的酷暑中完全融化，必须逐一和早苗确认。可是，这狐朋狗友也是马马虎虎，就算确认过也不能大意。才做了两三道题，花的时间就已经长得惊人。这种状态明天行吗？

香织看到柚乃二人的奋斗姿态，嘟囔着说："在看数学啊？"

"我们最后一天也考数学Ⅱ。冈引老师真讨厌啊。"

"冈引老师……哦，传说中非常严格的那位？"

"严格，我倒觉得是变态。"

梶原在主座上回答。冈引老师似乎不受同学喜爱。

"考试题那么难吗？"

"嗯。这是原因之一，还有一点，考试时他太死板了。上一回有个同学因为自动铅笔芯折断，就落得补考的下场。"

"哦，是有一个。而且冈引的考试，是四个班一起在大教室里考。在那么多人面前离场，多可怜啊。"

"这个……确实严厉啊。"

"我觉得他可能是想让同学们体验实际大考的氛围。"

佐川队长从笔记本上抬起头，加入了对话。柚乃心悦诚服地点点头，可内心却在向神灵祈祷，明年别让冈引带她们班……自己和队长的差距就在这种地方吧。

香织探出身来问：

"柚乃，你们的数学是谁教？矢部老师？我没上过他的课呢。英语呢？"

"英语阅读是佐藤老师教。写作是滨口老师。"

"滨口？哦，我和天马一年级的时候也是。"

"我也是滨口，"梶原说，"他和冈引相反，马虎得让人不放心。试题好像每年都一样。"

"啊？！"

发出激动喊声的是早苗。

"每年都一样？真的？"

"据说是。"队长回答。

"佐……佐川同学，难不成去年英语……"

"写作也是滨口老师教的。"

"给我，快把去年期末试题给我！"

早苗越过柚乃伸出胳膊，缠着队长讨要，但是认真的队长没有妥协。狐朋狗友无力地耷拉着马尾辫，又去找里染。

"里……里染同学，你至少要告诉我如何才能学好英语嘛。"

"背教材！"

"不行，不一样呀！我们生活的世界是不一样的！"

早苗越来越垂头丧气。柚乃拍拍她的背表示安慰，接着看题集。好像做完第六题了，下一道该做第七题。这道题需要求出二次函数的最大值和最小值——

她刚开始在笔记本上画图，就停下了手。

看上去是个常见的简单形式，可是简单得连头绪都找不到。

该怎么解答呢？

她扫了一眼桌子。梶原正在向仓町提出"日耳曼人是什么人"的哲学问题。香织和早苗在热烈地讨论浜口的话题。里染——连教材都没打开，正在摆弄手机。总之，只有佐川队长似乎有空。

"佐川同学，你看这道题。"

"嗯？"

队长接过柚乃的题集。

"哦，这个呀，可能需要依据定义域和轴的位置关系来进行区分吧……"

她把自动铅笔的按压头轻轻靠在唇边，开始解答第七题。看来这个动作是她思考时的习惯。柚乃看呆了，连自己问的是什么都忘记了。

专心致志轻垂双眸的她，显得十分优雅。真是不可思议。平日她动感、自然的短发，在午后阳光的照耀下轮廓分明，显得知性沉静，魅力十足。柚乃心里突然冒出个念头：如果第七题非常非常难就好了。

"佐川，你的笔……"

这至极的幸福被里染的话破坏了。

"又细又好。看上去也便于携带。"

队长愣了一下，铅笔离开了嘴唇：

"哦，这个呀。确实好用……怎么说这个？"

"考试期间能借给我吗？下周还给你。"

"什么？"

抬高音量的不仅是队长，还有柚乃。这个男人，怎么冷不丁说起这个来。借？借佐川队长的笔？这支刚刚还贴着她嘴唇的笔？

"行啊，借你倒也无妨。"

"不好意思咯。真是帮我……"

"不行。"

柚乃连忙拦住了里染伸向队长铅笔的手。里染不服气地看着她："你凭什么决定呀？"

"凭什么……总之就是不行。如果你要用细笔，给你。"

柚乃在自己的笔袋里翻来找去，拿出一支小型圆珠笔来。那是买笔记本的时候随赠的。

"拿我的吧，不还也没关系。"

她把笔硬塞到里染面前。里染接过笔在笔记本边缘试着写了两下，妥协地说"是圆珠笔啊"，然后揣进了衬衫胸口的兜里……等等，为什么放在前胸口袋，而不是笔袋里呢？而且，里染马上站起身来，说了句"休息一下"，就走向了书架。真是搞不清他到底什么打算。

"莫名其妙……"

"我来教你，你就明白了。"

队长误解了她的自言自语，把椅子拉过来靠近柚乃。

3 文学少女和什么都想知道的侦探

追溯文字翻动书页。继续追溯文字翻动书页。城峰有纱机械地重复着这个动作。

讽刺与幽默的世界在文库本中展开。扮演穷人的大富翁和失业中的青年，在大饭店里被颠倒了角色。但是她的思绪却远在九霄云外，内容并没有进入头脑。尽管如此，有纱还是急匆匆地翻动书页，仿佛有人在追赶她似的往前阅读。她用右手大拇指确认着重叠的书页厚度，想要说服自己，这和平时一样，没关系。

恭助哥在图书馆里被杀害了。

被杀害的时间是周一晚上十点左右。凶手用书砸中了他的头部。凶手还没有被逮捕。据说现场留有"く"的信息……父母手忙脚乱，也不能直接和警察交谈，所以得到的信息都是片段。她真的不想来学校，但是父母说"你是高中生，总得参加考试吧"，硬把她送出了家门。她不记得自己是怎么答题的。似乎考得不错，又似乎很糟糕。

她又翻过一页，努力让自己沉浸在故事当中。书籍让她感到温暖，舒适得就像裹着毯子。重叠的书页覆盖了一切。无论是厌恶、悲伤还是不安。

"我要借这本书，麻烦你。"

一册文库本被放在柜台上。

她抬起头，是里染天马。

"哦，好的。"

有纱连忙在自己的书中夹上书签，接过了里染的文库本。她从背面的封皮里抽出借阅卡。风之丘高中的藏书没有用条码进行管理，所以手续依然采用过去的方法，只需要在借阅卡上写下姓名和日期即可，因此，实际上没有图书委员也能完成手续。只不过名义上还是要有人检查一下。

窗户边的桌子传来了笑声。自来卷的话剧团团长和正指着他说话的报社社长。里染一边在借阅卡上写名字，一边说：

"抱歉啊，他们这么吵。"

"没事……考试期间总是这样。"

有纱接过卡片，写下了今天和还书的日期，放进了用于管理的盒子。里染借的是电击文库的轻小说，书名听上去就像尼采的著作。插图是背靠背坐着的少男少女。少年正在喝听装果汁。

"里染同学，你不需要学习吗？"

里染看了看有纱放在柜台上的文库本，说道：

"我也正想问你呢。"

的确，这样一来也就没有资格说别人了。

"考试期间还看书，真是图书委员的楷模。"

"才不是呢。"

"那你为什么看书？"

"看书可以逃避其他事。"

黄绿色边框的封面上，在头戴水桶的雪人面前，青年和老人单手举着红酒杯相视而笑，看上去十分幸福。

里染沉默片刻，慢慢地绕到柜台内侧，在有纱身旁的椅子上坐下：

"原来如此。"

这话听上去既像敷衍的附和，又像是他已经知晓一切。

有纱看着他的侧脸，心想，这真是个奇怪的人。她一直就有这种想法，但是从昨天开始它变得更加强烈。他在自行车前的怪异举动，谜一般的目光，还有，昨天犹如刑警讯问般的提问。对了，六月份学校体育馆发生命案的时候，她也听到过奇怪的传言，说他帮助警察破了案——

“现在高中女生里已经很少见到凯斯特纳①的粉丝了。”

里染轻声说，视线再次落在有纱的文库本上。

“我只是偶然选到了这本，也算不上是粉丝吧。《埃米尔》等面向儿童的书我以前倒是经常看……要说起来，我恐怕更喜欢詹姆斯·克吕斯。”

“《出卖笑的孩子》？”

后半句本来只是自言自语，可是没想到他竟然说出了书名，有纱感到了惊讶。

“你知道？”

“就怪那本书，搞得我有一段时间特别纠结于植物黄油的制造商。”

“我头一回在跟我同龄的人里面遇到读这本书的人。里染同学也喜欢克吕斯？”

“不，我是恩德的支持者。”

“是吗……不过我也喜欢恩德。例如《毛毛》《魔法鸡尾酒》。”

“地狱、恶人、邪念、利口酒。真让人怀念啊，我到现在还记得呢。”

“对呀，对呀，多精彩的故事啊。”

“不是，故事情节我几乎都忘了，但是书里不是出现过一个对书吹毛求疵的讨厌鬼吗？真是个绝妙的讽刺啊。”

里染说完这句有些牛头不对马嘴的话，开始啪啦啪啦翻起借来的文库本了。两人似乎说不到一起去。而对方似乎并没有起身

---

① 凯斯特纳（1899—1974）及下文中的詹姆斯·克吕斯（1926—1997）、恩德（1929—1995）都是德国作家。

离开的意思。

"里染同学,你经常在这里借轻小说对吧?主流的也好,非主流的也好。"

"因为十几岁读者的书,这里比图书馆更丰富。而且动画片原著也很齐全。"

"你喜欢动漫?"

"我喜欢逃避,和你一样。"

里染把文库本扣在柜台上,然后瞥一眼有纱的手,说道:

"茧子。"

"什么?"

"我是说你右手手指上有茧子。看来你也没有忽略学习呀,不愧是年级第四。"

"哦,不是。这不是因为学习。"

"你在练习插画?"

"也不是……"

有纱顺势否定,却忽然闭上了嘴。但是已经晚了。

里染了然于心地摸了摸下巴,点点头说:"哦,原来如此。"

"你不仅喜欢阅读,还喜欢写作,看来你适合文艺部嘛。"

有纱两手紧紧拽住裙裾。

被他看穿了。

到现在为止,无论是朋友还是同班同学、前辈后辈,甚至是老师,学校里没有一个人注意到这一点,眼下却被看穿了。被这个从来没有正经交谈过的隔壁班男生看穿了。

她觉得耳根子发热,用走了样的声音寻找借口:

"嗯,我不愿意拿给别人看。所以,嗯,只是当成兴趣随便写写。"

"随便写写是磨不出茧子来的，"轻而易举就点破了真相，"是哪种风格呢？"

"幻……幻想风格的。"

"我真想读一读。"

有纱像金鱼一样，嘴巴时张时合。他是真这么想，还是仅仅在开玩笑？里染的声音缺乏抑扬顿挫，让人读不出其中的真实含义。

"你在笔记本之类的东西上手写？不用电脑？"

"我不是不会用电脑，就是不擅长……不用手写就进行不下去。嗯，不是，那个……"

"你越来越像稀有动物了。"

里染十分惊愕地喃喃道。有纱的裙子已经快被拽破了。进行不下去？自己在混乱中都说了些什么啊？

"里染同学……里染同学自己不写东西吗？"

有纱脑子里就像炸开了锅，又冒出一个更奇怪的问题来。

她以为里染会一笑置之，可没想到他听到这个问题的瞬间，也像是冷不防受到突然袭击似的移开了视线。他蠕动着嘴唇，"嗯"了一声，然后接着说：

"其实我现在有一个写了一半的。"

"嗯？"

拽着裙裾的手松了劲。

"不，我写的真不是什么大不了的东西。我是头一回写，而且还没有确定结尾。"

里染又拿起轻小说，漫无目的地啪啦啪啦翻起来。他和有纱一样面红耳赤，眼神慌乱游移。

难道他主动找我说话是这个原因？他想要和别人聊聊创作，想接触和自己有着同样爱好的同年级学生？他昨天的怪异举动，还有刚才的尴尬对话，都是在寻找合适时机吗？

如果是这样——

"我还挺意外的。"

"你别这么看着我，我只是一时冲动写写而已，而且结尾也还没有确定呢。"

"这句话你已经说了两遍了。"

有纱笑了。她似乎很久都笑不出来了。里染两手揉捏拉扯着文库本，和自己的反应相同。虽然有纱希望他能爱惜图书室的书。

"快说说你写了什么？"

"啊，为什么呀？"

"因为我感兴趣。而且，说不定我还能给你提供点建议呢。"

里染继续把弄着文库本，但是很快就害羞地转过身对她微微一笑。他环视柜台周围，确定没有其他人在听他们说话，然后伴着笨拙的手势开始讲述。

"这是一位少女的故事，少女和一本小说之间的故事。"

"哇，感觉不错嘛。"

"是吗……某个地方有一位少女，一位内向的少女，不太引人注目的少女，既不善于和人交谈，也不善于组织人员，但实际上她理性而聪慧。她喜欢读书，常常读小说。"

"嗯，嗯。"

"但是，少女有一个隐秘的爱好，就是创作。她不仅喜欢读书，还喜欢写作。虽然她从来没有把自己写的小说给别人看，但是有一个人例外，那是她住在附近的堂哥。他们一直关系很好，堂哥也喜欢读书。对于少女来说，他就像亲哥哥一样值得依赖。"

"……"

"有一天，读了她新作的堂哥对此大为赞赏，说道：'我期待有更多的人读到这个故事。'少女内心也有这样的愿望，但是走出这一步是很难的。她没有勇气把书稿送去参加公开比赛，也没有勇气把它拿到同人活动中销售。给学校的朋友看都会觉得害臊。想要上传到网上，她又不擅长使用电脑，而且小说本来就是写在笔记本上的。少女想要放弃的时候，堂哥想到了一个办法，一个奇特的办法，可以在某个近距离的限定空间内，让非特定的很多人读到这部作品。"

"等等，里染同学。"

有纱开了口。但是里染没给她时间，继续快速地讲了下去。

"堂哥首先把少女的小说制作成了一本书。不是手写的，而是正规文字印刷的，有着和其他书籍一样的硬壳封皮的书。现在这个年代，随便找找就有很多提供这种服务的印刷公司。把笔记和稿子送去，就可以转换为数据装订成册。这种方法原本经常用于长期保存故人的日记或是学校的文集，但是小说当然也能制作成书。如果只是印刷一本的话，适当的金钱和两三封邮件就可以搞定。就这样，世界上独一无二的、她写的书就诞生了。那么堂哥怎么处理这本书呢？"

"你等等！"

"堂哥把它放在了经常去的图书馆。套上封皮，贴上条形码，伪装成藏书，放进了国内作家'Mo 打头'的书架上。条形码是假的，因而如果有人借阅就会露馅。不过他事先伪造了'馆内专用'的标签贴在书上，消除了这种顾虑。来图书馆的人自然不知道，连管理员也没发现这本书是假的。当然了，这是个太过正大光明的藏匿地点，谁都不会感到不协调。人们就算发现这是一本没见过的书，最多也就在心里念叨而已：'原来还有这样一本书啊。'因为再能干的管理员，也不可能掌握多达十万册以上的全部藏书信息。因此，两个人的计划成功了。"

"你别说了！"

"一开始他们只是闹着玩。然而，图书馆里读她书的人渐渐多了起来。其中也有人对这本从未见过、也没听说过的书起了疑心，但是谁都没有猜到真相。刚开始惴惴不安的少女，每当在图书馆里看到有人阅读这本书的时候，内心都欢欣雀跃。她和堂哥享受着这个秘密游戏，可是——"

"不要说了！"

有纱没有喊叫，而是紧紧地抓住了里染校服的衣袖。她就像快速奔跑过一样气喘吁吁。

里染终于闭上了嘴。他在有纱松开他的衣袖后，依然目不转睛地凝视着她。他脸上害羞的红晕和不好意思的微笑都消失了。

有纱混乱的脑海中出现了詹姆斯·克吕斯。出卖笑的少年，因为和恶魔做交易而失去笑脸，只剩下冰冷表情的少年。她不知为何，觉得自己正被这位少年盯着。

不，或者说，他就是恶魔。

等她的悸动平息下来，里染再次开口，用他依然没有抑扬顿挫的声音说：

"你有什么感想？"

"你怎么知道？"

有纱好不容易挤出的声音已经嘶哑。

里染背靠椅子，又开始讲述，这次一开始语气就很平淡。

"昨天，我和警察一起看了城峰恭助被杀害的现场后，发现了一件奇怪的事。现场在国内作家'Mo 打头'书架的前面，地上散落的书是从'森真沙子'开始，到'盛田隆二'为止的作家的书。但是，按照五十音的顺序，原本应在其中的一本书却不见了。然而，整理这些书籍的管理员却说一本书都不缺。他们用电脑对照了藏书清单后断言，除了出借中的书之外，一本不少。可是那本书是无法出借的。这是因为，那本书上应该贴有禁止借阅的标签。"

"那本书，是……"

"森朝深零写的《钥匙之国的星球》。"

一听书名，有纱的肩膀猛然一颤。

我的书。

"里染同学，你读过吗？"

"没有。我留意到这本书是八月前后出现的，但是没碰过它。所以，书不见了有可能是我记错了。或许只是我误会了，这本书从一开始就不存在。于是，我就确认了一下。"

里染从衣兜里掏出手机，把屏幕展示给有纱看。那是 SNS 的个人页面。像是育儿日记的推特，附有年幼女童的照片。有纱立刻想起来，这是前天在图书馆看见的那位辣妈带的孩子。那位母亲称孩子"Raimu"。

"把小女孩的名字、照片、地点都晒在网上，我打心眼里觉得这种做法太欠考虑。不过在这种时候却很方便。我一检索，立刻就找到了。"

里染点击照片放大，指着她身后书架里的一本书。灰色的书脊上看得到一个小红点。

"像素颗粒太粗，无法确认书名，但是这个小红点，明显就是'馆内专用'的标签。在那个书架上没有其他禁止借阅的书。这确凿地证明，《钥匙之国的星球》在九月十日下午四点这个时间点，还在图书馆里。"

他把手机放在柜台上，又把话题拉回正轨：

"我明明没有记错，可是藏书清单上却没有《钥匙之国的星球》的名字。在网上查询，也完全找不到关于《钥匙之国的星球》这本书的任何信息。这个时候，我便得出了结论。这本书不是图书馆的书，也不是某本正规出版的书籍。是有人私自制作并混入图书馆藏书中的。而且，这本书在案发之后不知为何从凶杀案现场消失了——这样一来，我就发现，这本书和命案有关联。"

有纱不知何时又拽紧了裙裾。一种和以往性质迥异的不安涌上心头。

"在夜间偷偷进入图书馆的人，至少有一个人的身份显而易见。那就是受害人城峰恭助。如果《钥匙之国的星球》是恭助自己写的小说呢？这是个武断的假设，但是从他经常出入图书馆这一点来考虑，也具有充分的调查价值。于是，我请求警察搜寻恭助写小说的痕迹。这个线索是不能轻易舍弃的。如果真的是他写的，那么房间里一定会找到某种形态的创作痕迹，例如笔记本、素材笔记、Word 文档、U 盘之类。"

里染休息似的停顿片刻，接着说："但是警察什么都没找到。不过，在电脑的邮箱里，却发现了奇怪的往来邮件。就是这个。"

他再次把手机拿给有纱看。这次的照片，好像是邮箱发件箱的截屏图片。收件人是"共同出版"和"安田印刷"。

"制作硬皮书的印刷公司，和能够把图片制作成标签的公司。标签公司应该是用来仿造条形码和禁止借阅的图标的。恭助明显是在制作图书馆的藏书。然而，这并不是恭助自己写的小说。那么这是谁写的呢？

"能够推测出的条件有三个。首先，这是与恭助关系亲密的人。因为他不可能替关系一般的人制作书籍。其次，是行动力和经济条件不如恭助的人。如果有钱，应该会自己找专业公司制作书籍。这么一想，恐怕这人是还不熟悉社会的、比恭助小的初高中生。然后还有一点，这人和恭助一样，经常出入图书馆。这一点从这本书藏匿于图书馆来看，也是准确无误的。符合所有条件的人……"

里染说到这里停下来，漆黑的双眼把视线投向有纱。有纱不敢和他对视。她双唇紧闭，盯着皱巴巴的百褶裙。

他第三次操作手机：

"作为旁证，很抱歉我采取了蠢得要死的方法，让警察调查了恭助的手机邮件。他最近反反复复地给你发邮件。'今天又有一个人在看''今天有两个人！'今天又有一个人'……作为堂兄妹之间的对话，内容颇有些奇怪。"

有纱已经没有必要确认屏幕了，因为这些邮件也完好地保存在自己手机的收件箱里。

"关键证据是作者的姓名。森朝深零。写成罗马字，打个字谜就成了另一个名字。"

最后，他从柜台里取出笔和纸，写下了两个名字，放在有纱的文库本上。

MORIASA SHINREI

SHIROMINE ARISA①

有纱凝视着这两个名字，回忆起了字谜编成时昂扬的心情。森朝深零。用本名会惹麻烦，因此她在自己风铃鸣唱的房间里绞尽脑汁想出了这样一个笔名，和恭助一起。

那是七月初的时候。有纱把三册学校笔记本交给了来家里玩的恭助。她花费半年时间，终于完成了第三部作品。这是用铅笔写的，本子上画着竖线，到处都有橡皮擦修改过的痕迹。看上去很孩子气，不过只给恭助看，所以并不要紧。到现在为止，她一直都这么做。

三天之后，恭祝向有纱兴奋地讲述了自己的感想。得到夸奖让有纱很高兴。但是，当恭助提议说，找个地方秘密发表，就从图书馆开始的时候，她还是大吃一惊。她犹疑不决，恭助却说，只放一个暑假，于是她点点头，下了决心。她自己也打心底里雀跃不已。

在恭助的安排下，《钥匙之国的星球》成书了。和全是橡皮擦修改痕迹的笔记本不同，也和廉价的打印纸印刷的打字机稿子不一样。这是无论放在哪里都毫不逊色的上等成书。她很想一直保存在手边，可这样就失去了意义。于是，他们悄悄地带进图书馆，放在了书架上。刚开始的时候有纱很害怕。几天之后，她再去图书馆，第一次看见有人在读自己的书，又感到了难为情。随着时间流逝，这种恐惧和难为情逐渐变成了兴奋。

---

① 这两组罗马字分别对应"森朝深零"和"城峰有纱"。

当然，她没有办法询问读完的人有何感想，不过她在一旁也能看到他们合上书时流露出的满意表情，恭助也很高兴。很快就开学了，应该把《钥匙之国的星球》收回来了。但是恭助半开玩笑地说"大学的暑假要放到九月末呢"，延长了期限。有纱也并未反对。如同里染所说，她很享受这个过程。

仅存于夏季的秘密小说家游戏。以熟悉的图书馆作为舞台的小小恶作剧。

然而，为什么？

"为什么事情会变成这样呢？"

"我也想知道啊。"

见她用低得几乎听不见的声音喃喃自语，里染也重复道。

"里染同学，你在调查这起案子？"

"这不是自发的，我是在打工。县警察局雇用了我。"

"你一直怀疑我？"

"我并没有怀疑你，只是有件事想问你。"

"有事想问我……？"

"我不是说了吗？故事的结尾还没有确定，你帮我出出主意吧。"

里染用自嘲的语气说道。就像幕间休息结束似的，重新摆正了椅子的位置。有纱的喉头再度缩紧了。

他所说的"故事梗概"，还没有结束。

"少女把自己的书放进图书馆后，过了一段时间，某天夜里发生了一件事。她离开家骑着自行车去图书馆。不，准确说她是去图书馆门口的自动售货机。正在全力以赴准备考试的她，或许是为了调整心情顺便去买饮料的吧。她买了苹果汽水，当场打开喝了一口。但是，这时却发生了一件事。"

他讲述的第二章非常短，却足以让有纱大为惊愕。他对此不理不睬，用轻松的语气继续说：

"你觉得是发生什么事了呢？"

支撑身体的手碰到了文库本。书从柜台上落下，啪地掉到了地上。没有一样东西能保护有纱不受到现实的伤害。

她知道《钥匙之国的星球》的事情露馅了。原本她就不打算隐瞒，一经调查当然会找到很多证据。但是，那天晚上发生的事情却不同，她还没有告诉任何人，无论是警察还是父母。他不可能知道。

难道他是虚张声势？不对，昨天他提过一个问题。你在图书馆待到什么时候？闭馆后立刻就回家了吗？回家之后，有没有返回图书馆？

不是虚张声势。

"为什么？"

她用颤抖的声音重复了刚才的问题。

"自行车车座。"

"看到你的自行车时，我发现车座上有红土。轮胎和脚踏板上有红土也就罢了，可是车座上有土却是很奇怪的。我摸了一下车座，发现有一点黏，再一闻……"

"你闻气味了？"

"闻到了一股淡淡的苹果香。"

里染泰然自若继续讲述，而他身边的有纱却开始摩挲自己的两条大腿。不知为何，她突然觉得两腿发痒。

"你的运动鞋上也有同样颜色的土。现在几乎找不到有裸土的道路了。在这个镇子里，也就只有图书馆门口的路才是。因为风把建筑工地的土刮到了那条路上，于是我就判断出，在那条路上的某个地方，有人打翻了果汁一类的东西，自行车就倒在了那里。鞋子、车座浸上了果汁，变得黏糊糊的，所以很容易粘上了土。

"不过，这种突发事件是常有的，让我在意的是时间。你是什么时候在那条路上弄倒自行车的？周二早晨你的运动鞋上粘着红土，这一点袴田妹子在出入口已经确认。也就是说，弄倒自行车是在周二早晨之前。可是，车座上还残留着汽水味，并且依然有些黏糊糊，这就说明，时间间隔不是很长。"

一股凉意掠过她的脊背。她结结巴巴地反驳道：

"可……可是光凭这一点，也不能判断出究竟是不是那天晚上呀？"

"是不能一口断定啊。所以，我先向你确认，你回家之后有没有返回图书馆。"

"啊……"

"你说没有返回过，可是样子却有些奇怪。我调查了图书馆门口那条路。于是我发现，自动售货机附近残留有打翻苹果汽水的痕迹，罐子还在路边放着。顺便告诉你，拉环的边缘还有少量血迹。就在这个时间点，我就确定，你就是弄洒汽水的那个人。"

里染一边说，一边指指缠在有纱大拇指指根上的创可贴。在那下面隐藏着被拉环边缘割破的伤口。有纱用左手捂住创可贴，就像在躲避对方的指摘。

"就算你知道我弄洒了汽水，也不能说明我是晚上去的自动售货机呀。或许我是傍晚从图书馆回家时顺便买了饮料而已呢。"

"不会的。周一的傍晚打翻饮料，罐子是不可能保留到第二天的。你是图书馆的常客，应该记得入口处的告示栏吧？贴着当地的通知。"

"告示栏……"

她猛然醒悟。虽然没有给予特别的注意，但她确实有印象。

志愿者清扫　每周一 17:30 ～

"周一下午五点半开始，附近的居民会清扫这一带。如果进行清扫，路边的垃圾基本都会被弄走。烟蒂也就罢了，饮料罐这种显眼的东西是不会被漏掉的。图书馆的闭馆时间是五点，就算你在回家时买了饮料，把罐子打翻在地，它也会在一个小时之内被打扫干净的。然而罐子却留在了路上。也就是说，你在那里打翻饮料，是在志愿者打扫卫生之后。"

已经无法反驳。

"我来总结一下。你在图书馆闭馆后回了家。几个小时之后，你骑自行车来到自动售货机旁。你买了苹果汽水，正打算喝的时候，却遇到了某种麻烦，不仅打翻了罐子，还把自行车也弄倒在地。你惊慌失措，甚至连车座上的土都忘记擦拭，就直接回了家。而且，你还打算对我隐瞒这件事。

"为什么要隐瞒？能够想到的原因有二。一种是，在外出地点干了不能告诉别人的坏事。另一种，则是目击了极其不可思议的情况，即使告诉别人也没人相信。不管是哪一个，既然同一天晚上在相距很近的地方发生了命案，你都极有可能与它扯上了关系。"

说完结论，里染后倾靠在椅子上，短短地吐出一口气来。

阅览室又传来某个团体兴高采烈的声音。有纱想起来，自己是在熟悉的图书室柜台里。就在同学们眼皮子底下，就一起凶杀案遭到同年级男生的质问，真是荒谬得可笑。

"里染同学，你是个名侦探呢。"

"我可没那么优秀，我连迪斯尼乐园都不知道。"

他低声道出这么一个意义不明的回答。有纱忘记了严肃的气氛，不由得问道："什么？"

里染岔开话题，说道：

"你怎么看？你认为少女是凶手，还是目击者？"

"她不是凶手。"

"有什么证据？"

"案发是在十点左右，对吧？我想看电视剧，从九点到十点多一直在家里起居室学习。妈妈和弟弟也在，所以我不可能偷偷摸摸溜出去。"

她如实回答。里染相当痛快地表示接受："明白了。"

"你相信我？"

"我刚才不是说过了嘛，我本来就没有怀疑你。我认为你不可能知道图书馆的夜间密码。如果不是凶手，那就是目击者咯？"

"嗯……"

"你看到什么了？"

里染的眼神略微凌厉了些。

有纱忽然发现，从这里开始才是他的正题呢。他说自己爱好写作是个特大谎言，《钥匙之国的星球》也好，周一晚上的事情也好，他从一开始就一清二楚。刚才的交谈，他只是在做确认工作。他与有纱接触，目的在于了解接下来的事。

这么一想，有纱觉得自己更为紧张了。她干燥的嘴唇加大力度，一点点地讲述了前天晚上的亲身经历。

快到十一点的时候，她骑自行车前往图书馆，也算顺便休息。十一点左右到达自动售货机时，看见图书馆二楼不知为何闪过手电筒的光。买到喜欢的苹果汽水，她当时就喝了一口，喘了口气。紧接着——

"有人从图书馆院子里跑了出来，撞上了停在路边的自行车。我吃了一惊，罐子掉了，自行车也倒在了路上。他看上去脚步有些踉跄。他的帽子戴得很低，遮住了脸。不过，撞上自行车时产生的冲击力让帽子落在了人行道上。在自动售货机的灯光下，我看见了他的眼睛，他也看见了我。"

"你认识他吗？"

"不，是个我不认识的男人。"

"他长什么样？"

"他穿着灰色的 Polo 衫……年龄大约四十岁。高个子，眼睛圆鼓鼓的，左脸颊上好像有烧伤留下的疤痕……是个光头，脑袋还流着血。他脸上也淌着血，非常可怕。他惊愕地看着撞倒的自行车和我，我也目瞪口呆，一句话都说不出。"

"男人手里拿着什么东西吗？"

"嗯……一瞬间的事，我不敢肯定，不过我看见他衣兜里好像有个手电筒。因为能看得到类似于红色手柄的东西。应该没带其他东西。"

"男人就那么逃跑了？"

"嗯。他捡起帽子，朝车站方向跑去。我一开始不知道发生了什么事，在原地傻站着。然后突然觉得恐惧不已，汽水什么的都顾不上了，直接就回了家……虽然把罐子放在路边上就走挺不好的……"

有纱敷衍地笑了笑。当时，她做梦都没想到，堂哥就在近在眼前的图书馆里被杀害了。

"里染同学，你能相信我吗？"

她胆怯地问，里染则再次痛快地点点头：

"你刚才说的和各种情况都一致。那个男人恐怕就是警察正在寻找的桑岛。他到上个月为止还在图书馆当管理员。"

"管理员？那我应该认识才对呀。"

"据说他很在意烧伤留下的疤痕，所以只做办公区里的工作。你不认识他也很正常。"

"这个叫桑岛的就是凶手？"

"我认为不是。但是现在还说不准。"

里染总结思考似的，用指尖嗒嗒地敲击柜台，说道：

"刚才的话，你也能告诉警察吗？"

"嗯……本来我就想，警察一问我就告诉他们。"

昨天对里染撒谎，是因为问题来得太突然，让她非常吃惊，而且她并不知道他参与调查。

不，不仅如此——或许她害怕自己会真的卷入这起案子。或许是她害怕面对现实。她隐约觉察到，《钥匙之国的星球》和恭助的死有关。她虽然留意到这一点，却因为想要逃避而试图遮掩隐瞒。

有纱觉得有人在看自己，于是抬头向柜台外望去。她与昨天和里染在一起的女生袴田视线相撞。有纱想要躲起来，低下了头。刚才从柜台上落下的文库本就在她的脚边。书签已经从书里飞了出来，不知道书页翻到了哪里。

"……里染同学。"

"怎么了？"

"建议你不要写喜欢书的女孩子的故事。"

"为什么？"

"因为主人公是个胆小鬼。"

"这有什么关系呢？"

弯下腰的里染的脑袋出现在她的视野里。

"周围太过喧闹的时候，想要捂上耳朵、裹上毛毯是很正常的。或许是胆小，可是有时候如果不屏蔽这些声音，就无法思考。"

里染把文库本捡起来，掸掉灰尘递给她：

"而且还有。你把秘密告诉了我，抓捕凶手就是其他人的事情了。你已经不需要忧虑了。"

有纱抬头看看里染的脸，他用手撑着下颚向柜台外眺望，并没有看她。

他是在用这种表情掩饰自己的羞涩。有纱像文库本封面上一起欢笑的男人们一样，露出了笑容：

"你是在鼓励我？"

"我是在挽留你。少一个喜欢逃避的伙伴，我会觉得孤单的。"

听上去他果然是在掩饰羞涩。有纱道声"谢谢"，接过了文库本。手指触碰到书本时的感觉和平时一样。文库本和手掌一样的大小让她安下心来。

柜台里奇妙的对话看来就此结束了。里染从椅子上站起身来，打算离开柜台。

但是，就在他迈步的前一刻，他竖起一根手指头，又补充了一句：

"那本书有意思得不得了，你要用更高兴的表情去逃避！"

*

"呀，里染同学居然在那里。"

学习会刚开始时浮躁的空气告一段落，所有人终于开始集中精力学习。早苗用只有柚乃才能听到的声音低语道。

"在哪儿？"

"你看，在那儿！"

她指指身后图书馆的入口。有那么一瞬，柚乃以为自己看错了。

在柜台内侧，图书委员会主席和里染并排而坐。他说了句"休息"离开座位后，一直没有回来，还以为他跑哪里去了呢。

"什么时候……更重要的是，怎么会在柜台里？"

普通学生是不能进去的。城峰有纱并没有提醒他，而只是害羞地垂着头。里染在她身旁面无表情。有纱忽然看向阅览室，和柚乃四目相对。主席慌忙低下头躲避她的目光。

气氛相当凝重啊。柚乃心想，他们一定是在聊案子。

"感觉可真好。"

早苗的印象却迥然不同。

"刚才密会针宫同学，和八桥同学之间也有情况。里染同学啊，不可小觑。"

"不会的，这种事，唯独在他身上不可能发生！"

"这可不好说！说不定在我们不知道的地方，他和八桥同学吃圣代，和针宫同学在海边追来赶去呢。"

"我倒觉得，他只能给八桥同学当椅子，还会被针宫同学捉住绞死。"

"不过，他和图书委员会主席倒挺般配的。"

"是吗……"

不出门的无用之人和喜爱读书的内向少女。如果把他俩勉强归为"室内派"，或许确实般配。他们两个人学习成绩也都很好，而且常常在图书馆里碰面。还有——

"对了，昨天他有一个怪异的行为。"

"啊？什么行为？拉手了？"

"里染同学闻了城峰同学自行车车座的气味。"

"啊，太怪异了！就是一般所说的怪异！这证明他爱得已深，赶快阻止为妙！"

"果然如此啊。"

"是啊。你要是漫不经心的，就真会被抢走了。柚乃可是正妻哦。"

"制裁 ① ？可以加以制裁？"

"啊？一夫多妻？"

"嗯？"

"啊？"

牛头不对马嘴。早苗扫兴地耷耷肩说："不行啊，柚乃一点干劲都没有。"然后转向桌子对面。

"香织同学怎么想？柜台里那两个人。"

正拿着铅笔在题集上疾书的香织抬起头，丈二和尚摸不着头

---

① 在日语中，"正妻"和"制裁"是同音异义词。

脑地说：

"只有一个人呀。"

回头一看柜台，柚乃二人也愣了。那里只有有纱一人端坐，无用之人已经不知何时消失了。"居然让你这家伙跑掉了！"早苗恶狠狠地说。

"不对，刚才里染同学坐在图书委员会主席旁边的座位上，两个人感觉可好了。"

"天马？怎么会呢？"

"真的哟。还有，听说他昨天闻了主席自行车车座的气味。"

"哦，这个他倒是干得出来。"

"干得出来……总之，你怎么看？"

"嗯，这个嘛，也不是不能理解。我超喜欢闻刚印出来的报纸和麦当劳的纸袋子。"

"我不是在说好闻的气味。"

早苗和香织的对话也是牛头不对马嘴。柚乃一边听着一边凝视着柜台。图书委员会主席就像里染根本没有来过一样，依然安静地读着文库本。她的指间夹着一个系带的书签，依然是学习会开始时柚乃看到的那个姿态，依然是那本书。不过也有些细微变化。

她的表情中已经看不见烦忧的影子了。

4　第三人 X 的现身

微缩楼群一般高高耸起的 DVD 塔，重叠过多而坍塌的漫画废墟，人偶、杂志和电商的空箱子，还有其他杂七杂八搞不清名称的相关物品，都沐浴着夕阳的光芒。

文化部社团活动室一楼最里侧、被里染据为己有的百人一首研究会活动室，场面依然惨不忍睹。按他本人的话来说，"只是东西多而已"。可是柚乃每次都想，既然擅自住在学校的房间里，至少应该收拾整齐吧。

学习会解散后，柚乃和香织来到这个房间，给疲惫的大脑补充糖分。短腿桌上放着几个人的杯子，里面已经倒好大麦茶，还有一个木头深盘，放着拆了封的寒天果冻。房间的主人和以往一样坐在床上，啪啦啪啦翻阅着这周的《Jump》。

"也就是说，我搞清楚了，城峰有纱不仅与丢失的假藏书有关，还在案发当晚十一点左右在图书馆附近的自动售货机旁与桑岛法男不期而遇。"

他正在向和柚乃他们一起围坐在短腿桌旁的另外两位客人——哥哥和仙堂警部流畅地汇报情况。

"她本人也表示会如实告诉警察，所以你们一会儿可以去她家确认。"

说完这番话，里染观察县警察局这对搭档作何反应。柚乃等人因为这出人意料的新情况大吃一惊，而警部他们却仿佛已经直接穿越惊讶进入了消沉状态。

"警方花了一整天时间全体出动进行调查后得出的结论，和你在期末考试的间歇中调查得出的结论为什么是一样的？"

"你们不要自卑嘛，刑警先生。我知道假藏书的事，多亏了你们的搜查呢。"

"我说的是桑岛的事。"

仙堂疲惫不堪地催促部下"快点汇报！"，哥哥打开笔记本，详细地说明了警方的成果。城峰恭助的朋友明石康平的证词。针对前图书管理员桑岛法男的搜查。母亲美世子的证词，还有在恭助身边发现的物品。

"总之，就像在电话里说的那样，除了电脑和手机邮件，没有发现什么奇怪的东西……问题是后来出现的，关于桑岛法男。他下午还没回家，所以几名搜查人员就进了他公寓的房间。结果——"

"难……难道发现了尸体？"

"你电视剧看多了。"

哥哥不以为然地否定了香织的设想，把几张照片放在短腿桌上。

六个榻榻米大小的和式房间。从来没有叠过的被子、挂在屋子里晾晒的衣服、方便面的空碗。不过最为醒目的，是占据整个墙壁和地面的大量书籍。

"这房间可真脏。"

里染瞅瞅照片后说道，也不知道照照镜子。

"这些书全都是桑岛的个人藏书吗？不愧是前图书馆管理员啊。"

香织说。昨天她明明不在现场，说起话来却像是什么都知道。既然学习会上大家并没有聊到这件事，那就一定是里染告诉她的。

"管理员的爱好也要适可而止嘛。几周前他搬到这个房间来，或许就是因为书快要把地板压塌了。不过，房间里一个人都没有。"

"就是说你们还没有……"

"没有见到桑岛本人。这男人简直就像个幽灵。"

听柚乃这么说，仙堂不悦地哼了一声。哥哥翻到下一页，说：

"不过，我们在房间里发现了各种证物。"

"首先，从垃圾桶里找到了浸血的纱布和手巾。血液是 B 型，和柜台里残留的血迹一致。还有，在鞋柜一侧发现了手电筒。手柄是红色的。"

和刚才城峰有纱口述证词中出现的手电筒颜色相同，也就是说——

"总之，这样就搞明白了一点。在柜台中留下血迹的人物 X 就是桑岛法男。"

"嗯，我刚才已经说过。"

毫不留情的表述让县警察局的搭档二人非常沮丧。

"拜托你们用其他报告挽回名誉。例如，有没有发现谁在闭馆后藏在图书馆里？"

"没有。我们按照你说的，从电梯到书库都搜查了，什么都没有找到。"

"指纹呢？"

"出现城峰恭助指纹的地方有三个。便门的键盘盖子。连接办公室和走廊的门，靠办公室这一方的把手。还有走廊通往柜台的门，靠走廊这一侧的把手。印迹非常清晰，因此可以认为，城峰恭助是最后一个触碰这些地方的人。"

柚乃在脑海中描绘出昨天穿行过的办公室周边示意图。键盘的盖子、办公室和柜台的门。这些地方都是本应关闭却打开的地方。如果最后一个触碰盖子、门把手的人是城峰恭助，他应该就是把这些门打开的人吧？

"在借阅柜台周围和便门内侧的门把手上，找到了和桑岛房间里采集到的相同的指纹。也就是说，桑岛碰了这些地方。这一点也从旁证明，案发当晚他就在图书馆。"

"尸体书包里的东西、屁股口袋里的美工刀呢？"

"只有恭助的指纹，除此之外没有可疑之处。"

"那二楼的卫生间呢？"

"碎片的确是刀尖的一部分，顺便还从碎片上检出了少量和卫生间地面材料相同的东西。不过，我们已经仔细查看了门及墙壁，没有任何可疑的地方……城峰恭助和桑岛法男的指纹也没有找到。"

"你认为卫生间和行凶有关系？"

仙堂问里染。

"卫生间里发现了受害人携带物品的一部分，当然有关系了！"

"虽说有发现，可它是粘在透明胶带背面的，为什么会在那种地方呢？"

"这简单呀，因为它本来就粘在透明胶带背后。"

里染一边翻看杂志一边说，警部扫兴地皱起了眉头。

"哥哥，血液检查结果如何？"

"除了凶器，结果都很简单。一楼发现的血迹全是桑岛法男的。二楼发现的血迹全是城峰恭助的。哦，二楼地面溅上的血痕迹模糊不是很奇怪吗？看来是有人擦拭过。因为地毯上检出的细微物质，只有那个地方比其他地方要少。"

"能告诉我你们认为擦拭过的准确范围吗？"

"从尸体的脚尖到通道，一米见方。"

香织往上抬抬她的红色眼镜：

“擦拭地板，是因为有东西洒出来或是滴落在那里了，对吧？会是什么呢？”

“是凶手的血滴在那里了？”

柚乃也发表了意见，却被哥哥否定了。

“我刚才也说过，二楼的血液全都是受害人的。而且我们调查了包括现场的地面在内的图书馆内部，完全没有出现血液反应证明，曾有过的血迹已被擦拭干净。”

“嗯，那就是凶手的汗水，或是眼泪？”

“真是个像甲子园球场一样的杀人现场呀……”

“但是这是个好线索，”仙堂说，“我们也认为是凶手的体液溅到了地面上。”

“我觉得说不通啊。”

顾问用奇妙的声音说道：

“如果是个人的房间倒还有可能，那个现场可是图书馆开架区域的正中间呀。每天有好几十个人来来去去。即使凶手在地面上流淌汗水、喷出口水，也会混在其他物质中，成不了物证。特意擦掉是没有道理的。”

“你没听说过有个词叫做无情节电视剧啊？”

“我还是喜欢有情节的电视剧。”

里染用手指把杂志的书页边缘一会儿折叠一会儿展开，似乎在思考什么。不过，他又立刻说：“把这个当作明天交的作业吧。”留下了这个谜团。接着，他换了个问题：

“不在场证明呢？”

“我们调查了车站和商店街的摄像头，图像不鲜明……五名管理员的不在场证明不清楚，桑岛法男的不在场证明也没能确认。不过，所有管理员以外的工作人员，都确认了不在场证明。如果存在凶手，应该还是某位知道密码的管理员。

"另外，关于城峰恭助也查到了一条证词，是图书馆南侧的荞麦面馆店主提供的。他说他看见了恭助。下午七点多，他到外面来收拾招牌，发现恭助站在店门口的路上。他望着图书馆，徘徊往返一两趟，接着又很快回到路上。"

七点钟，就是城峰恭助第一次外出的时间。他当时出门，果然不是去"买杂志"，而是去图书馆了。然而在那个时间段，管理员们应该还在馆内。他无法潜入图书馆，所以又回了家。

里染没搭理思绪万千的柚乃，咽下唾沫说：

"验尸结果如何？"

"和最早的估计相同。死亡时间是晚上十点。致命伤在左侧太阳穴。右眼是先受伤的，太阳穴是第二次击中的。从伤口的深度来看，飞溅的血迹是第二次击中时造成的。血沫只溅到了地面上，所以第一次被击中后，他应该脚下踉跄，处于半蹲状态，头部位置下降时遭到了第二次击打。两次击打中间没有时间间隔，他在此之后立刻倒下，一分钟不到就死了。"

里染翻了一页，继续说：

"那么，还有一点很重要，尸体倒在地上之后，有没有挣扎和活动的迹象？"

"从验尸结果来看，除了右手以外，没有大幅度动作的痕迹。"

"也没有移动头部的痕迹？"

"没有哦。你昨天也确认过嘛。尸体明明是左侧太阳穴出血，脸部左侧却几乎没有血迹。这是因为尸体的头部一直贴着地面。"

哥哥用手掌当作地面，侧着脸贴在上面进行了解释。确实，如果脸部一直和地面贴合，就不会浸上血。

"还有一个新发现。"

就在里染的提问攻势暂停的时候，仙堂开口了：

"借阅柜台有一部电脑，从键盘和鼠标上检出大量桑岛的指纹。于是，我们调查了案发当晚电脑的记录，发现九点三十五分到九点五十分之间，有一名图书馆读者的个人信息被检索过。你们猜猜是谁？"

见里染默默地耸耸肩，警部公布了答案：

"是城峰恭助。"

香织一下子挺直了背，柚乃差点把嚼到一半的果冻吐出来。里染则从杂志上抬起了头。

"准确地说，"哥哥补充道，"是有人从头到尾检索了区内所有姓'城峰'的读者。然后，最后的九点五十分显示的就是城峰恭助的个人信息。"

"虽说是个人信息，可这是图书馆读者的数据，能够搞明白的无非就是姓名、地址和年龄吧。总之，九点五十分，距离死亡推定时间仅仅只有十分钟。"

"恐怕就在那之后，桑岛被人击中头部，几分钟之后，恭助就被杀害了。"

刑警交谈着。柚乃和香织面面相觑。这是比起伪造藏书更加出人意料的事，需要花费时间整理思路。

"嗯……那么，桑岛试图调查被杀害的城峰恭助？他潜入图书馆是为了浏览数据？"

"是的，"仙堂说道，"调出数据必须在工作人员使用的电脑上输入密码。但是，和便门相同，前管理员是知道密码的。如果能偷偷进去，想查什么都可以。"

"恭助和桑岛是什么关系呢？"

"不知道。但是，从案发当天他们进行过交谈的证词来看，或许情况是这样。"

仙堂晃晃大麦茶的杯子，想让冰块赶快融化，语气生硬地表达了自己的看法：

"被解雇后依然出入图书馆的桑岛法男，注意到了城峰恭助在馆内私藏伪造的藏书。于是，他利用这件事威胁恭助，要求他配合自己的犯罪行为。例如在夜间潜入图书馆偷盗图书，卖给二手书店。

"桑岛和恭助约好时间，九点半左右潜入图书馆。趁着恭助在二楼搬运书籍，桑岛打开了柜台的电脑。进行恐吓的时候，对方的弱点掌握得越多越有利。于是，他浏览了读者信息，试图获得恭助的个人信息。但是，恭助发现了这一点。他为了保护自己，用书击打了桑岛。桑岛一度倒在柜台，但是他起身后夺过凶器，在二楼追赶上逃跑的恭助并报复他……怎么样，里染？"

"就像《暗杀教室》被拍成了动画片！"

"脑子里别再想什么《Jump》！"

在警部的大段叙述中，无用之人的目光又回到了杂志上。他嫌麻烦似的合上了杂志。

"刑警先生，你简直像是在说，桑岛法男就是凶手哦。"

"他从现场逃跑后一直隐藏行踪哟！我当然怀疑他了。搜查总部现在把桑岛法男当作嫌疑犯在采取行动。"

"'久我山'的死亡信息如何呢？"

"就像你昨天说的一样，这是伪装嘛。城峰实际上只写了

'く'，对吧？在那之后，桑岛把偶然看见的那本书的主角圈起来，把桑岛的'く'伪造成久我山的'く'。"

"我应该也说过这样的话吧：'第三人 X 和凶手 K 是同一个人的可能性很低。'城峰恭助被杀害是在夜里十点。桑岛法男跑出图书馆是在一个小时之后。如果桑岛是凶手，他为什么要在现场逗留一个小时之久？"

"你的弱点，最近我慢慢地掌握了。"

仙堂用细长的双眼凝视着少年。

"你太不了解人这种生物了。"

里染没有反驳，轻轻地把杂志放在身边，等着警部往下说。

"人呢，在怒火冲天的时候会忘记各种事。比如理性、疼痛等等。被击中头部的桑岛法男，忘我地从恭助手中抢过凶器，追上逃跑的他，在那个书架前面反将他打倒杀害。然后，在兴奋消退的同时，伤口的疼痛袭来，桑岛倒在尸体旁边，晕了过去。他恢复意识是在一个小时之后。意识到自己闯祸的桑岛慌慌忙忙逃离图书馆——这一幕却被城峰有纱看见了。"

"如果是这样的话，确实如此。"

"存在时间差也就说得通了。"

柚乃和哥哥，兄妹两人一起点头。香织却举手说：

"可是……"

"在这种情况下，二楼没有发现桑岛的血，难道不奇怪吗？二楼只有恭助的血呀！"

"本来他的出血量就不多，而且在追赶恭助的时候，血液应该在一定程度上凝固了。某些倒下的方式也不会在地上留下血迹。擦拭地面，或许是他失去知觉时流下了口水。"

"嗯，原来如此。"

"怎么样？"

让全体人员心悦诚服的仙堂，最后转过身来问顾问。

然而，里染在床上安静地摇了摇脑袋。

"这个嘛……我还是认为图书馆里除了桑岛法男和城峰恭助，应该还有一个人。"

"为什么？"

"原因有几个。例如指纹。凶手彻底擦掉了键盘和门把手上的指纹。如果桑岛法男是凶手，他在柜台等地方留下指纹却不处理难道不奇怪？"

"他或许是慌张中忘记了。这是常有的事。"

"那么还有一点。城峰有纱作证说，目击桑岛法男的时候，除了红色手电筒以外他什么都没拿。如果是这样，《钥匙之国的星球》也好，城峰恭助携带的银色手电筒也好，又是被谁拿走的呢？"

正打算喝大麦茶的仙堂一下子停住了手。他似乎没有考虑过这件事。他把玻璃杯放回短腿桌，"啊"地支吾着说道：

"或许是在离开院子之前，在图书馆的楼旁边处理掉了。比如挖个洞埋了。"

"会把特意带出图书馆的东西紧挨着图书馆的楼处理掉吗？"

"你认为桑岛法男不是凶手？"

"我还没有确凿证据，但是目前这是我的方针。"

里染讽刺地说完，一翻身躺在了床上。仙堂赌气，沉默不语地把果冻塞进了嘴里。两个人完全不对路。

尴尬的空气充斥着房间。隔了一会儿，哥哥自言自语地说：

"如果凶手另有他人，他为什么要把书拿走呢？"

"终于出现了建设性意见。"

顾问躺在床上盯着天花板，微微一笑：

"恐怕那才是案件的关键。"

"我们好像没能真正休息嘛。"

锁上百人一首研究会的门，香织说道。柚乃也没精打采地说："说的是啊。"她俩明明是为了补充糖分才来的，谁知道被卷入汇报会，反而大费脑筋。

夕阳西沉，将没有人影的校舍染得通红。两个人在凉风的吹拂下向正门走去。

"原来香织你知道这起案子呀？了解得好清楚！"

"因为昨天考试的时候天马早退了。傍晚我埋伏在活动室里打探出来的。他这次好像不太想过多参与，毕竟还要复习。"

"嗯，我也这么想。"

柚乃越来越没力气。真想早点回家解决汉字和英语单词的问题啊。

"不过，你从一开始就知道城峰和里染的关系？"

"我隐约知道他们是在聊案子。嗯，就算不知道，我也明白里染没有桃色新闻。"

"早苗这家伙，还在瞎猜里染有其他对象哦。八桥同学呀，针宫同学等等。"

"嗯，高难度的想象啊。"

"就是嘛。"

两个人交换了苦笑。

离开房间的时候，无用之人已经开始在床上打盹了。"你是不是又熬夜看片了？"听她们这样问，里染嘴里冒出个"给我冷面"之类的动画片名字来。看来浮躁的生活果然不适合他这种生活状态和性格都如同藏在地下的人。就连与他交往很久的香织都这么说——

对了，柚乃突然有了个多余的想法。

就在身边喜笑颜开的她——向坂香织呢？

十年来的同窗兼好友。也是唯一从一开始就掌握活动室秘密的人。第一次见面的时候，柚乃询问二人的关系，香织轻描淡写地说是"发小"，从那以后自己也没再关注过这个问题。但是，就算是发小，也不会天天到访活动室吧？

难道两人关系更为密切？柚乃对他们俩在一起的状态已经习以为常，从她的感受来看，想象的难度并不高。至少和其他人相比是这样。

"早苗还说，香织你也很……可疑。"

柚乃不好意思直接问，于是撒了个小谎。

香织指着自己说："我？不是不是。虽然时不时有人这么问，但我真的不是。"

她语气轻松地否定了。柚乃也只是回应道："就是嘛。"

两人的对话就此忽然中断，默默无语地走在校舍之间的道路上。尽管平常在这个时候，总能听到跑步的口号声、吹奏乐队的演奏声，还有篮球鞋摩擦地板的声音，然而考试期间的风之丘高中却寂静无声。

来到前院的时候，香织停下了脚步，说道：

"恐怕这个人已经不会再喜欢上谁了吧。"

她回头看看身后的文化部社团活动室的楼房。

柚乃在她身后两三步的地方停下来，望着香织的侧脸。虽然她语调轻松，可脸上的笑容却失去了光彩。又一阵风吹来，前院里树木的叶子开始窃窃私语。

香织似乎想让自己的声音也隐藏其中，低声道：

"因为……"

"什么？"

柚乃的反问让她回过神来。她转过头说"没什么"，目光移向了出入口。

"哦，对了。我把照相机忘在活动室了。我去取一下，回头见！"

香织轻轻挥手，跑开了。就在她那转身的一刹那，红色的眼镜镜框在阳光的照射下，闪过橙色的光芒。

柚乃留恋地短暂矗立在原地。

刚才她说的话是什么意思？

不对，应该说自己会不会根本就是听错了？她声音相当小，又有风声和树叶声的干扰。柚乃完全没有听清的自信，只是从口型推测出来的，总之相当模糊。

不过——她再次迈开步子，开始思考：

喃喃低语的香织，脸上笼罩着寂寞的阴影。柚乃记得这个表情。在根岸车站的月台上，在夏季活动的神社中。谈到里染的时候，她活泼开朗的笑容会时常笼上阴云。而且，她称里染为"这个人"，简直就像在谈论一个不熟悉、关系生疏、距离相当遥远的他人……

"嗡——"

就在走上坡道的时候，书包里的手机振动起来。是来了一封邮件。对香织还念念不忘的柚乃拿出了手机。然后，她接连看了两遍发件人的姓名——

里染镜华。

*

吹干头发后，有纱回到了二楼自己的房间。

前来了解情况的两位刑警大约三十分钟之前回去了。看来他们事先找过里染（他本来就和警察联手），问话比想象中顺利。不过，有纱本来就不擅长跟人说话，更何况是头一次跟刑警说话，她直到现在还心脏怦怦直跳。尽管如此，她认为自己已经尽可能地积极面对，把能说的全说了。

仙堂和袴田两位刑警真诚地倾听了有纱的讲述。对于伪造藏书一事，他们没有过多追究，但作为交换，他们拿走了《钥匙之国的星球》的原稿。自己的书竟然有一天会以这样的形式被人阅读！这些天来发生的事，全都是她做梦也想象不到的。

有纱后仰着坐在椅子上，凝视着天花板。

即使把秘密告诉刑警，即使冲淋浴洗干净身体，也无法去除不安。一楼断断续续传来妈妈打电话的声音。看来是美世子婶婶没有办法独自安排葬礼，所以有纱的父母也伸出了援手。妈妈的声音听上去比平时的语速快，掺杂着震惊和丧失感。有纱也是同样的心情。放在桌上那本夹着书签的文库本，给予了她些许安心感。

她想起了里染的话。没问题，有他在，警察也在采取行动。所以，继续做自己该做的事情吧。现在先准备考试，明天考世界史，尽管她觉得已经基本没问题，但是以防万一，还需要做最后的确认。

她翻开教材和笔记本，开始复习。

她的目光偶然落到了窗外。

下一个瞬间，有纱已经大吃一惊地冲着桌子低下头。接着，她再一次战战兢兢地向窗外望去。房子前的道路上只有街灯在散发光芒，没有一个人。刚洗干净的皮肤又流出汗水来，心跳比起面对刑警时还快。

难道是心理作用？

不对，刚才确实——确实看见了。而且撞上了对方的视线。

刚才，在街灯下站着一个男人，目不转睛地盯着这个房间。

戴着帽子，眼睛鼓鼓的，脸颊上有一块烫伤。是那个男人！

第三天　现代文、英语阅读、
数学Ⅰ、追求、过去

1　擦肩而过主义

"世界史考得怎么样？"

刚开始的时候，她都没注意到有人在问自己。"主席！"听到第二声呼唤，她才抬起了头。

下课后的高二（2）班。黑板上写着明天的考试时间。同学们忙着收拾准备回家。站在桌前的是同为图书委员会委员的三田弥生。

"啊，嗯，"有纱回答，"好像挺难的。"

"真的？连主席都觉得搞不定？"

"嗯。罗马那道题真是疯狂。"

"哦，那道题呀。那一定是老师的兴趣所在。"

"对。"

对话中止了。弥生避开了她的视线，担忧地问：

"主席，你没问题吧？"

"啊？为什么这么问？"

"也没什么，就是觉得你忧心忡忡的。"

弥生含糊其词。不知她是留意到在图书馆被杀的学生和有纱之间的关系，还是因为有纱的表情相当阴郁。

不管怎样，有纱都只能回答："没问题。"

"真的？"

弥生担心地瞅瞅有纱的脸庞，她觉得自己要被看透了，一阵心痛。

"我说，要是你不嫌弃的话，有事可以找我商量哦。"

"没……没问题，真的！没什么大不了的事。"

"那就好。"

有纱用发僵的嘴唇勉强挤出一个微笑，站起身来，道了声再见，向门口走去。目送有纱的弥生，虽然嘴上说是放心了，看上去却依然担忧。

朋友的担心应该说是一语中的。非但不是没问题，还出了天大的事。而且自己或许也被卷了进去。不仅是这样，昨晚站在家门口的那个男人——和在自动售货机前看到的是同一个，他的脸就没有离开过自己的脑海。

可是，即使告诉弥生这些情况，也无济于事。

今天的阳光也很强烈，可是没有人的走廊却寒气逼人。她抚着起了一层鸡皮疙瘩的胳膊，打算去出入口。

就在这时，楼梯那边跑来一个女孩子，是报社社长向坂香织。红色的眼镜、红色的发卡，而且一只手还拿着一个盛满红色液体的、没有贴标签的五百毫升装的瓶子。

"让你们久等了！"

香织和有纱擦肩而过，进了隔壁的高二（1）班。教室里响起两名男生的声音："哟！""辛苦啦！"其中一个声音昨天已经听得耳朵长茧，在图书室的柜台内侧。

门是开着的，她走过去往里一看，原来是里染和话剧团团长梶原。他们在窗户边坐着，一边吃零食一边聊天。看上去像是办完事回来的香织，把瓶子递给里染。

"你真快啊！从哪儿搞来的？"

"超自然现象研究会的办公室。"

"没想到我们学校的超研，动真格啦……前一阵还在校园里画了魔法阵呢。"

"还有盆栽曼陀罗草和干蒜呢！"

"他们活动室就像魔界！"

"你的活动室和那个也有的一拼哦！"

"别把话剧道具和魔术混为一谈……对了，你拿我们的血浆不是也挺好吗？"

"唉，我不是要追求真实感嘛。哎呀，不需要这么多哟。"

"啊？你不早说！……哎呀，有纱。"

虽然她本来就不打算躲躲藏藏，可还是被香织发现了。她轻轻点点头，胆怯地踏进教室。瓶子里的红色液体，走近一看才发现颜色相当深，深得扎眼。

"瓶子里装的是什么？"

"猪血。"

香织轻描淡写地说。猪血？

"要拿它来做什么？"

"泼在地上。"

"安息日？？"

"实验。做科学实验！"

里染嘴里嚷着她听不明白的话，把瓶子塞进了书包侧面的口袋里。

"香织，如果可以的话，我还需要唾液、体液这类的东西。"

"哦——这些东西，就算你找我要，我也实在是……"

"准备不了？"

"可以准备……啊？你让我准备？"

"里染，你冷静点！你冷静点！我们在那边商量商量，如何？"

"算了，用水来代替吧。"

里染没有理睬试图说服他的梶原。他把最后一颗零食扔到嘴里，站起身，对香织等人道了声再见，向门口走去。他肩上挎着能看得见猪血的书包……有纱还是没搞清状况。

"里染同学，你去哪儿？"

"图书馆。"

又一个简短的回答。有纱幡然醒悟。血，实验，还有图书馆。难道他要去查案？

就在这一瞬间，一个迄今为止从未有过的点子在大脑的角落里出现了。对啊，是图书馆。去图书馆或许能得到新信息，或许能距离凶手更近一些。恭助哥的行动、站在家门口的男人——说不定能了解到什么。

"我……我说！"

意识到这一点后，想说的话已经越过她的思考从嘴里冒出来。面对回过头来的里染，有纱用平时绝对不会表现出来的积极态度恳求道：

"把我也带去！"

                              ＊

"哎呀，不管怎么样，只剩最后一天啦！"

"还有一天呀……"

反应两个极端的早苗和柚乃沿着通向正门的缓坡往下走。

期末考试第三天，结果是两胜一败。原本擅长的现代文，还有抱过佛脚的数学Ⅰ考得还凑合。英语阅读则完全没有考好的自信，甚至连对答案的力气都没有了。

"如果我是出生在美国，就不会遇到这种事啦！"

"如果是这样，柚乃你就会为法语之类的考试担忧了……算了，过去的事就让它过去吧，说说明天的事。"

"明天……"

最后一天考英语写作和日本史，还有各三十分钟的保健体育和家庭科。时间安排和第二天、第三天一样，但是科目数最多。

"日本史如何？复习了？"

"我觉得日本史应该没问题。"

"哦。"

"但是其他的都不懂，怎么办啊？"

"柚乃总是这种模式……"

"总是说我，你的情况又如何呢？"

"哎呀，是针宫同学！"

早苗岔开话题转向正门。是她没复习吗？

她顺着朋友的视线看过去，确实是针宫理惠子。她躲在围墙后头，和昨天一样，和另一名学生在说话。不过今天的对象不是里染，而是美丽的大和抚子——八桥千鹤。

有了昨天的教训，柚乃二人不再竖着耳朵听，但她们的表情却尽在眼中。千鹤一副游刃有余的样子，而理惠子则皱着眉头。

"那就麻烦你按照这个步骤来。"

靠近正门的时候，她们听到了千鹤的声音。她迈着轻巧的步伐从柚乃她们身边走过，出了校门。这个步骤是指什么步骤？昨天里染说他们是在商量考试对策，那她也是这种情况吗？两个排名靠前的学生都找针宫商量，难道针宫的学习很优秀？如果找香织打听，她或许会像少年漫画里描绘的那样，得意扬扬地亮出头衔："排名零位——隐藏的女王！"

"我们赶紧互相考考明天的语法问题吧！"

脚踏实地的话语把柚乃从妄想中拉回现实。早苗从书包里抽出厚厚的英语语法参考书。绿色的封面上印着不知所云的标题：《让我们飞入英语的森林》。这才刚开始呢，还是走入树林比较好。冷不丁飞进森林，万一遇险怎么办？

柚乃把手伸进书包，想把自己的参考书也掏出来。可这时她突然发现：

书包，好轻。

"糟了……参考书还在活动室呢。"

这本书平时上课不用，放在教室的储物柜里又占地方，所以柚乃把它收在活动室的储物柜里，一直都没动过。今天本想着必须带回去，可是考试的疲劳却让她忘在了九霄云外。

没书哪还能复习呀！柚乃跟早苗说了一声，赶紧转身往回走。只听得早苗在背后挖苦自己："你慢走哦。"她在正门口差点和针宫撞个满怀。这坡道虽然名叫"缓坡"，实际上倾斜角度很大，才走到一半，就觉得抬不动腿了。伴随着这沉重感，快要忘记的消极想法似乎又膨胀起来。

期末考试让人郁闷，可是烦恼的原因还有一个——

"哟！"

就在她爬到坡顶的时候，碰到了里染。柚乃赶紧停下脚步。

"你今天也睡懒觉了？"

"我怎么可能迟到呢！我是忘记东西了……呀，城峰同学，你好！"

跟他针锋相对地说到一半，发现城峰有纱在他身旁，于是柚乃有礼貌地低头问好。里染一只手拿着一小瓶矿泉水，书包里还露出一个装着红颜色液体的塑料瓶。

"那是西红柿汁吗？"

"是猪血。"

"哦，猪血……猪血？！"

她不由得反问道。

"我早就觉得你一到白天就没精打采，像个吸血鬼，今天终于觉醒了？"

"不是，我怎么可能喝它呢！"

"那你要用它干什么？"

"泼在地上。"

"是吗？"

为了保持精神上的卫生，柚乃觉得还是不要追问为妙。

"你手里的水是什么？圣水？"

"Volvic①。"

"正正常常的，真好。"

"本来我是想要香织的体液来着。"

"一点都不正常！"

---

① 法国天然矿泉水品牌。

他是想要捧着活祭品呼唤恶魔吗？站在里染身边的有纱似乎也搞不太明白，缩着肩膀，目光尴尬地四处游移。尽管知道他们俩不是那种关系，但是在透过树荫泻下的阳光中，并肩而立的两个人看上去还是如同一幅画。

"嗯，那么，你们俩是要去哪儿？"

"图书馆。查案。你也去吧？"

"好……不行。"

柚乃条件反射地点点头，却又立刻收回自己的话。

"今天我要复习，不去了。"

里染短暂地流露出意外的表情，说道："好吧。"然后，又面无表情地开始下坡。有纱再次对柚乃点点头，追上他。

等到两个人的身影消失，柚乃才向运动社团活动室的楼房走去。尽管已经走完坡道，步伐却依然沉重。

她心想，或许自己的选择是正确的。必须学习是真话，而且抱着这种心态和他一起行动难免觉得尴尬。

除了考试，她还有另一件烦心事。

那就是里染。

柚乃进入没人的活动室，打开储物柜，立刻就找到了英语参考书。刚放暑假的时候，她无意识中受到了里染房间的影响，把储物柜搞得乱七八糟，但她没有气馁，坚持整理，有所收效，这就是一个体现。

柚乃关上储物柜的门之后，突然觉得自己如此慌乱实在很傻。她叹了口气，坐在房间中央细长的凳子上，把参考书放进书包。

接着又取出手机，打开了昨天镜华发来的邮件。

敬启　袴田柚乃小姐

残暑尚未消退，不知袴田小姐身体可好？愚兄有无给你
添加麻烦？我帮助学生会的友人处理杂务，每天忙碌不堪。风
之丘夏季活动一别，久疏问候，非常抱歉。这次与你联系……

这封冗长的邮件接下来文风也是如此生硬，却又混搭着可爱
的表情文字，奇特无比。概括起来内容就是："我们一起喝杯茶
如何？"

镜华是小里染两岁的妹妹，和无用之人哥哥不同，她是个讲
究礼节一本正经的好孩子（就是有些地方怪怪的）。她现在上初
三，就读于邻镇的名校绯天学院初中部。

受到她这种女孩子邀请，柚乃自然高兴，但是她从昨天开始
就犹犹豫豫不知该如何答复。不仅仅是因为期末考试期间非常忙
碌。还因为和镜华两个人说话，让她略有不安。

因为她有可能打破和香织的约定。

柚乃和镜华第一次见面，恰好是在一个月之前。她向镜华讯
问了一直以来耿耿于怀的里染的家庭情况。为什么他不住在自己
家，而是住在学校里呢？她得到的答案是："父亲和他断绝关系
了。"镜华说父亲不认他，他也是出于自愿离开家的。因此他无
家可归，只好住在活动室里。柚乃想知道究竟发生了什么，所以
第二天就向和里染交往很久的香织打听。

然而，香织拒绝了她。

香织不但再三嘱咐"不要在他面前提起这件事"，还恳求柚

乃不要告诉别人。柚乃从香织竭尽全力恳求她的表情深切体会到两点：第一，这是不能触碰的话题；第二，里染不喜欢别人打探此事。自那时起，柚乃就把这件事埋在了心底。

但是，如果见到镜华，她觉得自己一定会问些什么，觉得自己会背着香织和里染做出违背他们意愿的事情来。这让她感到内疚。

她按下回信键，打算写点什么。输入一两行字，又立刻改变了主意，最后删除了。昨天她就已经这样反反复复好几遍，到现在还没有回信。柚乃合上手机抬头望着天花板。生了锈的自动灭火装置和积灰的荧光灯。独自仰望时看到的景象如此空虚，仿佛这里并不是平常大家打打闹闹的活动室。

她想起了不知何时出现过的疑问。在水族馆案件的调查过程中，在风之丘的夏季活动中都曾有过的感受。

里染漆黑的眼中，究竟映照着什么样的风景？会不会有那么一天，自己能够了解？

嘎吱——

开合不畅的门伴着这一声响被推开了。进来的是佐川队长。

"哎呀？袴田？"

"辛……辛苦啦！"

柚乃站起身低头行礼。队长不知为何穿着球队活动时的训练服，而不是校服，而且皮肤上还有亮闪闪的汗珠。

"袴田，你也是来跑步的？"

"不是，我是来取参考书的……呀，佐川同学，你是跑步去了？"

"我只围着学校跑了两圈。因为感觉身体有点倦态。"

队长打开自己的储物柜若无其事地说道。看来她是考完试之后在活动室换上衣服自己去训练了。虽说只是围着学校，可风之丘的占地面积大得简直是一种浪费，跑一圈就接近一千米。

"你已经复习完了？"

"基本上已经弄完了，而且一直学习也觉得憋得慌。"

柚乃虚脱了似的又一次重重地坐在长凳上，凝视着正用毛巾擦拭后颈窝的队长。纤细紧致的双腿，穿着训练短裤非常好看。尽管窗帘关着，她的汗水却像吸足了阳光，让她的肌肤光亮炫目。

"我真想变成佐川同学。"

一不留神说出了口。队长"啊"的一声回过头来：

"怎么突然说这话？"

"你看你什么都会，又这么一往直前。"

"你在说什么呀？"队长苦笑道，"袴田才一往直前呢。"

哪还能一往直前呀，连前进的方向都搞不清。

柚乃没法接着往下说，低下了头。队长把运动饮料放在嘴边，咕嘟咕嘟地喝起来。隔着储物柜上的镜子，柚乃感觉她正看着自己。

"你有什么烦恼吗？"

"没什么大事。"

不过的确有烦恼。

"怎么说好呢……我特别想了解一个人，想要搞清楚他的事情，可是，他或许不愿意让任何人了解自己。如果我知道他的事，他应该会很不高兴。可是我太想知道了……在这种时候，你觉得怎么做才好呢？"

说着说着柚乃自己也不知所云，硬生生地结了尾。队长一边换校服，一边听着，在胳膊穿过罩衫袖子的时候停了下来，整个人转向柚乃，说：

"也就是说，是考虑自己的感受，还是考虑对方的？"

"嗯，对。"

佐川队长轻叹一口气，在柚乃左边坐下来，比昨天在图书馆的距离还近。她微微倾斜身体靠向柚乃。

胳膊、肩膀、头发都静静地触碰在一起。

"袴田，你正在青春期呢。"

柚乃侧头看看队长。她像在睡梦中一般微笑着，闭着眼睛。罩衫还没扣扣子，露出她匀称的身材，有弹性的白，不加修饰的模样。柚乃赶紧转过脸。

"我上初中的时候，也遇到过这种事。烦恼着到底是考虑自己的感受，还是考虑对方的。"

"那你最后选了哪一个？"

"对方的感受，"队长微微睁开眼，说道，"不过，我现在非常后悔。"

"哎呀，抱歉，我一身臭汗。"

队长慌张地离开柚乃。她并没有闻到汗味。她感受到的是阳光在肌肤上留下的温暖香味。但是，这种香味立刻被市面上那种止汗喷雾的气味所代替。

"我觉得袴田可以勇往直前。"

队长系着前襟的花边说道。

"万一路走错了呢？"

"这个我就不知道了。"

"啊？"

"我可承担不了那么大责任哦，我又不是无所不能。"

她讥诮地说完，又回过头来。平常极富领导气质的脸庞，现在却一副难为情的样子。

"不过，我不希望袴田像我这样回避。我想说的就是这一点。"

换好衣服的队长道声再见，离开了活动室。柚乃想要跟她道别，但是门已经关上。

柚乃茫然地盯着贴着训练计划的门，然后忽然想起来似的，目光移向左侧刚才队长坐过的地方，再次低下头来。她摩挲着大臂，在没有一个人的活动室里静静思考。

不久，她站起身，打开了手机。

2　在晴朗的日子里前往图书馆

"你真打算跟着来？"

走到正门的时候，里染惊讶地问道。有纱紧紧抿着嘴唇"嗯"地点点头。

"我想了解一下案情。如果会给你添麻烦就算了。"

"不是，图书馆读者代表愿意一起去，那是帮我大忙了。哦，对了，今天没骑自行车？"

"嗯，我今天是走路来的……没有心情骑自行车。"

真正的原因，是她每当跨坐在自行车上，就会觉得臀部莫名其妙地发痒。而她不打算把实情告诉造成这个结果的人。

"这真是健康的生活方式啊。"

里染发表了他的感想，来到校园外。走路上学就是健康生活方式——这家伙说话就像个老年人。

尽管放学之后已经过了一会儿了，四周还有不少学生，交换着今天考试的感想，抱怨着明天的科目。今天刚听说，因为报社表示要给成绩最好的人发奖，所以二年级学生热血沸腾。在考试中争夺奖品虽然有些过激，但是由于上次考试时发生了作弊风波，二年级学生显得干劲不足。如果是为了改变这种局面而点燃起爆器，报社也是相当上路了。

"昨天警察去你家了？"

"是的。一位叫仙堂的警部和他的部下。我把知道的事情都告诉他了。"

"具体都说了些什么？如果有我还不知道的内容，请详细告诉我。"

"基本上是确认了里染同学推测到的内容……哦，不过，他们还问了我周一和恭助哥见面的事。"

有纱讲述了案发当天下午，她在图书馆见到恭助时的情况：和平时一样聊到了《钥匙之国的星球》，告别时他欲言又止。里染紧追不放的，是恭助和有纱打招呼之前和久我山的交谈。

"你听见恭助说：'能麻烦你想想法子吗？无论如何今天之内？'"

"嗯。恭助说，是找他商量从书库里取书的事。"

"也就是说，并非'只是打个招呼而已'。"

里染冷冷地翘翘嘴角说道。

"你在怀疑久我山先生？不过，警部也说了，死亡信息靠不住。"

"我并不认为他是凶手。不过，不是凶手，也不代表他与犯罪无关。"

侦探似乎得到了某种答案。

"没有其他情况了？"

"其他的……实际上，警部离开之后发生了一件怪事。"

她认为，即使把桑岛法男出现在家门口的事告诉里染，他也不会相信。可是里染既没有一笑置之，也没有武断地认为她是"看错了"，而是静静地听她讲完后，从衣兜里掏出手机，问道：

"这件事你告诉警察了吗？"

"还没有。我怕是看错了……应该说吗？"

"我现在就说。"

里染迅速地操作手机，又立刻收起来。看来他已经给警察发了邮件。

"如果我没有看错，那他为什么要来找我呢……"

"这我就不知道了。但是根据警方的搜查情况来看，桑岛利用图书馆的数据库一个不漏地检索了姓氏为'城峰'的读者信息，他知道你家的地址也就不奇怪了。"

"地址……"

有纱环视周围。

说着说着两个人已经来到了车站前。尽管是工作日，环岛旁却依然熙熙攘攘。等待同伴的年轻人。从面包店出来的父母和孩子。买彩票的阿姨。公交车站等车的队列。进入车站的风之丘学生们。如果那个脸上有烫伤的男人在某个地方监视自己——这种假想折磨着她，昨天体验过的恐惧复苏了，让她感到两腿发软。

"不用担心，"里染说道，"今天晚上刑警应该会在你家周围布控。如果就此一举抓捕桑岛，警方也会高呼万岁。你别在意，跟平时一样读书、学习，或是写东西。"

"写……写东西？"

有纱几乎没有张开嘴，木然地嘟哝这个单词。

"或许，我不会再写了。"

关系亲密的堂哥遭到杀害，自己写的小说被人拿走，或许还与案子扯上了关系。在这样的情况下、这样的心境中，她无论如何也无法接着去写新的东西了。不仅是现在，恐怕今后也是。

没关系，反正也没真想过要当小说家。

有纱拽紧书包的肩带，盯着环岛发黑的沥青地面往前走。里染似乎觉察到了她的心思，背过脸去。

他们在道口停下了脚步。令人不安的警报，电车经过时的鸣笛。束在一起的头发在风中摇曳。

来到车站对面，是略显寂寥的商业街。唯一有活力的是汉堡店。阳台上的桌旁，坐着网球队队长和二年级的一名女生。她想起来，暑假刚结束的时候听说他们俩在谈恋爱。两人正在分享一个大份薯条，亲密地说笑着。

有纱看看身边里染的面孔，不知为何忽然特别想整理自己的发型，于是伸出手来摸摸刘海。他的步速比有纱略微快点。她又突然想起了那个叫袴田的一年级学生，她和里染交谈时显得很亲密，不知他们是什么关系。

黑色的眼睛转向了有纱：

"《钥匙之国的星球》讲的是什么故事？"

有纱吓了一跳，说道：

"这个嘛……"

"我记得是奇幻小说吧？是从猫耳少女的视角出发，细致地描写了人间世态？"

"不，不是这样的。"

其实，她只是拙劣地模仿了大岛弓子的漫画题目而已。而且——

"不是奇幻小说，是悬疑小说。"

听她这么纠正，里染立刻扬起眉头：

"昨天你不是说，写的是奇幻风格吗？"

"我想说的是'奇幻风格的悬疑小说'……结果没等我说完，你就自顾自地往下讲了。"

他不好意思了："哦，是吗？"

有纱在脑中整理了一下内容，开始讲述自己作品的导入部分。反正原稿已经交给警察了，现在害臊也没用了。

"有一个虚构的星球叫做'钥匙之国的星球'，那里的人严格遵守一条法律'所有出入口都必须上锁'。不仅是家里的大门，连房间门、储物间门、窗户等都必须上锁，每次开合都需要使用钥匙。于是，大家一直以来都带着一大串钥匙生活。"

"真是个不便于生活的星球啊。"

"嗯。所以，必然存在反对派……有一天，一位奇怪的王子在宫殿中建造了一间不带锁的房间。王子开始在这个房间里生活，还主张无需在不必要的地方上锁。然而几天之后，他在这个房间里……"

"被杀害了？"

"对。算是密室杀人。"

"密室？房间不是没有锁吗？"

"本应如此。可是不知为何门窗都打不开。撞破之后查看房中，也没搞明白究竟是谁、利用什么样的方法挡住了门。于是，有人认为这是钥匙精灵干的，在全城进行搜索，试图抓捕凶手。大概就是这么个故事……"

凶手是如何在没有锁的房间里不留痕迹关闭房门的？有纱自认为故事的看点有二，一是充斥着钥匙的奇异世界，二是虽然常见，却能勾起人兴趣的不可能发生的状况。

她也想听听里染对此有何看法，但是他唯一发表的感想是："有点北山猛邦的风格嘛。"

"既然是密室，主要是讲犯罪是如何实现的啰？"

"嗯，嗯。不过我不想连诡计也告诉你。"

"我可没要求你剧透哦。原来你写的是悬疑小说呀。"

里染点点头，默默地往前走。然后又用沉思般的语气重复道："悬疑呀……"

到底是公共设施，风之丘图书馆已经像往常一样开馆了。禁止入内的带子全都撤了，看热闹的人也没了踪影。停车场里虽然还有电视台的车，但是也只剩孤零零的一辆了。他们大概认为这是一起很平常的案子，新闻里还没有提到过死亡信息和伪造藏书的内容。

有纱在自动门前停下脚步，握紧双拳，抬头仰望拱形屋顶。时隔三天再次来到的"书之馆"。和堂哥多次一起玩耍的地方。和他最后一次说话的地方。也是他惨遭杀害的地方——如果说进入这里她没有踌躇，是在说谎。

可是，决定来这里的人是她自己。

她跟在里染身后迈出了这一步。仿佛是在回应她的决心，门开了。空气的密度陡然提升，比平时还要强烈地刺激着她的肌肤。

　　馆内几乎没有读者。年轻的女性图书管理员上桥光坐在借阅柜台里。不过她正注视着电脑屏幕，没发现他们。里染散步似的走向童书区。

　　"你要做什么？"

　　"我先听听图书馆读者代表的意见吧。请告诉我这里的管理员是什么样的人，谈谈你的印象就行。"

　　突如其来的难题让她内心动摇起来。不过，既然来了，终归希望自己能派上用场。"嗯——"有纱一边思考一边开始描述。

　　"那就从梨木馆长说起吧……梨木馆长要求读者严格遵守按时还书之类的规则，同时也认真地为读者考虑，就像学校里的老师。她在这里工作了大约二十年，知识、经验都很丰富。寺村先生是工作年限第二长的，应该有十五年了吧。他平易近人，朗读会之类的活动基本上都是寺村先生在组织。嗯，还有就是，他的力气和外表看上去一样大，这一点也让人觉得他很可靠。我经常看见他捧着很多书来来回回。"

　　有纱在靠墙的青鸟文库书架前缓缓前行。

　　"久我山先生很安静，有时候爱发呆。但他不是性格阴郁的人，有话问他的时候，他总是很和蔼地倾听。他和恭助哥关系特别好。嗯，有一次他还给我看过家里人的照片。他笑容满面，围着两个小女孩。他在家里应该是个好父亲吧。"

　　"他好像和妻子分居了。"

　　"啊！？"

有纱中断了人物介绍。不仅是因为她听到了出乎意料的信息。还因为，她隔着书架看见进入阅览室的里染采取了一个奇怪的行动。

他在房间角落停下后，立刻蹲在浅灰色的地毯上，从书包里取出猪血，滴在地上。他像撒胡椒粉一样甩着手腕，在地面上略有间隔地滴了三次。最终血滴在地毯上形成横向排列的三块血迹。每一处的血滴立刻渗入纤维，形成了红色的直径一至二厘米的圆形。

"你……你在做什么？"

里染没有回答，操作着手机，看上去是在启动计时器。然后，他把手指伸向左端的那滴血，轻轻地擦拭。指尖染红了。

他用湿纸巾把手指擦干净，接着又掏出手帕，这次则是擦拭了两三下中间那处血迹。血迹变得模糊，多多少少转移到了手帕上。可是因为浸得很深，地毯上的颜色并没有变浅。

里染又用湿纸巾同样地擦拭了右端的血迹。血迹基本上被擦干净了，但是湿纸巾的水分却渗入地毯，形成一团发黑的污渍。

"你……你把地面弄脏，他们会生气的！"

里染依然没有回答，确认了手机上的计时器，正好过去六十秒钟。他再次伸手像刚开始时那样轻轻触摸左端的血迹。这次手指上没有沾上血。他重新把手指放在血迹上，这次略微停留后使劲擦拭，结果手指沾上了血。

他用湿纸巾把手指擦干净，又打开了矿泉水的瓶盖。用和刚才同样的甩手腕方式，把水滴落在比三块血迹更靠近自己的地方。就像刚开始下起的雨，在地上留下大小不一的水滴。他立刻用手帕擦拭。和血一样，水滴开始模糊，多多少少擦掉了一些，但是大部分还浸染在地毯上。

"嗯。"

里染一动不动地观察着自己制造的四种污迹，然后站起身来。看来他要回大厅了。

"你刚才是在做实验？"

"算是吧。"

算是吧——算是什么？

"那么，剩下的两个人呢？"

"哦，嗯……那须先生是个开朗的人，不过也有些迟钝。偶尔会把事搞砸，把其他人惹火。上桥小姐估计是和我说话最多的人。她擅长画画、制作贴纸，像个可靠的姐姐。麻烦她找书的时候，她会花费好几个小时来寻找。我觉得她真心喜欢这份工作。"

"她喜欢工作？那我就这么办。"

里染走在有纱的前面，像是决定了方针。

他穿过一个人都没有的绘本区，径直走向借阅柜台。可靠的姐姐——上桥光从电脑上抬起头，"哎呀"地叫了一声：

"有纱……你还好吧？"

这和学校里弥生的提问不同。"你还好吧？"——这句话隐藏着好几种多余的情感。对失去亲人的同情，成年人的礼节，对案子的兴趣，还有些许敌意——说不定她已经被问及《钥匙之国的星球》的情况。有纱无法回答，只能默默地点头。

但是，里染并不在意这种气氛：

"我觉得应该问问你是否还好，那天看上去身体状况很差。"

"嗯。我还好……也不能一直都情绪低落呀。"

"真了不起。你现在忙吗？不太忙？那我们聊聊。"

他一只胳膊撑在柜台上，开始了和普通意义相差甚远的"闲聊"。

"前天，你是和那须先生一起进的图书馆吧？早晨七点半左右。"

"是的。我在上班途中偶然遇到了那须先生。"

"早班通常是这个时间？"

"是啊。一般的管理员是八点半上班，而早班要提前一个小时。"

"不过，前天并不该你上早班。你为什么来这么早呢？"

"因为我忘记把头一天晚上修复的《人之临终画卷》放回书库了……我怎么都放不下心。谁料到那本书被当成了凶器，哪还能放回去呀。"

"只是想把一本书尽早归还书库。仅仅只是为了这个原因就提早一个小时来上班？你太伟大了，真是管理员的楷模。我要向你学习。对吧？"

他征求有纱的意见。有纱"嗯、嗯"地点点头。上桥欲言又止，里染则间不容发地说：

"对了，你戴眼镜吧？"

"一看不就知道了吗？"

她噗嗤一笑，说道：

"到底是年纪大了，又一年到头盯着书看，视力下降了。只有那须先生不戴眼镜，其他人摘了眼镜，就连三十厘米开外的字都看不清……"

"嗯，其他人是这样。不过你的眼镜是没有度数的。"

上桥愣住了，她用手指摸摸眼镜镜框。有纱傻了，看看这副表情的女管理员，又看看微笑的里染。"前天在童书区见面的时候，我观察了你们每一个人。戴着有度数眼镜的人，略微倾斜脑袋时，由于镜片的凹凸使得光线折射，所以透过镜片看到的面部轮廓会有微妙的变形。梨木女士、寺村先生和久我山先生三位，确实能够明显看出轮廓变形。就像你说的，他们应该都戴着度数相当高的眼镜。可是你的轮廓却完全没有变形。即便像这样近距离观察，也依然没有变形。也就是说，你的眼镜是没有度数的，所谓的平光装饰眼镜。"

有纱紧盯着上桥的脸，确实不像有度数的样子。虽然她迄今为止从来没有留意过。

"如果是为了时尚，这个镜架也太朴素了些，而且工作中也一直戴着，很奇怪啊。你知道自己戴眼镜会'更像那么回事'。你给读者和同事们留下了根深蒂固的印象：知性、眉清目秀、热爱图书的美女管理员。"

他闭上嘴不再说下去，像是在等待对方的反应。上桥摘下眼镜，冷冰冰地瞪着里染。不戴眼镜的她依然美丽。

"你一个高中生，说话还挺别扭的。"

"就因为我是高中生，所以才别扭呢。"

"我的眼镜的确是平光镜。不过这又怎么了？戴装饰眼镜的人在这世上得有几万人呢，恐怕你没有指责我的道理。"

"说得极是。然而，发生的案子使我得以如此别扭地思考。你这种知性、热爱图书的印象是经过算计的演技。既然是这样，你就有可能不像周围的人想象得那么热爱工作。这样一来，在发现尸体的那天早晨，你比平时早来上班，就有可能不是为了把书放回书库。"

上桥脸色变得苍白，紧跟着又因为羞耻而满脸通红。她想张口，但这时候寺村先生从她身后的门口走出来，使她无法反驳。女管理员猛地站起来，把眼镜捏在手里径直离开，消失在门后，就像在躲避追问。

寺村目送着擦肩而过的上桥，转过身说：

"哟，这不是前天和刑警们一起来的……有纱，你也来了。"

这个大个子的男人没有像上桥那样开口问："你还好吧？"只是用同情的温柔目光安慰着有纱。

里染依然不在意地说：

"寺村先生，你来得正好。我有两三个问题想问你，可以吗？"

"可以啊。今天还真是很清闲呢。"

寺村一边开打印机的盖子，一边答应道。他好像是在更换墨盒。

"对了，我前天没注意，你好像也常来吧？"

"你知道得真清楚。"

"你住在附近？"

"我在附近租房住。"

里染配合地答道，然后进入正题：

"案发的周一那天，闭馆后，各位管理员开会开到八点，对吧？这个会议是早就定好的吗？"

"嗯。每逢周一我们都开会。"

"一直都是这样吗？"

"我们从两三年前开始就有这习惯。"

"会议通常开到几点？"

"通常开到将近八点。因为这个，我周一总是晚回家。"

"管理员的工作也很辛苦啊。对了，从书库取书时，最短要花多长时间？"

"书库？……再怎么快，也需要十分钟吧。书库很大，把书拿出来还需要填写出借单、签字，手续很麻烦的。你想读书库里的书？"

"不是的。"

"你的提问没有逻辑嘛。"

"我的内心比这个更没有逻辑。还有一个问题，久我山先生现在在哪儿？"

"应该在二楼吧。"

"谢谢！"

里染鞠个躬离开了柜台。寺村往上推推带链子的眼镜，摸不着头脑地目送他离去。

有纱以为他这就会前往二楼，没想到他却回到了童书区。跟在他身后的有纱也看不见他内心的逻辑了。

"里染同学，你在调查什么？"

"各种事情。"

"各种事情……刚才你说上桥小姐的话，听起来像是在怀疑她。"

"不是'听起来'。"

里染简短地回答。原来是真怀疑啊？

"可是，仅仅只是比平时早来上班，能作为证据吗？"

"我知道。我只是用这件事在探她口风而已。我是有更为明确的证据才怀疑上桥的。"

两人快步穿过童书区，回到阅览室。里染在刚才滴落的血迹前停下，确认了手机计时器。从启动开始已经过去大约十分钟。他蹲在地板上，和十分钟之前一样，用手指使劲摩擦左端的血液。

血已经完全渗入地毯，手指上几乎没有沾上。他又用手帕使劲擦，血迹也并没有变模糊。

3　图书馆内乱

国内小说"Mo 打头的作家"的书架基本上已经没有了案件的影子。散落的书已经回到书架上，染上鲜血的地毯已经更换一新，当然尸体也不复存在。然而，书架前孤零零的花束，静静地诉说着一位青年惨遭杀害的故事。那是白色的八日草，花语是"悼念逝去的友人"。

可是目光浑浊的侦探没有在书架前停下脚步，甚至连花束都没有看一眼。他笔直走向书架。

列侬先生即久我山卓，在二楼最里侧的书架旁。他和馆长梨木推着橘红色的小推车，正在整理历史书。有纱他们走近后，两个人停下了手头的工作。先开口的是梨木：

"城峰有纱同学。"

"嗯，嗯。"

"据说恭助同学把你的小说混进了图书馆藏书，而且时间将近有一个月。上午刑警们把这件事告诉我了。"

她的语气充满了斥责感。

"把藏书带出图书馆也就罢了，竟然把不存在的书带进来，真是前所未闻。夏天来了好几次原来是这个原因。你们俩是不是一直在嘲笑我们没有发现假书？"

"没有，没有这回事……"

"而且这居然还牵涉命案……你知道这给我们添了多大麻烦吗？"

梨木歇斯底里地说完这番话，快步离开了。灰色的波波头和皱纹密布的脸，就像个货真价实的女巫。

有纱无言以对。

她明白，梨木生气是理所当然的，本来做错事的就是他们自己。如果书和案子有关，原因也在于恭助自身。可是，当自己一向倾慕的管理员说出"添麻烦"这个字眼时，她觉得自己的心疼得就像被剜出来了似的。

"不好意思啊！"不知为何，久我山向她道了声歉。

"梨木馆长是负责人，因为这起案子也吃了不少苦头……我们都不介意书的事。梨木馆长也并非对恭助的死无动于衷，献花的人就是她。"

"嗯，她走了正好。"

似乎事不关己的旁观者里染向久我山靠近一步，说：

"其实我有话想单独对久我山先生说。"

"单独说……什么事？"

"把便门的夜间密码告诉恭助的人是你吧？"

听他突然这么说，有纱忘记了刚才的困惑，看着他。他的语气就像和朋友说话一样轻松，可是嘴角却不带笑容。

久我山抱着从书架上取下的书，与里染四目相对。他和上桥光不同，完全不动声色。可是圆眼镜的深处，却流露出有力的眼神。

"我？为什么？是因为现场留下的信息指向我？"

"你知道留有信息的事啊。"

"今天听刑警说的。不过我不是凶手。"

"是的，我也这么认为，但是密码是你告诉他的。"

艺术家范儿的管理员不再说话。

"我按顺序来解释一下。恭助在闭馆后的图书馆遭到杀害。不可能知道夜间密码的他，是如何进馆的呢？我最初认为，是有人在馆内给他开了门，或者是有一个知道密码的人和他一起进的馆。但是这都不对。指纹证明了这一点。"

"指纹？"

"我是指密码键盘的保护罩上的指纹。保护罩上有恭助的指纹。但是，无论是有人从里面开门，还是和他一起来的某个人输入了密码，恭助都完全没有必要接触键盘保护罩。因此，既然保护罩上有他的指纹，就说明他是独自一人来到图书馆，自己输入的密码。从办公室到开架区的两扇门上也有恭助的指纹，而且没有凶手接触过的痕迹，这也印证了上述观点。恭助是最先到达图书馆的，而且他打开保护罩和馆内的门后没有关，所以后到的凶手就不需要触碰这些地方了。

那么，如果恭助是一个人来的，他怎么会知道密码呢？"

里染比手画脚地说完，挑衅地问道。列侬先生缓缓地向上推推眼镜，说道：

"凶手嘛。是凶手把密码告诉恭助，让他潜入馆内的。"

"目的是什么？"

"目的……或许有什么见不得人的目的吧。他不是已经被杀害了吗?"

久我山冷静地说完这话,尴尬地看看有纱,或许这才想起来在受害人家属面前应该说话注意些。

"但这和目击证词又有矛盾。"

"目击证词?"

"恭助周一晚上七点外出过一次,说是要去车站附近。在紧接着的七点多,有人看见他在图书馆南侧的马路上徘徊。他明显是在寻找进入图书馆的机会。也就是说,他并不知道管理员的下班时间。

掌握夜间密码的人,包括被解雇的桑岛法男在内,应该都知道每周一由于要开会,管理员八点之后才下班。如果他们当中的某个人命令或者诱导恭助潜入无人的图书馆,一定会把时间指定在八点之后,为了以防万一,他应该也会明确地告诉恭助,不到这个时间点,管理员不会下班。如果有什么不可告人的目的,那他就更会如此了。因为,如果恭助在管理员下班之前就潜入图书馆,秘密计划就告吹了。这么想来,恭助试图早于管理员下班时间一个小时进入图书馆是极不自然的。"

在一旁听讲的有纱也赞同这种说法。尽管她是头一回听说指纹和目击证词,但既然这些都是事实,那恭助被人叫去的可能性就很低了。

"恭助不知道管理员的下班时间,而且是一个人进入图书馆的。这就说明,他是依靠自己的力量查出密码,主动进入图书馆的。但是,这个夜间密码只有管理员才知道,而且输入的机会本来就很少。我认为他不可能有机会偷看到,他需要找人打听。那么他是找谁打听的呢?如果我是他,这种强人所难的请求,我会拜托最亲近的人。也就是——"

里染没有说完，而是将手指向面前的男人。

久我山依然很冷静：

"最后的最后，推理的精确度有所下降啊。恭助确实有可能是向人打听了密码，可是要说这个人就是我……"

"我听说，他对你说过'无论如何今天之内'这句话。"

"啊？"

"就是周一下午嘛。你和恭助两个人交谈过。他似乎拜托你做什么，而你答应说'我倒是没问题'，恭助继而说'那就拜托了。无论如何今天之内……'我问有纱你们聊了什么，她说恭助解释说，想请你从书库里取书。

"然而问题在此之后。据有纱讲，恭助和她一起上了二楼，和朋友明石交谈了几句，然后立刻离开了图书馆。上二楼，略微交谈，离开——动作再慢也不会超过五分钟。也就是说，恭助离开图书馆是和你告别五分钟之后。可是我了解到，从书库取书至少需要十分钟。既然恭助想'无论如何今天之内'拿到书，那他没等取到书就离开，太不合情理了。也就是说，他对堂妹撒了谎。他找你要的并非书库的书，而是其他某件东西。"

在里染的穷追猛打之下，久我山终于流露出了狼狈的神情。有纱也因为得知恭助在撒谎而心中慌乱——是啊，如果他想借书，那么快就回去是很奇怪的。而且，她同时也恍然大悟。

通常说来，恭助没有理由对自己说假话。

一定是有什么亏心事。

久我山手中的历史书滑落在地上，书的背部发出沉重的声音。这本有分量的书，滚到里染的脚边，封皮朝上停了下来。

管理员背靠在身后的书架上，长长地叹了口气：

"我知道终有一天这件事会被人察觉。但没想到会是你。"

"你承认了？"

"嗯。把密码告诉恭助的的确是我……不，有纱，不是的。就像他说的那样，是恭助求我告诉他的。"

久我山诉说道，就像在挽回向后退却的有纱。

"那是周一下午。我在开架区工作，恭助来找我，神情严肃地说……

"为了写报告，我想使用词典区的工具书，但是接下来有事，闭馆前赶不回来了。词典区的书全都是不外借的，而且想用的书也太多。想请你想办法让我在闭馆后也进入图书馆，不知是否可以？"

"于是你就告诉他了？这么容易就上当了？"

"我一开始当然拒绝了他。可是他一再恳求，我想这个课题或许对他来说非常重要，起了恻隐之心……我答应的时候，正好有纱在那里。"

有纱想起来了。窃窃私语的两个人，听到她打招呼而转过身来的恭助似乎吃了一惊，而且回应也慢了半拍。而久我山则像在思考着什么。

他当时说的"必须在我们馆吗？"，指的是必须在闭馆后的图书馆才能做课题。"我倒是没问题"，是同意把密码告诉他时的回答。

"如果是其他读者，我是绝对不会说的。可是——"

"你认为可以信任城峰恭助。"

听里染这么说，久我山痛苦地点点头：

"我想，书库和电脑他都不能随意使用，只是进一下开架区是不会有问题的。"

"你们结束对话后发生了什么？"

"我到达借阅柜台时，恭助从二楼下来，在办理借阅手续的忙乱中，我把密码用红笔写在借阅单背面，夹在书里递给了他。写的是：按'输入'，251026……当时我做梦都没想到会发生这种事。"

"你给他密码这件事，还告诉过谁？"

"没有告诉其他任何人。现在跟你们是头一次提起。"

"为什么你保持沉默？"

有纱不禁问道。久我山无精打采地望向别处，低下头说：

"泄露密码，让无关人员进来，而且与命案扯上了关系，足以构成解雇理由了。我还有家人……"

低声辩解的男人，已经失去了神秘的印象。现在的他不再是一个超脱于人世的管理员，而是一个感叹失败、顾虑家人的胆怯小市民而已。

"没关系，久我山先生。我不会告诉警察之外的人。实际上，相比于谁是凶手而言，谁告诉了他密码完全是个小问题。"

里染宽慰般地说道。久我山越发脸色难看：

"我不是凶手。"

"我也这么认为。你如果是凶手，不可能让信息就那么留在现场。就我看来，凶手……"

里染一边说一边弯下腰，想伸手捡起久我山落下的那本书。

他突然停了下来。

就像演哑剧似的奇妙时刻。里染保持着膝盖弯曲、手刚刚触碰到书的姿势，如同石化般，连眼睛都不眨一下。五秒钟过去了，十秒钟过去了，在有纱和久我山开始不安地面面相觑时，他终于站起身来。这一次，他黑色的眼眸将视线往复于有纱和久我山的脸庞。

"你怎么了？"

"没什么……这个，还给你。请你努力工作！"

里染把书交给管理员，猛然转身走向通道。

他的步伐像梦游一样踉跄。而且嘴里还奇怪地嘟囔着：

"对呀，一定是这样……我看漏了……血迹的旁证……但是嫌疑犯……现在还不能确定……必须等到明天……"

"里染同学，你不要紧吧？"

"啊？哦，不要紧。没问题，相当顺利。"

听见她说话，里染就像从梦里苏醒似的轻巧回答道。可看上去他并不像没事的样子。弥生在教室里为自己担忧时，或许看到的也是这副模样。

两个人向楼梯走去，速度比来的时候慢。

"我说，刚才久我山先生说的事……恭助说他为了晚上到图书馆来写报告，想知道密码这事……"

"恭助书包里确实装着文具书本，但是大学不是还在放假吗？不可能有报告需要在那天之内写完。而且恭助对久我山说，他因为有事，不能待到图书馆闭馆，可实际上他回家后一直在看书。"

"那么……"

"他在说谎。"

里染冷冰冰地断言。

"他真正的目的是什么呢？"

"目前还不知道。但是……或许和你的书有关。"

他在楼梯前停下脚步，注视着有纱的脸。

他黑色的眼眸里什么都没有，但是有纱却觉得自己的内心像是被他看透了，感受到了一种压迫感。

来到一楼，正好有两名男子从自动门进来。一个人腋下夹着灰色夹克，另一个人捧着常用的笔记本。这两个人有纱都有印象，是昨天到自己家来过的仙堂和袴田两名刑警。

"你好！"

袴田跟里染打完招呼，瞥一眼他身边的有纱，问道：

"你换女朋友了？"

"嗯。因为你妹妹提要求的次数太多了。"

"提要求？什么意思？提什么要求？"

"打扫房间。"

对话才开始五秒钟就阵脚大乱的刑警，以及面无表情对付过去的里染。有纱隐约觉察出了他们的上下关系……对了，这个人和那个高一女生一个姓。"你妹妹"——难道他俩是兄妹？

更重要的是，他刚才提到了"女朋友"。

"嗯，我正好有一个问题想问刑警先生呢。"

"如果你不是要报告我，你先于我们有了新发现，我就愿意听一听。"

"那就算了。"

"你有新发现了？"

"有了。你一会儿找久我山先生聊聊，会发现一件趣事哦。"

仙堂心不甘情不愿地点点头，恢复了刑警的神态转向有纱说：

"我看了里染发来的邮件。你看见了貌似桑岛法男的人，对吧？我已经在你家周围安排了搜查人员，一旦出现可疑人物会第一时间逮捕他。你放心吧。"

"谢，谢谢。对不起，我不确定自己是不是看清楚了。"

"没关系，无论准确与否，提供了桑岛法男的目击信息都是很有用的。"

"还没搜集到他的信息吗？"

里染问道。从混乱中恢复平静的袴田翻开笔记本说：

"他昨天和前天好像住在附近的网络咖啡店了。但是现在在哪里还不清楚……他也没有回公寓。"

"没事，桑岛法男这家伙，可以先放在一边，"仙堂说，"我现在赞成你昨天的意见。杀害城峰恭助的凶手恐怕不是桑岛，而是其他人。"

"你好像有所发现？"

"托你的福啊。"

仙堂挖苦似的回答后，用他修长的双眼观察四周。借阅柜台的寺村正把身子往前探，像是竖着耳朵在听。警部抬抬下巴，把一行人领到没人的文库本区。

然后，他转向里染开口说：

"你读过鲇川哲也的《镰仓悬疑指南》吗？"

"刑警先生变换角度来看那个死亡信息中的'く'，发现它也可以念作字母'L'，而且又注意到，'L'是被圈起来的久我山莱特名字中 light 的首字母，而 light 翻译成日语是'光'，因此它有可能是在指向管理员上桥光。还想起来，她在发现尸体的那天明明不是早班，却一大早就来上班，可疑之处很多。如果你抱有这种想法，那恐怕就错了。"

警部的口型还停留在"你读过鲇川哲也的《镰仓悬疑指南》吗"中"吗"的状态，发出一种空气穿透的声音，然后嘴角开始痉挛。

袴田尴尬地看看上司，问道：

"你也这么考虑过？"

"我在看到死亡信息的那一瞬间就想到了。但是这也太过愚蠢，所以就排除在外了。本来莱特兄弟的 wright 和 light 拼法就不一样。"

里染毫不留情地给了警部一记闷棍，让他无言以对，然后说道：

"不过刑警先生，说实话，我刚才还在追上桥这条线呢，虽然依据并不是死亡信息。"

"那么，你是以什么作为依据的？"

"美工刀。"

"美工刀？裤兜里那把？"

"对。不过五分钟之前，又出现了其他问题。然后，我现在已经彻底糊涂了。"

两位刑警不约而同地朝同一个方向歪歪脑袋。

"你是说上桥光不是凶手？"

"她看上去有所隐瞒，但是从逻辑上来考虑，不知为何总会想到另一个人。"

"谁？"

"久我山先生。"

"久我山？为什么是他？你前天不是说死亡信息没有意义吗……"

"是。但是，现在我能想到的只有他……刑警先生，你不要这么当真嘛。还不确定呢。老实说我现在也稀里糊涂呢。"

里染耸耸肩，倚靠在文库本的书架上，随意拿起一本星新一的小说集来，啪啦啪啦地翻看着。袴田拿笔在本子上哒哒哒地敲着，仙堂则擦汗似的抚着后脖颈。三个人都在云里雾里。

几秒钟之后，沉默被"刑警先生！"的高呼声打破。那须正人从童书区飞奔而来。

"我……我刚才在阅览室……地毯的角落有血迹！是不是和案子有关呀？"

"那须先生请放心！那不是人血，是猪血。"

"哦……啊？"

"实验还在进行当中，请注意明天之前不要用手碰它。再见！"

里染把刚才读的文库本塞在那须手里，对刑警们摆摆手，向自动门走去。有纱连忙追上他，每次行动都比他慢一步。

走出自动门，下午的太阳袭击了他们俩。图书馆里空调效果很好，温度差使得炎热的感觉更加强烈。里染喝了一口瓶子里剩下的水，呻吟道："温的！"

"后头有一家荞麦面馆对吧？"

"嗯。我去过几次，味道很好。"

"便宜吗？"

"一般吧。"

"那就去那儿吃午饭，顺便休息一下。说话说累了，我也想确认一下恭助的目击信息。"

"嗯……啊？我们俩一起去？"

"一个人也行，三个人也行啊。"

里染敷衍地一边说一边向树荫下走去。有纱把手当作团扇，在脸颊边扇扇风。

午饭。和里染同学一起。可以。没什么不行的。可是怎么办？聊什么？不会冷场吧？对了，可以聊聊书。聊聊昨天那本书。幸亏昨天读完了。两位主人公——叫什么名字来着？

他们走出图书馆的院子，向荞麦面馆走去，经过了自动售货机。

案发当晚，有纱泼洒在这里的苹果汽水，似乎已经完全输给了阳光，彻底晒干了。

4　纯茶馆红 Chic 回忆录

从正门拥出的学生们，虽然身着短袖制服，却显得非常沉重。

男生穿的是衣领紧巴巴的灰色 T 恤，女生穿的是深蓝色的水手服。头发、鞋子、学校书包都是统一的黑色。这帮看上去非常聪明的孩子排着队走向公交车站。门的内侧是可以直接放在宣传册上的现代风格校舍。门柱上刻着正楷的"绯天学院初中部"，就像每天都有人擦拭一样闪闪发光。不愧是县内首屈一指的名校，和风格轻松的风之丘差异巨大。尽管他们只是初中生。

独自一人身着白色罩衫的柚乃多少有些紧张拘束，她缩在行道树的树荫下。她用英语参考书挡住自己的脸，以免被人看见，等待着对方的到来。约好的时间已经过去十分钟了，对方还没有出现。或许应该找一个更不显眼的地方碰头。

正在跑步的运动队时不时喊着口号从眼前跑过。只有这一点和柚乃熟悉的学园风景相同，让她有一种获救的感觉。戴着帽子的女生队伍应该是软式棒球队。跟在后面的女孩子们个子稍高一些，好像是在对面校舍上课的高中生。渐变的红色制服加黑色短裤。

"啊！"

她见过。主要是在关东区预赛的赛场、乒乓球杂志和暑假里的老体育馆。

那是女子乒乓球队的制服。

"哎呀？"

队伍中有一个人看见柚乃，停了下来。那是一位长发束在脑后，匀称的四肢从制服中伸展出来、漂亮而帅气、颇具中性美的少女。

"忍切同学……"

柚乃连忙把参考书塞进书包，一下子变得恭恭敬敬。

"你是佐川队里的吧？你叫……嗯……"

"袴……袴田。"

"哦，对呀对呀。袴田同学。上次比赛我和你打过。"

她回忆起来，点了点头。说实话，单是这个动作就已经让柚乃感到高兴。

忍切蝶子。

绯天学院的女子乒乓球队作为强队广为人知。而这位高二学生正是王牌选手。实至名归的关东最强国家级选手。对于柚乃来说，她恍若天人。暑假里在风之丘打热身赛的时候，柚乃偶然获得了与她同台竞技的机会。尽管比赛一败涂地，但她似乎也因此记住了柚乃。

"你在这里干什么？"

"等人……"

"等人？呵呵，我以为你是来侦察的呢。"

她若无其事地说出这么一句恐怖的话来。侦查对手的学校？又不是漫画。还是说常常有人把她当作侦察对象？

"佐川还好吧？不过，不问也知道她很好。"

"嗯，挺好的。她为了向忍切同学复仇，正干劲十足呢。"

"那是极好。这样的话我打败她就更有意义了。"

"我……我会转达给她。"

毫不谦逊的自信来势汹汹。忍切就像在比赛中对峙时那样，估价似的看着柚乃。柚乃条件反射般掩住了左胳膊。她觉得忍切似乎穿过自己的身体，看透了另一端的佐川队长。

忍切把风之丘的佐川奈绪当作竞争对手——这件事在全县都比较有名。客观说来，忍切的实力确实占上风，不过性格上的不投缘和打法上的不对付，似乎使得她在内心把佐川奈绪当作了最难应付的对手。在前面提到的热身赛中，她空降参赛，目的也在于和队长交手。最终忍切以微弱的优势获胜。然而这一结果却起到了火上浇油的作用。

"小蝶！不许偷懒哦！"

有人在一旁悠然自得地提醒她。忍切回头一看，叫了声"哎呀，都都！"。走过来的是一位同样身着红色制服、温文尔雅的少女。可不能被她看似迟钝的外表给骗了。她是与忍切齐名的二年级王牌都鸟鸥。不愧是强校，实力强大的选手一个接一个出现。

"教练会杀了你的～"

"我碰上了一个认识的孩子。你先去，我一会儿追上来。"

"你又敷衍我～"

都鸟拉长尾音说道，再次迈开步伐向远处跑去。忍切自带的光环，让高年级的学生都感到有压力。估计也就只有她能毫无怯懦地和忍切交谈了——如果不算佐川队长的话。

忍切向朋友挥手的时候，柚乃注意到她左胳膊肘上缠着绷带。

"忍切同学，你的胳膊肘……"

"嗯？哦，只是缠着绷带而已，不是受伤了。我在开发一个新技巧。"

"技巧？"

"算是魔球吧。"

忍切说这话时依然面带笑容。果然是远离现实啊。

"哦，哦。"柚乃无助地回答。

"对了，你说在这等人，是等谁啊？男孩子？"

"不是，是……"

"袴田同学！"

说曹操曹操到，她等的人从正门冲了出来。

"抱歉让你久等啦！我去了一趟活动室，耽误了时间。"

身穿深蓝色水手服的娇小少女。及肩的长发从耳后垂下来，橡皮筋上有个音符的装饰物，在不加修饰的学生当中格外引人注目。纤细的手臂和通透的肌肤，独具魅力的双眼是她稚嫩的外表中唯一显得成熟的部位。

可是这名少女——里染镜华标致的脸庞，不知为何在留意到忍切蝶子的那一瞬间极度扭曲：

"呀！哟，忍切蝶子！"

忍切也呼出了她的全名："里染镜华！"表情相当不悦。

"为什么你在这里？"

"这是我要问你的。你在初中部门口干什么？是为迄今为止的愚蠢行径感到后悔，想要从义务教育开始重新来过？"

"本来有这个打算，但是放弃了。因为我宁可死，也不愿意和你在同一个教学楼重新来过！你今天没跟学生会打杂的在一起？"

"姬毬是杂务组长。看你学习成绩还不错，可是为什么无论我讲多少遍你都记不住呢？"

两人之间似乎水火不容。接着，忍切问柚乃：

"袴田同学，难道你等的是这个女孩？"

"对，是的。"

"我不知道你跟她是什么关系，不过你最好提防着她些，"忍切凑到柚乃耳根边说道，"关于她的黄色传言可多了！"

"你至少应该说成黑色传言吧！"

"你也知道自己暗黑啊？"

"就是比不上师姐你呀。"

这回已经听到枪支快要走火的啪嚓声了。还没等柚乃搞清楚状况，两个人已经同时不再搭理对方。看来她们关系不是一般的差。

忍切扫兴地向柚乃告别："那我先走了。"

"袴田同学，还有件事请你转告佐川，下次见面我再见到她，有她好看的！"

她一拍自己缠着绷带的胳膊肘，留下了挑衅的笑容。关东地区最强的女子乒乓球队队员跑远了，用真的能追上同伴的快节奏。

"这个女人，真是的！"镜华说道，"袴田同学，你不会相信她说的话吧？不知为何，从去年开始她就把我当作眼中钉。是不是因为女王的宝座被人夺走而心理扭曲了？"

"镜华，你是女王吗？"

"怎么会呢？倒不如说我是奴隶，袴田同学的。"

她笑着说道。可柚乃并不记得什么时候和她签过这样的协议。

"不说这个了。我们还真是很久没见了呢。"

"哦，我们是很久不见……好像也不是很久吧？一个月？"

"对于我来说已经很久了。我们赶快走吧。"

话音刚落镜华就靠在柚乃身上，一下子挽住了她的胳膊。不知为什么，柚乃脑中响起了手铐的声音。这模样比刚才还引人注目了，总之先往前走再说。

"我们去哪儿呢？袴田同学，你饿了吗？"

"没有。不太饿。"

柚乃和在车站忠实等候她的早苗已经吃过了莫斯汉堡。

"我也不太饿，那我们去喝点什么吧。国立大学附近有一个不错的纯茶馆。"

"纯茶馆……"

又一个相当古雅的词语。

"不过，让你特意到我学校来，真是不好意思。这么热，你一定累了吧？"

"没有没有，我坐公交车来的。"

"是吗？你怎么付车票钱的？PASMO 卡还是西瓜卡？"

"价格不高，所以我用零钱买的票。"

"那么，你是不是正在考试期间？对不起！我不知道这个情况，就自顾自地给你发了邮件。"

镜华慌乱地叫起来。

柚乃呆呆地张开了嘴，明明没有在邮件里告诉她自己在考试呀？

"你……你怎么知道？"

"我看见了你书包里的东西，不小心……"

她红着脸，目光落在自己挽着的柚乃胳膊——肩膀上挂着的书包上。刚才收参考书的时候慌慌忙忙的，拉链没完全合上，能看得见里面的东西。

"你的钱包放在英语参考书下面。你取放参考书是在钱包之后，对吧？这一带的市营公交车是到站付钱，如果你在公交车上用了零钱，那么你下车的时候应该是用过钱包的。既然如此，你取放参考书就是在下车之后了。我想你是在正门等我的时候读过。如果是单词本也就罢了，站着读这么厚一本参考书，袴田同学再勤奋，通常也不会这么做吧？因此我想，你应该是有考试。你们是两学期制的学校，这时候进行期末考试也是说得通的。"

"……"

"我考虑不周，真是抱歉了。"

镜华于心不安地低下头。可是照柚乃看来，她的思考非但不是考虑不周，而是考虑过多。

"镜华，你果然很像你哥哥。"

听见柚乃这么嘟囔，镜华小孩子似的鼓起腮帮子说：

"这话我听了一点都不高兴！"

商店招牌上写着"纯茶馆红 Chic^①"。

这是一家由民居的一楼改建而成、一看就知道是个人经营的咖啡馆。店主似乎想要展现红瓦的西式风格，但是因为规模小，怎么看都让人联想到洋娃娃的家。镶嵌着菱形玻璃的门上挂着"正在营业"的牌子。

进入店内，迎接柚乃的是门铃声、小提琴曲和咖啡的香味。曲子好像来自柜台上的电唱机。内部装修颜色统一为让人安心的棕色和胭脂色。没有别的客人，只有一位老人正在四人台休息。柚乃二人在靠窗的双人台坐下身来。

大概是听到了门铃声，从店里走出一位店员模样的青年来。他似乎认得镜华，亲昵地说了声："欢迎！"柚乃翻开和凉水一起送上来的菜单，发现主要食物果然是咖啡。一杯的价钱就和莫斯汉堡价格一样了，挺贵。

"我要一杯冰咖啡。袴田同学，你呢？"

"嗯，那我也来这个吧。"

"那我要冰摩卡。"

"啊？为什么换了？"

"突然改主意了。一杯冰咖啡，一杯冰摩卡，Please。"

---

① Chic 是法语，意为漂亮俏皮、时髦。

"好的。"

青年并不介意她们的变更，行了个礼进入店铺深处。他穿过柜台的身姿和微微调整电唱机指针的动作都很熟练。

"这家店感觉真不错。"

"你喜欢？"

"嗯。让人安心，唱片也很有韵味，"柚乃心想，店员还很帅，"哦，这家店的名字，是不是从红唱片来的呀？"

"不是。据说是从'红色和漂亮'来的。"

"……"

这是在开玩笑？不管怎么样，这是个奇怪的店名。

"镜华，你经常到这里来吗？"

"嗯，放学后时不时来一趟。大多数时候是来休息。"

"我听说绯天管理挺严格的，穿着校服进咖啡馆不会有问题吧？"

"不被发现就没问题。"

镜华无忧无虑地笑道。果然和里染态度相近。不对，有些微妙的差异，就算都是茶馆，哥哥也更适合漫画咖啡馆之类的。

"该担心袴田同学呢，考试都置之不理啦。"

"嗯，嗯。基本上都考完了，而且一直憋得慌。"

她找不到合适的理由，借用了队长说过的台词。镜华似乎非常理解，双眼熠熠生辉，连连点头。柚乃则接连小口喝水，想要掩饰自己的心虚。

"让你们久等了。"

刚才那位青年把玻璃杯端来了。凉幽幽的冰块发出叮叮当当的碰撞声。和店名相同的红色围裙，还有和店名相同的漂亮微笑。透光的冰咖啡。柚乃觉得自己就像在花园里让管家准备茶点似的。

"嗯，好喝！"

"对吧？"

"嗯。值得起莫斯的奶酪汉堡。"

"奶酪汉堡？"

"没有没有，我是自说自话。"

"是吗？对了，我突然又想尝尝冰咖啡了。就喝一口，行吗？"

"啊？那你刚才怎么改主意了？"

"女人的心思六月的天嘛。"

"那是异常天气……那你就尝一口吧。"

"谢谢。作为感谢，你尝尝我的摩卡。"

"谢谢……啊，这个也好喝！怎么办？交换吗？"

"不用，我想了想，觉得还是摩卡最好。"

"镜华的女人心思出问题了。"

"因为是六月的天嘛。"

"是天崩地裂……"

在不知道名字的古典音乐背景中，两个人进行着奇妙的对话，品尝了一会儿咖啡。只是进趟咖啡馆而已，镜华却显得非常高兴。她把吸管含在嘴里，露出心满意足的微笑，时而又看着柚乃莞尔一笑。阳光在音符的头饰和她的双眸里映出美丽的光芒。柚乃不由得想，她在学校里一定很受欢迎。

"刚才你说去社团活动室了，镜华是哪个社团呢？"

"合唱团。不过我不唱歌，是伴奏。"

"你会弹钢琴？"

"我学过。"

镜华纤细的手指在桌子边缘优美地跳动，向柚乃展示着。

"不过比起演奏，我更喜欢作词……哦，对了，为了让袴田同学更了解我，我带来了这个。"

镜华打开自己的包，郑重其事地拿出一个 CD 盒放在桌上。

封皮上的插画，是一名梳着两条绿色马尾辫的少女，拿着枪站在废墟前。在右侧随意地写着一行字：发炮聚苯乙烯，大概是这支队伍的名字。

"镜华，这是你喜欢的乐队吗？"

"不是，是我加入的乐队。"

"啊！？"

柚乃差点打翻了咖啡。

"我们只是在网上低调地开展活动……我和网络聊天认识的人联名作曲，用 VOCALOID^①生成歌曲，再配上动画。这是网上销售用的迷你唱片。"

难怪觉得眼熟，原来如此。封皮上的少女就是那个音声合成软件里的姑娘呀。

"我们分别承担作曲、动画工作，我负责作词。"

"作词？你真厉害！"

"哪里哪里，这不算什么。"

镜华红着脸说，可实际上她似乎一直就在等待柚乃的夸赞。

"这个'发炮聚苯乙烯'是我们组合的名字，你知道吗？"

---

① YAMAHA 集团发行的歌声合成器技术以及基于此项技术的应用程序。它可以根据用户输入的歌词和音符唱歌，配合加载伴奏数据来完成整首音乐制作。

"抱歉，我只知道 VOCALOID……你们很受欢迎？"

"在一部分人当中，"微妙的说法，"袴田同学，你平常听什么歌呢？"

"嗯，我想想。最喜欢的是 SUPERCAR。"

"没……没想到你这么古朴！那说不定你会喜欢我们的歌呢。这个，送给你了，请收下！"

镜华没等柚乃表态，就把 CD 塞给了她。盒子背面是镜华作词的歌名。

用完就扔的电路

种族灭绝和可口可乐

唯有你，请不要来参加葬礼

当大海被称作混蛋时，它在想什么？

神的歌手，恶魔的听众

撞上吧，哈利路亚

"怎么样？"

"真是文艺……我是说，这是摇滚吧？"

"应该算是摇滚吧。"

柚乃生生地把"真是文艺范儿"这话咽了回去。

"对了，我现在正在写一首歌，叫做《放学时分，人间地狱》。"

"人……人间地狱？"

"是一首描写恋爱中少女的歌。"

镜华脸上不明缘由地泛起了红晕。哪一点让她害羞了？

"在学校里我基本上是保密的。要是露馅，会比来咖啡馆还惹他们生气呢。"

"里染和香织知道吗？"

"当然了。封皮上的画就是哥哥画的。"

"哦，原来如此。你哥哥……啊？"

她比刚才更为癫狂地叫道：

"你哥哥？里染同学？"

"是的。有时他还会画动画。应该说，是我让他画的。白描或是草图之类的。你也知道他有多懒，每次找他都得费半天劲。"

没想到里染竟然还有这种特长。这么一说想起来了，上次镜华去里染房间的时候曾经提过："新歌马上要写好了，还要麻烦你哦。"

"里染一直就擅长这个？"

"是啊。在绯天的时候他和香织组织过非正式的社团活动。"

"绯天？里染和香织以前在绯天？"

"是呀，他们是初中部的学生。后来没有进高中部，而是考了风之丘。"

镜华干脆地回答，完全没在意柚乃的吃惊。柚乃知道里染和香织是初中同学，但是没想到他们居然同在绯天。不对，考虑到他妹妹在绯天读书，这种情况或许反倒正常。

"你没听我哥哥说过？"

"没，没有。"

柚乃的目光再一次落到封皮上。站在废墟前的少女。没有多余线条的简洁画风，把变形控制在最小程度的细致笔触，与其说是漫画，倒不如说更像是绘画。水彩画风格的淡雅色彩和枪、摧毁的楼房之间产生的巨大落差形成了一种奇妙的氛围。看上去像是电脑绘图，就是用房间里那台电脑制作的吗？

等她缓过神来，才发现自己还吃惊地张着嘴巴。

自己果然一点都不了解里染。

柚乃把 CD 收进书包里，在椅子上坐正，再一次面对优雅地小啜摩卡的镜华：

"镜华。"

"嗯。"

"你父亲，真的不认你哥哥了？"

她装作若无其事地问道。

镜华并没有流露出警惕的神情，只是轻轻点头，仿佛在说：哦，原来是这件事呀。然后答道：

"我也不是很清楚。"

这个回答让柚乃很意外。

"在我读初一的时候——也就是哥哥读初三的时候，好像是二月份。哥哥很晚都没回来。当然，父亲有时候也会晚回来。好像是半夜的时候，只有父亲回来了，然后突然宣布要和哥哥断绝关系。好像是哦。因为当时我已经睡了，是第二天早晨推测的。"

里染不见了，父亲回家后提出和他断绝关系？难道不是在家里，而是在外面发生了什么？"母亲和父亲激烈地争吵了一番。应该说，狠狠大吵了一架，父亲尽管筋疲力尽，可仍然固执己见。过了几天，忽然回家的哥哥也表示要走，不愿让步。最终父亲妥协了，同意他升入高中后独立生活。但是哥哥或许已经不愿意继续接受父亲的照顾，还没有找好住处就走了……我不知道他去了哪儿，一问香织，才知道——"

"他在学校的活动室？"

"这个点子倒也符合他这个无用之人的风格。总之我把情况告诉了母亲。可母亲性格也有古怪之处，最终的结果就是母亲瞒着父亲每个月给他生活费……唉，一直到现在。我知道的大概就是这些了。"

镜华耸耸肩，喝了一口摩卡。看上去……不像在隐瞒真相。她又想起来，香织这么评价过镜华——

我只了解那孩子的表面。

"镜华，你没想过询问原因吗？"

柚乃追问。镜华把吸管从嘴边挪开，不服气地眯着眼睛说：

"你看你，只关心哥哥。"

"……"

柚乃搅动着冰块，应付过去。

两个人隔着桌子面对面地沉默下来，身后流淌的音乐声中夹杂着噗嗤噗嗤的声音，大概是唱片太旧，或者是针放歪了吧。

很快，镜华认输似的沮丧地说：

"我当然问过原因，但是父亲和哥哥都守口如瓶。我推测或许他们在升学的问题上意见对立。当时正好是备考期，父亲似乎也想让哥哥一直在绯天读书。哥哥本来就固执，可能只是由于青春期的叛逆吧。或者，是因为他特别好的朋友……哦，不对，这事也不知真假。"

镜华欲言又止。她的手指在桌上逡巡，最后捏住了吸管一头。

"里染的朋友怎么了？"

"不是，是当时还有很奇怪的传言。我也搞不清哥哥的交友情况……"

"传言？"

镜华轻轻地低下头，仿佛后悔自己说漏了嘴。柚乃一直注视着她，等着下文。放在玻璃杯边上的手指传来一阵凉意，唱片的噪声也越来越多了。

"他的朋友，自杀未遂。"

小提琴的声音突然停了，就像断了气。

5　白色螺丝钉没有的黑色全有

过了六点没一会儿，就听见门的那一侧传来转动钥匙的声音。

拎着超市塑料袋回到城堡的里染，看到屋子里开着灯，吃了一惊。他迅速扫视自己住惯了的"打不开门的活动室"，看见短腿桌上的笔、摊开的笔记本和参考书以及柚乃之后，做出了和她预想基本一致的反应，也就是——皱起了眉头。

"你在干什么？"

"复习呀。英语。"

"还顺利吧？"

"一般。房间里全是分散注意力的东西。"

里染似乎极其想要开口说话，但是忍住了。他把超市的袋子放在短腿桌上，在柚乃对面坐下来。接着叹了一口气，看上去十分疲倦。

"你一直在图书馆？"

"在图书馆里没待多久，我把图书委员会主席送回家，又顺便买了东西，累死了。"

"城峰同学？你送她回家了？"

"谨慎起见。因为桑岛法男有可能在跟踪她。"

"我真没想到你这么绅士。"

"'真没想到'这句话多余了，"里染的眉头皱得越来越紧，"那你呢，一直在这儿？"

"嗯。算是吧。"

柚乃避开他的视线，开始做英语题。她不愿意告诉他，不久之前自己还和他妹妹在一起。

在那之后。

镜华说完那句话，再也不提以往的事情，柚乃也无法追问。店员换了一张爵士乐的唱片，两人也就顺势改变了话题。在那之后两人一直闲聊，直到杯子里的冰全化了。离开咖啡馆告别的时候，镜华说："下次让我穿穿风之丘的制服吧。"柚乃担心大小不合适，但是镜华说她没关系。果然是个有点奇怪的孩子。

返程途中，柚乃在摇摇晃晃的公交车上反复回味着镜华刚才讲的那番话。尤其是最后一句，在她脑中反复回旋，每当想起来，她都觉得胸口针刺一般疼。

自杀未遂。这是真的吗？如果是真的，和断绝父子关系一事又有何联系？柚乃原以为这只是父子之间的纠纷，可实际上隐藏其后的情况或许更为复杂。

最终得到的只是浮于表面的信息。香织想要逃避的初中时代也不得而知。

但是——

柚乃放下手中的自动铅笔，看看里染。他正无聊地嚼着木盘子里拆了封的仙贝。

"图书馆的搜查情况如何？有什么新发现吗？"

他用黑黢黢的眼睛盯着柚乃说：

"考试不重要了？"

"我很想知道猪血拿去做什么了。你要是能告诉我就太好了。"

"猪血还在实验状态，明天才能知道最后结果。其他的，就是搞清了城峰恭助是怎么进入图书馆的。"

里染一边嚼仙贝，一边慢悠悠地开始讲述调查结果。有纱昨天看到的人影，和管理员之间的交谈，还有久我山的秘密，以及和警部的相遇。然后，他最终马马虎虎地总结道："一团雾水。"柚乃也摸不着头脑，不过她觉得警部把死亡信息和上桥光联系起来的推理很有意思。

"上桥小姐不是凶手吗？"

"要我说，她是清白的。即使这样，她也的确有可疑之处。为了把书送回书库就特意提早上班——再认真的人一般也不会这么做。她应该还有其他目的。如果上桥是凶手，她的目的或许是要抹掉忘记擦拭的指纹，或是隐藏对她不利的证据。然而，这种情况下也有讲不通的地方。上桥来图书馆是早晨七点半，和早班时间一样。这样的话太过危险。实际上她就偶然碰到了那须，无法自由活动。为什么她不再早一些来呢？或许她是睡过头了，可凶手恐怕不会这么愚蠢……"

"她的目标会不会是那须先生？"

"啊？"

柚乃随意的一句话让沉浸在思考中的侦探变了声音。

"你看，上桥小姐和那须先生是同一年进的图书馆，年龄也一样，两个人还都是单身。上桥小姐在那个时间点出现，是为了配合那须先生的上班时间。如果是这样，答案不就很简单了吗？有可能是上桥小姐为了创造和那须先生独处的机会，特意提早来上班的。"

"……"

"她戴平光眼镜或许也是为了那须先生。她是在投其所好，为了吸引他的注意才戴的。"

里染筋疲力尽地缓缓侧身，倒在散落的漫画上。

"难道我猜得太离谱，离谱得让你立刻倒下了？"

"反了，"短腿桌对面传来他的声音，"昨天警部提到我的弱点，恐怕还真是说准了。"

"弱点？"

"没事，算了，我累了。从明天开始由你来解谜，给你的刑警哥哥提供建议。然后再去养一只黑白棕的三色猫。"

为什么连宠物的种类他也要管？

柚乃静静地叹了口气，站起身来绕到短腿桌另一侧，双手叉腰，俯视着躺在地上的里染的后脑勺：

"比起我来说，里染同学眼光更准哦。"

"我什么都没看出来。"

"不要妄自菲薄，拿出干劲来！凶手是谁？"

"久我山卓。"

"久我山先生？那就是说，死亡信息是正确的？"

"问题就在这里。我一直以来没有注意到，绕了一圈之后才发现了它的重要性。我找不到案件和死亡信息之间的关联之处。

找不到它，也就抓不到真凶。我果然还是什么都没看出来……"

里染就像在睡梦中似的翻了个身朝向这边，忽然不再说话。他的脑袋停在了一个别扭的角度，目不转睛地仰视着柚乃。柚乃纳闷地追随他的视线——

"好哇！"

柚乃一脚踹向他毫无防备的腹部。里染发出"咕"的一声怪叫，后背撞在短腿桌的桌腿上，盛放仙贝的木盘子落下来砸中他的脑袋，他整个人就像上了钩的鱼似的痛苦挣扎。柚乃趁此机会按住自己的裙子：

"你干吗看这里？干吗要看？"

"没有，这得怪你站的位置不对……"

柚乃想要收回刚才的话，他果然一点都不绅士。

"我都说了，不许盯着看！"

里染呻吟着坐起来，摩挲着肚子和脑袋，用防备天敌似的目光瞥瞥柚乃的脚——

他瞬间瞪大了眼睛。

下一秒钟，他的身体已经再次倒地。他表情僵硬地趴在地上爬过来，似乎要钻到柚乃双腿之间。

"哇！"

柚乃这回忘记了踢他，径直向后退去。她被叠放在一起的DVD绊倒，再次按住裙子。里染并不在意，站起身来，眉头拧在一起，眨巴着眼睛，瞳孔里腾起一股阴森之气。

"两次，两次，你居然想看第二次，真是的，你，你这是要干什么？"

"两次……对啊，两次。次数很重要。"

"哦，哦，承认了？你是思想犯吧？你知道事情的严重性吧？"

"我就是个傻瓜。为什么会犯这种错误？"

"现在反省也来不及了！你向后转！这次我要踢你的屁股！"

"可如果是清白的……"

"你不许考察颜色！"

"我不是在说你，我是在说案子！"

里染对着又叫又嚷的柚乃大吼一声，再不言语。柚乃跟不上他的节奏，脱节地喊道："什么？"

案子？说到案子，是指图书馆命案吧？难道他是发现了什么新线索？可是照刚才的形势来看，他是怎么发现的？难道看女孩子的内裤能提高推理能力？这是什么设定呀？但是假设果真如此，以后每当发生案子，自己和香织……哎呀，糟了，自己的想象实在是太恶心了！

她晃晃脑袋想要赶走邪念。里染并不搭理她，慢慢抬起头。理性似乎已经回到了他的眼中。他就像刚刚清醒过来一样，环视房间，还捡起了四处散落的点心。

"你……你明白什么了？"

"反了，"他的回答和刚才一样，"什么都不明白。"

"这是因为你脑袋被砸坏了。"

"是因为我发现了极其理所当然的事实。不过，或许我距离答案已经不远了。"

里染微微一笑，把木盘子放回了短腿桌，然后没有回到刚才坐过的位置，而是在柚乃摊开的学习资料前坐下来，拿起参考书啪啦啪啦地翻起来。柚乃疑惑地说：

"我说，这是我的座位。"

"你明天要考写作吧？我来教你几招，算是感谢。"

"感谢？不是道歉？"

"算哪个都行。"

里染打开荧光笔的盖子，开始在参考书的各个地方画黄线。就像老师一样熟练，不断地把考试范围圈出来。

柚乃呆呆地注视着他，然后又看看装着仙贝的木盘子和刚才自己撞翻的DVD，不知为何露出了苦笑，和看到镜华的迷你唱片时一样。

果然不了解他在想什么。他眼睛里映出的风景，距离自己还很遥远。

不过，她已经不再焦躁。

她在乒乓球队活动室回信的时候，已经下定了决心。直接询问里染和香织，只会徒增他们的烦恼。这件事自己还是独自调查一段时间为好。再等等，直到自己站在可以看到同样风景的地方。

因为，即使这是一条曲折的道路，勇往直前也会离终点越来越近。

"那就麻烦你了。"

柚乃微微点头，在里染身边坐下。

*

"没有出现啊。"

"嗯。"

"目击情报，可靠吗？"

"可靠。她说，她觉得昨天就是大概这个时间，桑岛法男站在她家门口。"

"觉得？就是说不确定？"

"嗯，这倒也是。"

"看来我们要白忙一场了……"

梅头咲子靠在副驾驶座上，吸溜吸溜地喝着盒装豆奶。仪表盘上的电子钟慢得就像是出了故障。换岗的时间遥遥无期。

前挡风玻璃外就是住宅区的马路。城峰有纱的家就在街道中段。再往前，还停着一辆警车，伪装成路边泊车。白户和刑事科的同事正在车里盯着。梅头的搭档是县警察局的袴田。四名搜查人员前后夹击，一直在等待嫌疑人登场。

但是，任务开始已经五个多小时了，桑岛法男依然没有出现。监视他公寓的搜查人员也没有通知说房主返回。

袴田放在仪表盘上方的手机振动起来，好像是来了邮件。袴田看了一眼发件人，说了声："是里染发的。"梅头反应很强烈：

"啊？顾问同学？他说什么？说什么了？"

"我……我念给你听，你眼睛别离开马路哟……'请再次调查久我山卓，重新梳理不在场证明，如果有可能，讯问他的太太和女儿，拜托你了。还有，你妹妹今天晚上会晚回家。'……什么？晚回家？……晚回家……"

袴田像个出故障的机器人似的重复着，脑袋撞上了方向盘。果然是个不靠谱的男人。梅头用豆奶的空盒子戳戳他的背，让他重新坐直。

"顾问同学认为凶手是久我山？"

"好像是这样。而且把密码告诉受害人的就是久我山。"

"这么说，死亡信息是正确的？"

"确实如此……但是里染自己也说过，死亡信息没有意义。"

梅头也听过他当时的推理。既然受害人留下了信息，他手边的区域就应当是被手电筒照亮的。而且，既然手电筒不在案发现场，那应该就是被凶手带走了。如果是这样，凶手不可能留意不到信息。她认为这番推理很简洁明了，但是也存在漏洞。

"是不是久我山并不知道久我山莱特这个角色名？于是，他没有发现信息指向自己。又或者，他急于离开，所以不得不保留这种状态。"

"可这也并不确定呀。"

袴田报复似的回答道。

"我搞不清里染脑子里是怎么想的，但是我能清楚断言的有一点，我们关于死亡信息的想法全都是假设而已，而且单凭假设是无法确定……"

"谁是凶手。对吧？"

梅头把胳膊靠在副驾驶的车门上，撑着自己的脸颊。

死亡信息这种东西，是处理起来多么棘手的线索啊。刑警的经验、科学的搜查、有逻辑的思考，面对它统统无计可施。被这讨厌的案子玩得团团转。

"如果能控制住桑岛，似乎情况会明了些……"

就在他们双双叹息、把注意力转回车外时。

马路对面出现了一个男人。

这个男人个子很高，帽檐压得低低的，遮住眼睛。他步伐谨慎，时不时抬头看看有纱家的房子。上身是件皱巴巴的POLO衫，下身是条驼色的休闲裤，脚蹬一双茶色皮鞋。

男人穿过街灯正下方时，清清楚楚地露出了左脸颊上残留的烧伤疤痕。

不需要再通过对讲机联系了。白户和同事已经下了马路对面那辆车,跟在男人身后,切断了他的退路。梅头和袴田也对视一眼,点点头后下了车。

男人似乎留意到他的路被堵了,试图返身退回去,但是白户等人从他身后逼近,使他进退两难。在夜晚的住宅区马路中间,四名刑警步步逼近,缩短着和他之间的距离。一切都像哑剧一样静默。

"你是桑岛法男先生吧?"

白户上前一步,打破了平衡。

"我们是警察。关于图书馆的案子,有些话想要问你。你能跟我们走一趟吗?"

尽管看不见桑岛的眼神,但至少可以清楚地听见他的呼吸声。他的脑袋来来回回,看看梅头等人,又转向白户他们,再从白户他们转向梅头等人。配合着这个动作,他穿着皮鞋的双脚也迈着碎步,试图寻找退路。

白户继续上前一步。男人身体僵硬地往后退,突然鼻子里"嘶"的一声,向梅头冲去。梅头冷静地抓住男人的胳膊,想要制服他。但是——

"让开!"

本以为是书虫一只的前管理员身体却比想象的更为强壮。梅头被他猛地一撞,脚下不稳,朝水泥地面倒下。她心中暗叫:"不好!"而这时,这男人和袴田出现在她视野的边缘。男人更是来劲,殴打袴田。完了,要被他跑掉了——

袴田敏捷地拧住了他的胳膊。

击打胸口，压住头部，再把胳膊绕到脖子后面，抱住他后一转身，把男人甩在了地上。

梅头站起身时，男人已经被压在了地上。

"梅头警官，你没事吧？"

"嗯，没事……谢谢！"

梅头用低于平常的声音轻轻道谢。袴田连颗汗珠都没有，正在对白户说："这是妨碍公务执行吧？"她心想，此人看来还是有点靠谱，可以加十五分。

她挠挠腮帮子，掩饰着自己的羞愧，转头去看水泥地上呻吟的男人。他帽子掉了，脑袋露了出来。

被控制的男人——桑岛法男的光头上，笨拙地缠着纱布和绷带。

第四天　英语写作、日本历史、
保健体育、家庭、供述

1　倾向和对策

八桥千鹤调整着自动铅笔笔芯的长度，准备战斗。

学生们开始向第二教学楼的大教室集中，准备参加数学Ⅱ的考试。虽然现在还只是零零散散，但是十分钟之后，一班到四班将近一百六十名学生就会整整齐齐地就座，在数学老师冈引的严密监视下，把姓名写在答题纸上。

大教室里进行考试的科目只有数学Ⅱ，出题人是冈引。尽管学生们理解他的初衷是要再现升学考试的紧张感，但是换教室很麻烦，考试中的规则也很严格，所以他们似乎并不买账。四处都能听到感叹自己运气不好，夹杂着苦笑的交谈。

但是，对于今天的千鹤来说，这种严厉正是最为重要的。

她默默地环视教室，用眼睛捕捉着成绩靠前的竞争对手们。安安静静复习教材的二班仓町，和乒乓球队伙伴们聊天的四班佐川奈绪。图书委员会主席城峰有纱似乎不太舒服，忧郁地独自站在窗前。还有——

"啊？我喜欢小 Baby 的故事哟，还有前一阵子艺术气息浓厚的那个。"

"艺术气息浓得过头了。总之门铃最好。"

"Byond 怎么样？"

"那个我还没看呢。"

里染天马聊着和考试毫无关系的话题，和报社社长一起走进了教室。

他找到贴着自己考号的座位，按照规则只在桌上留下自动铅笔和橡皮，把其他的东西放在教室后面，然后瞥了一眼手表，没有就座，而是走出了教室。千鹤知道他是去卫生间。最近几天，她一直在悄悄观察他，并做了统计，所以不会有错。里染有第一堂课之后去卫生间的习惯。

千鹤给斜后方座位上的人使了个眼色。那位黑色短发的少女——针宫理惠子对她轻轻点头，就像在说："我明白。"她收回视线，再次观察里染座位周围的情况。如果有其他学生在场，会稍有些麻烦，但是幸亏没人。他的座位处于大教室相当靠边的位置，并不显眼。这个小动作一定能顺利成功。

开始执行计划。

千鹤在心里默念道，若无其事地站起身，向里染追去。

自六月体育馆命案之后，千鹤一直遭里染捉弄。八月时，里染不仅逼她帮忙申请游泳池，还让她配合古怪的实验，做收尾工作。如果不改变这种状况，千鹤的自尊心可受不了。真想踢飞他的迎面骨，设法夺回失去的位置。于是，千鹤决定实施小小的报复，舞台就是暑假结束后的期末考试，她要夺走里染第一名的位置。

然而令人生气的是，这家伙的成绩就是个怪物。即使自己考了满分和他并列第一，也算不上是胜利。既然这样，要把对手的排名拉下来，就必须下点功夫了。她想出了几个周全的方案，比如制造他作弊的谣言，给他服一剂泻药，但是无论哪一个都很费事而且成功率低，所以她就放弃了。最终，千鹤选择了最为简单且最为切实可行的方法。

最后一天第二堂课进行的数学Ⅱ考试。

数学Ⅱ从各个方面来看都很合适。首先，这是千鹤与里染在同一个教室里参加考试的唯一科目；其次，缺乏灵活性的监考制定了严格的规则。唯一能留在桌上的是自动铅笔和橡皮，或者是黑色圆珠笔。教材和笔袋等其他东西都必须放在教室后面，且考试中不许触碰。冈引一片热忱，绝不掺假。上回考试时，有名学生的自动铅笔笔芯不幸断裂，他就不由分说地判定了补考。

既然这样，如果里染也遭遇同样的境况，会有什么后果？

程序很简单。在考前休息时，千鹤把里染叫到教室外面来（调查结果显示，并不需要把他叫出来，他自己就会去卫生间）。趁此机会，千鹤的合作者会靠近里染的座位，把他所有的笔芯都拔出来。回到座位的里染，怎么都想不到笔芯会消失吧？等他发现，考试已经开始。任他头脑如何清楚，写不出字来也就毫无意义了。束手无策哀求冈引的里染，果断拒绝的冈引（本来平时上课就态度不好的里染早已引起了冈引的注意，这也是成功的要点）。自己在远离他的座位上一边品味这喜剧般的悲剧，一边泰然自若地答题，后日公布的考试结果，全科都接近满分的千鹤稳居第一。数学Ⅱ考零分的里染则相当靠后——

风险最小，收效最大。这是一个符合千鹤美学的合理计划。

她躲在存放清扫用具的柜子背后观察目标。

从男卫生间出来的里染和广播站的秋月美保擦肩而过，于是在走廊上站着和她说话。没想到这个性格阴郁的男人交友还挺广泛。离开教室已经过去大约三分钟，不知针宫是否顺利。

她选择了四班的针宫理惠子作为合作者。因为集中在大教室的学生当中，最容易威胁的人就是平常行为不端的她了。半夜外出活动。恐吓他人的传言。还有参与四月份"灭火器事件"的嫌疑——曾经担任学生会副主席的千鹤掌握了好几个她的弱点，这些都是其他学生不知道的。昨天在正门旁叫住她稍作暗示，她就近乎愉快地轻而易举答应了。她的外表看上去漂亮，可是内心还是小恶魔。操纵这种人是千鹤的拿手好戏。

美保和里染还在说话。

"数学 B 难，所以我也挺担心数学 A 的……我如果也能进前三就好了。可这确实有难度啊。"

"你也是冲着门票去的？"

"因为我喜欢水族馆嘛。里染同学，如果你是第一名，能送我一张票吗？"

"我可不能白白送给你哦。"

"作为感谢，我把午间播音的导演权利送给你。"

"还是白送你吧。"

秋月美保笑着挥挥手——以前只觉得她很老实，可现在似乎性格也多少有些变化——走进了女卫生间。里染向这边走来。小花招估计已经完成了，但是为了保险起见，还是再争取些时间为好。

"里染同学，能和你说两句话吗？"

她假装若无其事地招呼他。里染说了声"哦",停下了脚步。

"你考得怎么样?"

"挺顺利的。目前看来极其符合计划。"

"你很自信嘛,"可恶的家伙,"不愧是年级第一啊。介绍介绍你的必胜法吧。"

"我没做什么特别的。预测倾向性,制定对策。好几天之前就开始花时间做准备,避免临时抱佛脚。"

"原来如此。说到底,无论什么考试,最重要的都是找倾向、讲对策呀。"

"是的。不管是考试,还是考试之外的其他事,都是如此。"

他对最后一部分的强调,让千鹤放不下心来。

"你什么意思?"

"八月在游泳池边,我知道你仍然斗志昂扬,开学后你一定会找我麻烦。所以暑假里我就先下手为强。"

"先下手为强?"

"很明显,你不管找我什么麻烦,都会使用棋子。因为不脏自己的手是你的套路。但是,失去权力的你可以操纵的棋子是有限的。考虑到此人要便于你开口,而且便于对我下手,最合适的是和你同性别同年级。这些人当中你掌握弱点最多的家伙——不过本来就很奇怪嘛,水族馆的门票怎么会那么凑巧就从钱包里掉出来了呢?那家伙是忙着谈恋爱才没注意到吧。"

"等……等等!你在说什么?"

"没什么哦。那我们都好好考试吧。"

里染摆出优等生的范儿说完这话,回到了大教室。千鹤呆立在原地,只能目送他离去的背影。

他刚才到底在说什么？说得就像是已经发觉千鹤在威胁针宫理惠子似的。先下手为强，难道是——

不，不可能。就算他有所觉察，也不可能连千鹤的计谋都看穿了。因为，如果里染看穿计谋，就绝对不会离开教室。

千鹤找回遭到撼动的自信，推开了大教室的门。她再次看看针宫理惠子，对方也再一次对她点点头。里染回到了自己的座位，似乎并没有发现她做的手脚。看来刚才他果真只是在逞强。

我稳操胜券。

没过一会儿，数学老师冈引出现了。他发际线向后退去的额头上布满层层古板的皱纹。学生就座，发放试卷和答题纸，淡然地交待各条注意事项。接下来，宣告考试开始的铃声响起。

比起试卷，千鹤更关注的是里染。他比周围人慢一步打开试卷，简单地浏览了一遍。然后，他拿起自动铅笔，用大拇指按了几下……然而无论按多少下铅笔芯都出不来。

千鹤在桌子底下握紧拳头轻轻挥动，成功了！太好了！

但是，就在下一个瞬间，她差点喊叫起来。

里染把自动铅笔放在一边，从衬衫前胸的口袋里取出一支小小的圆珠笔，泰然自若地开始答题。

千鹤丈二和尚摸不着头脑。这是怎么一回事？工薪阶层还说得过去，一名普通的高中生，而且是个不认真的高中生，居然在前胸衣兜里常备着一支笔，这也太出人意料了。难道他早就知道笔芯会被拔掉？但是，这种可能性——

"喂，八桥！"她听见了老师的声音，"不要东张西望，做题！"

"哦，好的……"

失败了——千鹤气得牙痒痒，直皱眉头，不过她决定先搞定自己的试卷。然而，就在她伸手拿起自动铅笔的时候，愣住了。

刚才明明调整好长度的笔芯消失了，笔尖处空空如也。

她不安地连续按压笔头，可是无论它咔嚓咔嚓响多少遍，HB的黑色笔芯也不出现。

她茫然地转头看看斜后方的座位。针宫理惠子从试卷上抬起头，板着脸耸耸肩，一副不好惹的样子。

就在这一瞬间，她恍然大悟。

里染果然猜透了她的心思。他琢磨千鹤的想法，事先看穿了计划。不知道他采取了什么办法，让针宫理惠子倒戈，对自己耍了同样的花招。他特意离开座位，不是去卫生间，而是为了将千鹤引出教室。

但是，事到如今，即使发现也为时已晚。这么说是因为，和里染没有办法揭发自己的道理完全相同，她自己没有证据揭发里染。

"八桥，我说了你别东张西望！"

"老师……我的笔，笔，笔……"

"嗯？"

"没事，没事。"

不行，如果哀求他，一定会被迫补考。千鹤在混乱中思考对策。有什么东西呢？什么都行，只要能写字。她像寻找救命稻草似的在桌子里摸索，这时，她的指尖碰到了一根细长的东西，摸上去像是笔帽。

是一支笔！以前坐在这里的人忘记拿走的！

千鹤感谢着神灵，一点都没有考虑到，这或许是里染和针宫故意留下的，抽出手来。

喜悦的脸庞开始痉挛。

她手中握着的，是一支和自动铅笔或圆珠笔长得完全不一样的黄色旧荧光笔。

2　折断的死亡旗标

顾问一点钟准时出现在保土之谷警察局的大厅。尽管这里和学校不同，是袴田等人的地盘，但是身穿校服懒洋洋的少年依然我行我素。

"你好啊，哥哥。听说你们抓住桑岛法男了？"

"嗯，在城峰有纱家门口。现在仙堂警部正在审讯室里跟他苦苦缠斗。"

"他招供了什么内容？"

"我不在现场，只知道他好像不承认自己作案。"

"知道这一点就足够了。"

"哦，这样啊……对了，你今天怎么一个人来的？被女朋友甩了？"

"我正在招募抚养我的人。哥哥，你愿意吗？"

"我拒绝。如果我和你成家，柚乃就成你的妹妹了。"

"拒绝的原因原来是这个啊？"

他们一边说话一边上了二楼，打开审讯室的门。

在合上百叶窗的狭窄房间里，有三个男人。把口供笔录摊放在桌上的仙堂，坐在他旁边的白户，还有他们对面一脸不高兴、脸上留有疤痕的男人。见他俩进屋，仙堂二人站起身来，给顾问腾出一张折叠椅。

"你快点，"仙堂说，"时代已经变了，你别不把笔录当回事！"

"看来是啊。连猪排盖饭都没有。"

"那东西，在我警校毕业来这儿之前就取消了。"

"你想逼供？"

桑岛法男低声说。

仙堂冲着嫌疑人答道："从某个意义上来说是这样。桑岛先生，你要做好思想准备，和这家伙说话是很疲惫的。"

里染天马上前一步，坐在仙堂刚才的椅子上。桑岛法男似乎重新认清了让他迷茫的东西，眨巴眨巴眼睛问：

"你是谁？"

"我是搜查顾问，负责图书馆命案。"

"这不是在开玩笑吧？"

"当然不是。不过期末考试刚结束，所以我还有点 High。"

桑岛已经显出疲惫，求助似的看看仙堂。和袴田等人并肩靠墙等待的警部依然表情严肃。

"桑岛先生，"里染开口道，"有人看见你周一晚上十一点左右，从风之丘图书馆离开。你头上流着血，极为慌乱。"

"哦，这我承认。不过我不是凶手。我没有杀害城峰恭助。"

"这事我知道。"

桑岛又眨巴眨巴眼睛，但是意义和刚才不同。仙堂也低吟一声。

"我想知道的是，并不是凶手的你，为什么要去图书馆，做了什么，又看见了什么。你能尽可能清楚地从头告诉我吗？或许刑警先生表示并不相信你，但是我相信。这是因为，我非常清楚，你并不是凶手。"

里染盯着桑岛的眼睛重复道。袴田心想，这种说法真是相当
夸张！"清楚"——不是"觉得"。就像里染已经在脑子里完美地
证明了桑岛不是凶手似的。

前图书馆管理员瞪大眼睛看看里染，咯吱咯吱地挠挠缠着绷
带的脑袋，说：

"我读了小说。"

"我被解雇之后，也常常作为读者前往图书馆。因为不管是
原来住的地方还是搬的新家都离图书馆很近。一开始我是为了去
看过期杂志，但是九月初，我注意到国内小说的书架上出现了一
本不知道的书。书名是……"

"《钥匙之国的星球》。"

里染先一步开口。

"是的。书名和作者名我都没有听说过，也不记得图书馆有
这种藏书。我饶有兴趣地拿过来一看，发现上面贴着馆内专用的
标签，于是就坐在二楼的凳子上读起来。

一开始我以为是个外行写的悬疑小说。情节展开生硬，奇特
的世界观描写得也不尽兴，看得出行文也有勉强之意。但是……
读完之后我就迷上了。"

桑岛移开了他的视线，描述着他的兴奋之感。

"圈套设计得太棒了。推理小说我也读过好几千本了，但是
从来没见过这样的。从根本上颠覆了密室的概念，让我想起了
《犹大之窗》……"

"我听你说这是本悬疑小说，就猜到会是这种情况。"

里染附和道，似乎很享受这番对话。

"总之，我打算对这本书的作者进行调查。但是，我用书名、作者名、出版社名在网上搜索却没有发现任何信息。非但如此，连图书馆的藏书信息里也没有记录。版权页、图书馆的条形码也都是瞎编的。因此我就明白了，是有人擅自做了这本书，擅自摆放在了图书馆。从某个意义上说，我认为这本书像'外行写的'是猜对了。我越来越想知道作者的真实身份，于是我就设了一个小小的圈套，我故意把书放在其他作家姓名的位置。如果摆放这本书的人留意到，他一定很在意，会把书放回原处。幸亏我失业了，时间一大把。我计划每天都来图书馆继续观察，但是才两天就有了成效。上个星期六，一个男人把书放回了原处——一个我经常在馆内看见的年轻人。"

"那是城峰恭助吧？"

桑岛法男点点头。

"最终看来我搞错了，但是当时我认为他就是作者。我对他的身份也有模糊的印象，知道他是管理员们经常谈到的老读者，好像是个立志当老师的学生，姓'城峰'。名字我好像也听说过，但是想不起来了。总之他是个学生，是个想要考取教师资格证的学生……然后，我就想，干脆把那本书设计的圈套夺走！"

"也就是说，你试图以伪造藏书为由威胁他，以便把书的创意据为己有？"

"说得露骨点就是这个意思。"

脑袋上缠着绷带的男人非常不悦地咂咂嘴。

"我现在很后悔。不过我因为失业被逼急了。我想，如果这本书出版了，拿去参赛，多多少少会拿到奖金……唉，这也是说得冠冕堂皇罢了。我就是想要他的创意，想要把这个圈套据为己有。

"这周一，我又在图书馆看见了城峰，于是我就把他叫到自动门外面，跟他谈条件，让他把《钥匙之国的星球》卖给我。如果他不同意，我就把这本书的事告诉管理员。如果在校外惹出这种问题，当老师的梦恐怕也就难以实现了……我想到什么说什么，威胁了他。他很不情愿，说书不是自己写的，是堂妹写的，所以需要和她商量。我对此半信半疑。我知道他有个堂妹，记得那女孩也常常来图书馆，不过我同样记不得她的名字。"

"你真应该和同事们多交流啊。"

"在下一个单位我会注意……总之，我把第二天早晨定为期限，跟他约好在图书馆见面听他的答复，然后就和他分开了。"

"在那之后你做什么了？"

"我坐在国内小说书架的附近，假装睡觉，监视着是否有人把《钥匙之国的星球》带走。如果城峰把这本书带回家，用来威胁他的证据也就不存在了。但是我一直等到图书馆闭馆，都没有人碰过那本书。"

"闭馆时《钥匙之国的星球》还在书架上？"

"嗯。"

"原来如此。"

里染别有意味地微笑着，默默地催他继续讲下去。桑岛难以启齿似的缩着脖子说：

"闭馆后我回了公寓，静下心来一想，发现自己的做法太不细致。我既不知道城峰的全名，也不知道他的地址。如果他拒绝和我交易，至少事先掌握他家的地址会有所帮助。而且，我还想调查一下他堂妹的身份。实际上，这些我是可以办到的。因为我可以查看图书馆的读者数据。"

"因此你晚上又潜入了图书馆？"

"我认为偷偷进去是不会有人发现的。"

仙堂在袴田身边"哼"了一声。桑岛试图潜入图书馆，调查城峰恭助的个人信息——警部关于这部分的推理看来是正确的。

"我算好管理员们回家的时间，又去了图书馆。夜间密码没有更换，我从办公室的便门进了馆。"

"密码键盘的盖子是打开的吗？"

"打开的。"

"你知道你入馆的准确时间吗？"

"正好九点半。因为我看了办公室的电子钟。"

"好。那么请你讲讲夜间图书馆的探险故事。"

"我就像印第安·乔①一样蠢笨，"金鱼眼的男人摆摆脑袋，"我还真没有开灯的勇气，依靠随身携带的手电筒来到柜台。办公区也好，开架也好，都没有人影。"

"屡次打断你很抱歉。办公室和柜台都开着门？"

"开着呢。我既没开门也没关门。"

"你确定办公区里没人？"

"嗯，因为我进入办公室后拿手电筒照了一圈……就我所见而言，没有一个人。"

里染安静地向前探出身子，问：

"还有一点，这也非常重要。走廊上有《人之临终画卷》的

---

① 《汤姆·索亚历险记》中的人物。

上卷吗?"

桑岛挠挠下巴,在记忆中搜寻一番后说:"有。"

"应该是放在书库门口小推车上的……没错,因为当时有手电筒照着,我记得很清楚。"

"我明白了。那么印第安·乔接下来又做了什么?"

"我用出借柜台的电脑登录了数据库,首先调出了区内姓氏为'城峰'的读者。我最初以为人不太多,没想到出来了四十多个。因为并没有照片,所以我搞不清哪一个是我要找的城峰。线索也就只有年龄了。关于他的堂妹,也就只有姓氏同为城峰,且为女性。还有唯一一个判断依据就是和他年龄相近。因此就放弃也令人恼火,没办法,我只好决定,把所有看上去有可能的人的地址全都抄下来。"

"你没想过可以打印或是拷贝文件吗?"

"打印机没纸了,我又没带可以用来拷贝文件的 U 盘。因为我想尽量不留可疑的痕迹……因此,我坐在椅子上,把帽子和手电筒放在一旁,开始挨个把备选人的姓名和地址录入到手机的备忘录里。这项工作虽然麻烦,但一方面我并不担心有人会在夜里来图书馆,而且我的时间也相当充裕,因为失业嘛。"

桑岛自嘲地说完这话,立刻又露出不悦的神情。

"就在我干了大约十五分钟的时候,我打开读者'城峰恭助'的页面时,一下子反应过来了。名字发音,让我回忆起管理员们叫他'恭助同学'。我觉得自己的努力有了回报,我注视着他的名字念道'就是他'!然后——"

他突然指着自己的脑袋说:

"冷不丁有人从背后袭击了我。我记得自己连人带椅子翻倒在地上，手机也飞出去了。接下来发生的事我就都不记得了——这件事发生的时间，应该是九点五十分。"

"他是从背后袭击你的？不是从前面？"

"是啊。周围很黑，可电脑画面很明亮，我一直都冲着开架区。如果有人从楼梯或是开架区靠近，我立刻就能看见。"

"而且你在柜台期间，没有人从前方走来。既然如此，的确只能判断为有人从背后袭击了你。"

里染再次点头：

"下一个问题，你是什么时候恢复意识的？"

"我恢复意识的时候以为自己已经死了，因为四周一片漆黑。不过，我的左手摸到了落在柜台下面的手机。我看了一下时间，十一点差十分，也就是说我正好晕过去一个小时。感觉太糟糕了。头痛欲裂，地面上还有血迹……不过我还是想先搞清状况。我发现自己的帽子和手电筒还放在柜台上，没有人动过。电脑还开着，我连忙关了机。

"我想知道是谁打的我，迅速环视一楼开架区，可是没有人。接着我就从楼梯上了二楼。我借着手电筒的光亮往前走，发现《人之临终画卷》放在走廊深处的地上……城峰恭助在书架前，已经死了。"

桑岛说到这里停了下来，凝视着审讯室的地面，仿佛尸体就躺在那里。

"你有没有看到疑似凶手的人？"

"没有，至少我环视一圈后并没有看见。"

"你能给我讲讲尸体的情况吗？"

"哦。"

要回忆这事，桑岛打心眼儿里不乐意。他讲的情况和第二天早晨发现时的模样丝毫不差。尸体趴在地上，身旁是书包。凶器和模糊的血迹。血泊、书，还有死亡信息。

"我完全不知道究竟发生了什么。我想赶紧逃跑，但是又放心不下《钥匙之国的星球》，因为它就在那个书架上。不过，我怎么都找不到。书架上没有，散落在地上的书里也没有。"

"你在恭助书包里找了吗？"

"没有，我什么都不想碰，所以没翻他的书包……是在包里吗？"

"不是，书包里只有一些小物件。然后呢？"

"我跑了呀，我从便门跑了。可是，我跑到马路上的时候，撞上了一辆停在那里的自行车。一个女孩子站在自动售货机前面，我摔倒在地，帽子掉了，还发现女孩子正在看着我的眼睛。她见我满头是血，吓得目瞪口呆，连手里喝了一半的饮料罐都掉了。我更加慌张，没有道歉就离开了。"

男人的供述终于和城峰有纱的证词重叠在一起。袴田继续做笔记，白户点点头表示信服，而仙堂则在掂量这话的真假，视线一直没有离开过桑岛。

里染接着又问："你好像回了一趟公寓吧？"

"嗯，我走回去的。我包扎了伤口，睡了一晚上。可是第二天起床后就开始担心，图书馆里残留着我的指纹和血液，警察不会怀疑是我杀了城峰吗？说不定他们现在就会来敲我的门……于是，我只拿着钱包、卡和手机就冲出了家门。"

"被抓捕之前的三天，你在哪儿？做了什么？"

仙堂问道。桑岛果然表示自己停留于不同的咖啡馆。即使不在有纱家周围布控，迟早也会抓住他。

"我逃跑过程中依然对《钥匙之国的星球》念念不忘。我重新翻看手机备忘录里记录的名字和地址，思考谁会是城峰恭助的堂妹。不过，周二下午，我看到其中有一个人叫'城峰有纱'，一下子就发现了。城峰有纱，如果写成罗马字，就是《钥匙之国的星球》作者名的字谜。"

桑岛用手指头在空中描摹着。

"我想这家伙恐怕就是作者，于是去了她家。结果我大吃一惊，从窗户里看见的女孩，和那天晚上在自动售货机前碰上的女孩长得一模一样。我在惊慌中离开了，但还是放心不下，所以昨天想再去确认一下……"

桑岛说到这里向后靠在了折叠椅的椅背上，仿佛在说："结果我就被抓了。"奇特的长篇供述拉下了帷幕。

里染缓缓站起身。

"你的推理是正确的，城峰有纱就是《钥匙之国的星球》的作者。"

"果然如此！她和案子有关系？"

"没有，她有不在场证明。"

"哦，是吗？"

"结果，你不知道是谁打了你，也搞不清楚是谁杀了恭助。"

"没能帮上你们的忙，真抱歉！"

听了里染的总结，桑岛赌气似的阴阳怪气地说道。

"总之不是我干的，真的。真凶一定是久我山卓，那条死亡信息明显就是指向他的。"

"可惜单凭这个算不上证据，"仙堂离开窗户边，问道，"我说,《钥匙之国的星球》真是这样一部杰作吗？我只是简单浏览了一下，并不清楚。"

"圈套的设置是杰作中的杰作！我推荐你读一读……对了，刑警先生，如果你见到城峰有纱，我想请你转告她一句话。"

"说什么？'我要剽窃你的作品'？"

"不是。"

桑岛似乎已经放弃了一切念头，微微笑道：

"请告诉她，我是她的粉丝。"

"你相信那个男人的供述吗？"

几分钟之后，刑警们转移到了四周都是自动售货机的休息区。仙堂点燃一支骆驼牌香烟，问里染。坐在长凳上的顾问手里拿着罐装咖啡，回答道：

"我相信的不是他的供述，而是自己的推理。"

"你是说，对照你的推理来看，桑岛说的是实话？"

"是的。本来就没有理由怀疑。他的话也和其他证据吻合。"

"他逃窜了三天呢。有的是时间来考虑如何说能与证据吻合。"

"刑警先生，您也真有些固执呢……算了，我来解释一下。例如，从他刚才那番话，我们可以倒推出城峰恭助采取的行动。"

里染抿了一口只添加了少量砂糖的咖啡，开始讲述：

"城峰恭助周一下午和明石康平一起来到图书馆，三点左右为了选书离开了座位。这时候桑岛法男叫住了他，要和他交易——上桥光看到了这一幕——那么，陷入困境的恭助会做何打算呢？他首先想到的，应该是把导致自己受到威胁的《钥匙之国的星球》藏起来。然而，桑岛预料到了这一点，使他无法靠近书架。那么，有没有什么办法，可以在当天把伪造的藏书收回来呢？只有一个。"

"在闭馆后潜入图书馆……"

袴田说出了这唯一的办法。

"是的。于是，他对久我山卓撒了谎，请他把夜间密码告诉了自己。事后他立刻碰到了城峰有纱，可他似乎没能把交易的事情说出口来。

"夜幕降临。七点左右，恭助认为工作人员已经回家了，就向母亲说了个谎，再次前往图书馆。他把手电筒装进了书包。可是，图书馆的灯还亮着。恭助虽不情愿，却只好回了家。他再次挑战是在大约两小时之后，九点半左右。这次灯全熄了，于是他进入了刚刚关门的图书馆。估计桑岛四五分钟之后也进入了图书馆。"

"四五分钟之后？"白户说道，"非常接近啊。"

"只能这么认为。门把手和键盘盖子上的指纹，表明恭助是第一个进入图书馆的。既然桑岛进入的时间是九点半，那么恭助闯入就必须在此之前。但是，他离开自己家是在九点二十分左右。也就是说，恭助只比桑岛早一点点进入图书馆。"

嗬，嗬——略上些年纪的刑警点点头，和平时一样兴致盎然。

"考虑到这一点，也就能够想象出恭助被困在馆内的原因了。进入图书馆的恭助，没有合上键盘盖和办公室的门就上了二楼，虽然馆内漆黑一片，耽误了些时间，但还是顺利地取回了书。他其实是打算立刻离开图书馆回家的吧。然而，返回一楼的他大吃一惊，桑岛法男在柜台里。恭助在二楼的四五分钟时间里，毫不知情的桑岛法男居然已经进入图书馆，端坐在柜台里，开始浏览读者数据了。"

为什么桑岛会在这里？恭助或许觉得很疑惑。但是不管怎么样，楼梯也好，电梯也好，都在柜台正面，一旦下楼就会被发现。他只好在楼梯平台上观察柜台的情况，等待着。

然后，大约过了十五分钟，有人殴打了桑岛。

"也就是说，殴打桑岛的不是恭助？"

仙堂问道。顾问点点头说：

"这种情况，即使不依赖于想象，也可以从逻辑上证明。就像刚才我说的那样，先进入图书馆的是恭助，紧接着就是桑岛。恭助无法在这非常短暂的间隔中离开图书馆，我这么判断是因为，便门内侧的把手上没有留下恭助的指纹。恭助进入图书馆之后就再也没有出来。也就是说，桑岛进入图书馆的时间点，恭助也在楼里。

"那么，他在哪个位置呢？桑岛作证说，他进来的时候办公区里没有人。当然，他没有经过周密的检查，所以有人藏在书库、搬运口和办公室的壁橱里也并非不可能，但至少这不会是恭助。因为这些地方的门上没有留下他的指纹。因此，当桑岛坐在柜台里的时候，恭助应该位于开架区。而且，如果他在开架区，便无法绕到桑岛身后。也就是说，从背后袭击桑岛的人不是恭助，那里还有一个人——凶手。"

"哦……"

警部一边吞云吐雾，一边回味着这番证明，不服输地说："前提是你的推理是对的……"里染并不在意他的态度，继续倒推案件过程。

"进一步分析这一事实，还可以搞清楚一件事——杀人的动机。"

"动机？"

"是为了杀人灭口，刑警先生。恭助应该目睹了凶手袭击桑岛的场景。桑岛倒地，失去知觉。凶手和恭助或许都误认为他已经死了。然后，凶手为了隐瞒自己的罪行，封住了恭助的嘴。"

"……"

刑警把一小段骆驼牌的烟蒂使劲按在方形吸烟台上。喝完咖啡的里染想要把空罐子抛进垃圾桶，却在动作完成一半时停了下来，伸出手来平平常常地扔进了垃圾桶。看来他没有命中的信心。

"也就是说，案发当晚的过程大概是这样。"

袴田做了一个简单的时间表，冲仙堂等人展开了笔记本。三个人把脑袋挤在一起仔细琢磨。

19:00　城峰恭助离家。

19:10　恭助在图书馆背后的路上徘徊。暂时回家。

20:00　图书管理员们离开图书馆。

21:20　恭助再次离家。

21:25　恭助闯入图书馆，上二楼（施工人员看到了灯光）。

21:30　桑岛，间隔短暂时间后也闯入图书馆，开始浏览数据。

21:50　桑岛遭到某个新来者的袭击。

22:00　恭助在二楼遇害（施工人员看到了灯光）。凶手逃跑。

22:50　桑岛恢复意识。在二楼发现了恭助的尸体（施工人员看到了灯光）。

23:00　城峰有纱看到了逃离图书馆的桑岛。

"完美！不愧是哥哥呀。"

"的确和其他证据证词没有矛盾之处。"

仙堂极不情愿地承认道，白户也跟着他悠然地点点头。

"雾基本散了。桑岛法男威胁城峰恭助，两个人因此抱着不同的目的闯入图书馆。后来进入的某个人袭击了桑岛，还杀害了目睹这一幕的城峰恭助……案件的大致脉络就是这样。但是，还有一点没弄明白。"

"这是最重要的一点。凶手是谁？哪儿来的？为什么会在现场？"

"拿走《钥匙之国的星球》的人就是凶手吧？凶手也和这本书有关吗？"

刑警们各自提出了疑问，又是一片沉寂。针对这"最重要的一点"，里染似乎也没有得出结论，默默地交换着双腿的位置。自动售货机的电机发出低沉的声音，仿佛在描述着他们死气沉沉的思维。

就在仙堂吸完第二支烟的时候，顾问也从锈迹斑斑的长凳上站起身来：

"哥哥。关于现场地面上提取到的微小物质，有什么发现吗？"

"没有。没有发现任何与案件相关的东西。"

"原来如此。那我们去趟图书馆吧——不管怎么说，还是那里最适合调查。"

3　蓝色的书签

时隔大约一周，卸下重担的柚乃，再次体会到了肩上的轻松感。不仅仅是因为离校时没背书包，还因为期末考试结束了。

最后一天的考试，无论哪一科她都考得出人意料的好。两个星期之前就开始复习的日本史有了成效，保健体育和家庭科也算不上劲敌。最担忧的英语写作，刚开始考试她便大吃一惊。大部分题目都出自头一天里染告诉她的内容。她差点如同某本漫画里描绘的那样，大叫一声："这是里染上课教过的！"多亏了他，考得相当带劲儿。

啊，要说起来现在真是太轻松啦！不需要每天把教材背回家，也不需要放学以后还吭哧吭哧上自习。不行，如果这么粗心大意，下次考试就惨了。不管怎样，今天可以恢复球队活动了，还能上网，可以和早苗一起玩，也能听听镜华送的 CD。

而且，可以腾出点时间查东西了。

穿过自动门，冷气直灌到柚乃罩衫的内侧。三天没来的风之丘图书馆，又恢复了往日的平静。不，应该说是平静得过了头。几乎看不见读者，馆内鸦雀无声，冷冷清清。看来案子的影响依然挺大。

"哎呀……你是上回和顾问一起来的同学吧？"

波波头的馆长梨木坐在柜台里。她还记得柚乃；从厚厚的镜片另一侧投过来警惕的目光。

"你今天也是来查案的?"

"不是,我今天来不是为了这事……我想查查资料。"

"资料?"她的目光变得柔和,"什么资料?"

"嗯,是学校的校刊,这里有吗?"

"我们有几本附近学校的。"

"有绯天的吗?绯天学院初中部的校刊。"

"哦,绯天每年都给我们寄呢。最近几年的应该在这个架子上……"

梨木离开柜台,把柚乃领到紧挨着的乡土资料区。

A5 大小的三本册子和区内地图、瓦版海老铁道线路图摆放在一起。橙色封面上刊登着校舍的照片,杂志名是《黎明》。下方有一行小字:绯天学院初中部·2009 年度。另外两册分别是2010 年度和 2011 年度的。

"这个行吧?"

"太棒了。谢谢您!"

"这个不能借阅,麻烦你在那边的书桌上阅读吧。复印是一页十日元……"

梨木补充了简单的介绍,返回了柜台。

柚乃抽出 2009 年度和 2010 年度的《黎明》,在最近的桌旁坐下。2011 年的她没有从架上取出来,因为那时候他应该已经毕业了。

柚乃想要调查的,是里染初中时的情况。

眼下明确的具体信息只有一条,就是他曾为绯天的学生。为了找到新的突破口,关键词只有绯天学院。可是,在网上输入

"绯天学院"会出现过多的信息，无从下手。

于是柚乃把目光转向了校刊。通常中学每隔几年都会发行一本小册子，记录校内外发生的事情。以前，她在风之丘高中的图书报上读到一篇报道，说是校刊会赠送给图书馆，因而了解到图书馆不仅收藏普通的书籍，也会收藏当地的出版物。既然如此，名校绯天的校刊或许也会有……

想到这一点，柚乃匆匆忙忙吃完午饭就赶到了图书馆。尽管从一开始她就没抱什么希望，但目前看来，拿果酱面包凑合的这顿午餐还是卓有成效。不过，时间有限，三点钟球队就要开始活动，必须在那之前返回学校。

柚乃就像备考复习一样，鼓起干劲说了声"加油"，赶紧翻开了2009年度里染初二时的校刊。

开篇是校长和PTA主席的致辞，冗长无用，跳过。接下来是这一年的活动报道，记载着学生们全年的活动，各个社团的成绩。某某同学在大赛中的获奖作文，还有某某同学的演讲稿。偶尔穿插彩色照片。

不愧是绯天啊，内容相当华丽，可是里染天马和向坂香织的名字没在这里出现。照片的角落里也没有发现看上去像他们的人。

难道真是白费工夫？柚乃翻阅书页的手指渐渐失去了力量。

"啊……"

在翻到非常靠后的一页时，柚乃的手指停了下来。页面上的标题是《今年的黄昏奖》。看上去这应该是绯天版的学生表彰，奖给一年来在学习和体育上获得优秀成绩的学生。在讲堂的舞台上，并排站立着六名学生。

其中有一位少女，柚乃认识。

香织——不是，这名女生把长发束在脑后，背挺得笔直，有着成熟的美貌。

柚乃确认了照片下方的姓名，果然是忍切蝶子。她和里染他们同一年级，2009 年时应该是初二。虽然她的个子比现在矮一些，但是认为获奖乃理所当然的自信微笑，和现在别无二致。旁边站着另一名同时获奖的女生，她看上去是典型的初中生，似乎被女王的气势压倒，蜷缩着肩膀。

获奖原因并没有明确的记录，或许是乒乓球斩获佳绩吧。看来她自初中开始乒乓球就打得好是真事。而自己上初二的时候是什么样的呢？记得那时的自己削球发得不好，还被师姐训斥了一顿。

"我说——"

"啊！"

突然听到有人叫自己，柚乃心脏急速跳动。她回头一看，发现对方也因为柚乃的反应而惊呆了。那是位穿着风之丘校服，梳着两条辫子的戴眼镜少女。

"城……城峰同学。"

"对不起，我不是故意要吓你……你是上次和里染在一起的人吧？你叫，袴田——袴田妹子？"

"柚乃。袴田柚乃。"

这位主席，或许有着出人意料的纯真。

"你在查什么？"

"哦，没有，不是什么重要的事。啊哈哈哈。"

柚乃慌张地合上了《黎明》，放回架上。这番行为让她自己也觉得很诡异。忽然想起来，上次和有纱说话的时候，自己刚刚闻过她的车座，看来给她留下的印象会越来越差。

"嗯，城峰同学为什么会在这里？"

"我来看看案子有没有什么进展。"

有纱无力地笑道，移开了视线。

对呀。对她来说，这里是堂兄被杀害的地方，她来这里不可能只是为了借书。自己因为紧张不安而不小心问错了话。

柚乃既尴尬又内疚，转头去看文库区。一名背着双肩书包的女孩正在书架前徘徊，像是在找什么。看上去大概三年级，发型和眼前的主席非常相似。

"城峰同学，你是多大年纪开始来图书馆的？"

柚乃随意问道。

有纱说："从幼儿园起就一直都来。一开始只去绘本区，后来开始读靠里的图书，接着又去二楼。"

"果然你是从小就喜欢读书呀。"

"这个嘛，比起书来说，喜欢的是这里的空气。"

"空气……"

效果好过头的冷气。纸张的气味。无声的寂静。

"图书馆的空气有些特殊，对吧？给人一种这里很特别的感觉。按照六本上限选择图书的时间，扫码借阅时的声音，翻开一本旧书，好奇什么样的人曾经阅读过……这些我过去很喜欢。"

有纱怀念地说。柚乃注意到她最后一句话使用了过去时。

"其实并不好。"

"嗯？"

"只在图书馆读书并不好。喜欢的书还是想留在手里呀。"

"哦……唉，我们没钱呀。"

"嗯。所以，我们到图书馆来，或许只会是目前阶段。等我们长大了，可以自由支配的钱会比现在多，就能在书店购买漂亮的书了，还可以去远处的旧书店街，学会在网上下单购书……那样的话，空气也好、优点也好，都会被我们忘记，到这里的次数或许也会减少。"

她凝视馆内的双眸寂寥地闪烁。就连不是当事人的柚乃，也似乎读懂了她的心思。

不是每一个人都像城峰恭助这样永远依恋同一个地方的。外面的世界一旦变得广阔，自然就会走向它。在频繁出入的据点获得的东西，应该会成为我们的财富，然而可以在这里度过的时间却是有限的。

"你说得就像明天就要毕业似的。"

柚乃低声道。有纱略感意外地看看她，噗嗤一笑："有点这意思。"她的笑容不再像刚才那么敷衍，而是自然得让人联想到阳光。

"袴田同学有点奇怪哦。"

"是吗？"

头一回有人这么说自己。

"袴田同学喜欢书和图书馆吗？"

"不是，算不上很喜欢……"

"原来如此。不过，你看上去很适合图书馆。"

这句话总有人说。被戳中痛点的柚乃干笑两声。

"哦，对了，上次我遇到一位和你同姓的刑警。"

"哦，那应该是我哥哥。"

"真的？那么，那件事也……"

有纱不知为何红了脸。

"那件事？"

"你哥哥说，你是里染同学的女朋友……"

"那是搞错了。不过，谢谢你告诉我。"

还没等有纱说完，柚乃就立即纠正道。大概是感受到了她浑身的杀气，有纱畏惧地应了声："是这样啊，还好是搞错了。"

"还好？"

"不是，也不是还好。"

有纱目光游移，重新拉好肩上的书包带。

"那我就走了。抱歉啊，打扰你查资料了。"

"没有没有……对了，城峰同学，我听说嫌疑人桑岛盯着你，你一个人出来没问题吗？"

"你了解得真清楚啊。其实刑警跟我联系了。"

"他昨晚被抓了。"

耳边传来她们熟悉的少年的声音。一看自动门那边，里染正和县警察局的那对搭档朝这边走来。

"哥哥！"

"柚乃！"

柚乃挥挥手向哥哥跑去，趁他不备，微笑着反手击中了他的侧腹，用的是经过夏季特训提高了水平的加强型旋转扣球式。哥哥"扑哧"一声，喘不过气来似的倒在地上，一动不动。

"你是妮妮的妈妈吗？"里染说道。

"抓住了桑岛，也就是说了解到了情况？"

她就像什么都没发生过一样继续说道。仙堂也平静地回答：

“是的。”

“他晚上在图书馆做了什么，全都告诉我们了。能碰上城峰太好了，我们还有几件事要向你确认。袴田，你来说。”

“……”

“我借用一下你的笔记本。”

警部从殉职的部下前胸取出笔记本作为参考，开始讲述桑岛法男的经历。柚乃期待案件之谜就此揭开，但是听完后脑子却越来越混乱。

“嗯，也就是说，桑岛想要《钥匙之国的星球》的创意，所以威胁了恭助？他潜入图书馆是为了获取对方的信息，而在此过程中却不知被谁袭击，等他清醒过来便发现二楼有一具尸体？”

“谢谢你的总结。”

仙堂对柚乃说完这句话，细长的眼睛移向有纱。《钥匙之国的星球》的作者表情复杂地皱着眉头。

“城峰同学，桑岛说他威胁恭助，你认为他讲的是真话吗？”

“我不知道。不过，周一告别的时候，恭助哥好像有话要跟我说。或许他是想告诉我桑岛提出的交易……而且……”

“而且？”

“恭助第一次读《钥匙之国的星球》的时候，也夸奖我圈套设置得好。这也是提出要把它放在图书馆的契机。尽管对此我并没有信心。”

有纱低下头去，刘海垂下来遮住了她的眼睛。即使案件是由这本小说引发，她也不需要把责任归咎到自己身上。

“结果凶手并不是桑岛？”

为了整理思路，柚乃再一次询问警部。

“这就是问题啊。我认为他不过是编了个有模有样的故事罢了。”

“我不这么想，”里染说，“桑岛法男不是凶手。”

“你有证据吗？”

“美工刀呀，刑警先生。我昨天不是说过了吗？”

“这和供词的可信性有什么关系呀？真是的，无论是桑岛的事，还是死亡信息，你说的话都……”

“死亡信息。”

有纱喃喃自语。

抬起头来的她，脸上的笑容消失了，流露出柚乃曾几何时见过的表情。尽管她不露声色掩饰自己的情绪，那双大眼睛和修长的眉毛却骗不了人。

和考试第一天在鞋柜前见到的表情一样，万分苦恼。

“你怎么了？”

“没事……嗯，我还有事，先回去了。”

有纱低下头，背对柚乃等人从自动门离开了。她的步伐很快，像是受了某种刺激。

“不该让她听到案发当晚的情况啊。对她打击太大。”

仙堂挠挠脑袋说道。里染既不肯定也不否定，凝视着自动门。

“刑警先生，能打扰你们一下吗？”

又来了一位打招呼的人。是位身着深蓝色围裙的长发男子，久我山卓。

“久我山先生，怎么了？哦，不用理会我这个死在这儿的部下，他过一会儿就会爬起来。”

"不是，不是这事。我是想提出抗议。"

很明显，他的脸比三天前还要憔悴。

"警察总是这么不讲道理吗？昨天，半夜还跑到我家问话，纠缠不休。说话态度就像是认定了我就是凶手似的……而且搜查人员还去了我妻子的娘家。"

"哦，这个嘛……很抱歉，但这是为了彻底搜查……"

"请你们适可而止，我不是凶手。"

久我山说道，语气平静且坚决。仙堂转移责任似的看看顾问。里染冷冰冰地说：

"不过，我们现在怀疑你。现场的死亡信息也指向你。"

"我才不管什么信息呢，我不是凶手。"

"你有证据吗？"

"我，不是凶手！"

久我山情绪激动地大喊道。柚乃不由得往后退却，柜台里的梨木也转头看向这边。久我山原本平静的脸扭曲了，丑态毕露，瞪着少年。里染毫不畏惧，用他没有光泽的双眼一动不动地盯着他。

几秒钟之后，管理员坚持不住了。久我山筋疲力尽，沮丧地再不作声，走向通往办公室的走廊。关门的声音在馆内回荡。

"我搞不明白你到底是什么方针。"

"就是刑警先生自己说的那样嘛。我们有必要彻底搜查。"

里染敷衍地答道，双臂交叉，沉思着走向童书区。

＊

有纱来到室外，发现天空中阴云密布。

她想起来，天气预报说从晚上开始会下雨，或许会意外地早早下起来。今天也是骑自行车来的，没有带伞，必须加快速度。

有纱从停车场推出自行车，回头看看图书馆。灰色的外墙和拱形屋顶。在阴霾的天空下，图书馆看起来破旧不堪，没有任何特别之处，显得微不足道。

她想起了袴田柚乃的话。

或许，自己的确打算从这家图书馆毕业了。既然是"毕业"，这里就一定留存着青春。尽管这种说法很幼稚，可至少对于有纱来说，这是事实。熟悉的好友。为自己开拓未知世界的老师。这座图书馆总会在记忆中登场。这座图书馆，还有恭助哥。

自己也许对袴田说了谎。

自己喜欢的既不是书，也不是图书馆的空气——

"再见！"

告别的话语从嘴里冲出。她也不知道，自己告别的到底是什么。

少女跨上自行车，运动鞋踩稳脚踏板，用力地蹬起来。

4　RED FRACTION（红色分数）

"英语写作考试，你教我的内容几乎都考到了。"

"那就好。"

里染答道，没什么感情起伏。他正在童书区的书桌上翻看恐龙图鉴。

"你是怎么猜中题目的？你不会连试题也推理吗？"

"对试题进行推理，专业术语称为'押题'。"

"押题？不过，你居然完全押对……"

"教你们英语写作的不是浜口吗？那家伙每年出的题都一样。你觉得原因何在？"

学习会的时候大家也聊到了这件事。"小浜"的试题出得太敷衍，反倒让人担心。早苗也曾预谋搞来去年的试题，这样可以得高分。但是原因是什么呢？

"他嫌麻烦呗？"

"是因为这份试题很完美。我猜想，这套题一定囊括了教材的全部要点。这样一来，也就可以预想到出题的内容了。"

"……"

在柚乃心中，那位被嘲笑为马马虎虎的老师，一下子改变了形象。

不变的试题。反过来说，就是不需要改变的试题。里染看透了小浜的本质，从教材的要点反推出了考试内容。原来如此。不愧是依靠无用之身也能考年级第一的人啊，柚乃觉得自己偷看到了他成绩好的秘密——等等！

就在她刚刚产生敬佩之心时，留意到了细微的疑点。

学习会上柚乃说出浜口先生姓名时，香织说："我和天马一年级的时候也是这样。"也就是说，里染一年级的英语写作也是浜口先生教的。

难不成，他还记得一年前的英语试题？就算一般人不行，这个男人也是办得到的。他依据自己的记忆教了柚乃英语语法，但是如果他老实交代，柚乃或许会生气，认为这和作弊没什么两样，于是他就编了个说得过去的假话。难道是这样？

柚乃死死地盯着身边的里染。他似乎对剑龙产生了兴趣，把脸凑近了图鉴。就像是故意的。

"里染同学。"

"什么？"

"撒谎是狼的开始①——你知道这句话吗？"

"我觉得你把谚语和童话搞混了。我可不是狼。"

"男人就是狼！"

"你别像爱丽丝 SOS 那样说话！"

爱丽丝？我是想当粉红女郎来着。这是聊到哪儿去了？

"啊……行了行了。总之，谢谢你在学习上帮助我。"

"不客气。"

里染一边说，一边递给柚乃一支圆珠笔。这是两天前柚乃借给他的，用来替代队长圣洁的自动铅笔。

"这个还给你。多亏有它帮我应付了考试。"

"不知道它到底是派上了什么用场……你不用还，送你了。"

"是吗？那我就留作纪念了。"

里染把它放回原处——衬衫前胸的口袋里。越来越奇怪。

"你在做自主研究？"

仙堂从大厅走来，后面跟着脸色苍白捂着侧腹的哥哥。看来加强型旋转扣球式发挥的效果很是持久。

"我只是从解剖学的角度考察了恐龙形陆海空万能移动要塞大空魔龙而已。"

里染给出一个莫名其妙的答案后，合上了恐龙图鉴。

"管理员们提供了什么证词？"

"上桥光认为，从周一恭助和桑岛交谈的样子来看，他的确

---

① 日语里有句谚语叫做"说谎是盗窃的开始"。

像受到了威胁。此外没有其他收获。"

"你们陷入僵局了。"

"顾问同学，这并非与你无关哟。你说有东西给我看，是什么?"

里染离开座位，将三个人领到角落边。

地上有四种污渍，像是泼洒了什么东西。横向并排三个，面前还有一个。左端是血迹，中间也是血迹，和案发现场的一样，略显模糊。右端的污渍发黑，像是用抹布按压开来似的。剩下的那一块不是血，倒像是泼洒的水，和中间的血迹一样，水滴也略显模糊。

"这是什么?"

"是我的自主研究。"

里染把这句台词还给了仙堂。

"案发现场的地面，有很不自然的擦拭痕迹，对吧? 我一直在考虑这一事实。血迹模糊，表明有人在血上擦拭过。也就是说，擦拭这一行为发生在杀人之后。但这就出现了三个疑问。是谁? 为什么? 怎么擦的?"

"谁? 肯定是凶手啰。"

"为什么? 应该是想把某种东西擦掉呗。"

"怎么擦的? 就是平平常常地擦吧?"

仙堂、哥哥和柚乃挨个回答了问题，里染也挨个点头同意。

"对。是谁? 肯定是凶手。这一点通过实验已经证明。我用滴落在左侧的血液测试过，血液十分钟就完全渗入了地毯，用手指和手帕擦拭也没有变模糊。但是，现场地面上的血迹却是模糊的。既然是这样，现场的地面就是在案发后十分钟以内擦拭的。

能做到这一点的只有凶手一人。

"为什么？这个问题也很简单。就像哥哥说的那样，因为地面上留下了对凶手不利的东西。凶手在行凶后立刻擦拭地面的原因唯有这一个。

"怎么擦的？这我不知道。就算是'平平常常地擦'，也有两种擦拭方法。干擦，用水擦。我比较了这两种方式。"

里染分别指指中央的模糊血迹和右侧变浅的血迹，说道：

"这个是用手帕擦的，那个是用湿纸巾擦的。那么请问哥哥，哪一个血迹和现场的接近？"

"应该是手帕擦的。怎么看都更为接近。"

"凶手是干擦的？"

"完全正确。"

尽管得到了夸奖，哥哥依然眉头紧皱。干擦还是用水擦，有那么重要？

里染的手指移向清水的痕迹，说道：

"接下来请看这里。这是我滴落清水之后立刻用手帕擦拭的地方。水滴和血液一样，都变得模糊了，然而就像你们现在看到的这样，并不能彻底擦干净。现在地毯上还有清晰的痕迹。哥哥，现场留下了这样的痕迹吗？"

"没有……不过，或许是因为间隔了一段时间，所以干了。"

"哥哥，我是昨天中午把水滴在这里的。"

哥哥耸耸肩，不再反驳。警察第一次搜查现场，距离案发仅仅只有十二小时。如果二十四小时之前滴落的水都尚未干透，那么现场的地面上也应该有同样的痕迹。

"我还是不太明白你做这项研究的目的何在。你能直接概括结论吗？"

仙堂说道，就像个已经对研究小组宣读论文失去了耐心的教授。里染竖起三根手指头——

研究主要证明了三点。

① 图书馆的地毯一旦附着上液体，就难以擦拭干净。

② 浸入地毯的水分二十四小时后仍然没有干燥。

③ 凶手擦拭了地面。

"也就是说？"

"也就是说，我的推理得到了印证。这样一来，确定凶手的条件就都找齐了。"

警部顺势点头说："原来如此。"然而一秒之后，他瞪大了双眼。柚乃和哥哥也抬起了俯视地面的脑袋。

"你……你知道谁是凶手了？"

"不是，恰好相反。"

"啊？"

"我还是不知道谁是凶手。老实说，我已经束手无策了。"

顾问收回了他之前说过的话，轻轻地举起双手。可是，他的嘴角并没有浮现出嘲笑刑警时的冷笑。

"相反……不过，你不是说条件都找齐了吗？"

"是找齐了，全都是基于事实推导出来的、绝对确凿无误的公理。但是，对照条件，却越来越搞不清楚到底谁是凶手了。这真是起奇怪的案子。"

"有没有圈定到某几个人的范围里呢？就像水族馆的时候那样。"

听柚乃这么问，里染答道：

"目前无人。"

他重新坐在书桌旁，啪啦啪啦地继续翻看恐龙图鉴。

其他三个人表情各异地面面相觑。一个表示难以理解，一个呆头呆脑，还有一个十分讶异。虽然他们还没有完全搞清状况，但似乎凶手依然如同雾中看花。

恰好相反——里染昨天也说过这句话：明明有所发现，却反倒什么都搞不明白了。

无论是体育馆的案子还是水族馆的案子，里染都是一个个排除嫌疑人，最终找到了凶手。然而这次的情况看来完全不同。离得越近，距离真相越远。思考得越多，陷入泥沼越深。假造的藏书、桑岛的恐吓行为，各个事实都已明确，而唯有凶手的真面目，仍然包裹在面纱中。或许的确是起奇怪的案子。

柚乃在里染身边坐下，胳膊支在桌上撑着脸颊。眼前是没有人的童书区，在这片寂静中，真相仿佛化成了青烟，消失在一排排书页的空隙中。

伴随着啪嗒啪嗒的脚步声，一名背着双肩包的女孩出现在书架的另一侧。是柚乃刚才在文库区见过的女孩。

女孩讶异地瞥了瞥坐在儿童书桌旁的柚乃等人，转身去看资料架。看来她已经用电脑检索过书籍，对照着手中做了记录的纸条寻找书籍，然后抽出一本《不可思议的宇宙》，再次啪嗒啪嗒地返回柜台。她是不是在做科学课作业呢？消失在书架间的小小身影和双肩书包，就像在森林里迷路的小红帽一样可爱。

"城峰同学过去是不是也像这样来图书馆呀？"

柚乃随口说道。

里染无声地站起来。

他吸了口气，身子前屈，就像要扑在桌上似的，凝视着少女的背影。双眼圆睁，仿佛得到了上帝的启示。漆黑的眼眸。黑得如同可以吸入一切的夜色。

柚乃觉得，她在这黑暗的底部，看到了如同电路和火花一般闪烁的细小光芒。她知道，这些光芒在黑色的基座上交错、汇集、重叠、收缩，在里染脑中组合成了某种东西。

"刑警先生。"

等女孩的身影消失无踪，他用缺乏抑扬顿挫的声音说道：

"我知道凶手是谁了。"

"啊？"

警部再次目瞪口呆。

"你刚才不是说已经束手无策了吗？"

"我漏了一个根本性的东西，非常根本性的东西……哦，是啊，为什么一直没注意到呢？有第五个条件呀。这样一来，完全符合的就只有一个人了。"

"你真的搞清楚了？"哥哥问，"有证据吗……"

"证据？没有，我没有任何确凿的证据。但是，逻辑……谁都一目了然的逻辑，给出了最好的解答。一个一个的线索是很脆弱的，但是把所有线索有机地结合在一起，就会成为不可撼动的答案。美工刀、现场的血迹……还有那个红色信息！"

里染就像被附体了似的，十分兴奋。但是他立刻恢复了冷静，视线移向窗外的图书馆自行车停车场。

"刑警先生，你能马上集中搜查人员吗？尽可能多。"

"可以倒是可以……"

"你要解谜吗？"

柚乃抱着些许期待问道。

"不，现在需要先做别的事。"

"别的事？"

"嗯。"

他似乎看清了什么，说道：

"必须拦住城峰有纱。"

解答和解说

1 解答

冰冷的雨滴击打着家家户户的屋顶，也打湿了西装的肩部。

淅淅沥沥下起的雨，把远处的风景笼罩在白雾当中，看上去似乎很快会停，又像会下个没完没了。下车的刑警们没有撑伞，默默无语地向目的地走去。裂了缝的水泥地面已经开始积水。

袴田忽然想起妹妹还是个小学生的时候。远足的早晨恰好是这种天气，令准备好了双肩包和水壶、全副武装的柚乃焦躁不安。后来雨是停了，还是没停呢？

"城峰有纱的自行车！"

到达目的地的时候，顾问在袴田等人身后开口说道。独自一人满不在乎地撑着折叠伞的他，指着路边上的女式自行车。

"她果然早一步看出了谁是凶手呀。"

"她眼下就在那栋房子里？和凶手在一起？"

"是的，刑警先生。恐怕她正在试图说服凶手去自首呢。情况应该相当危险，我们最好动作快点。"

警部并没有对他言听计从，犹豫地摸摸后脖颈：

"可是，在既无证据又无搜查令的情况下闯进去……既然城峰有纱正在进行说服，凶手说不定会答应呢……"

"刑警先生，你搞错了应该关注的东西。凶手从背后袭击了桑岛法男，在那之后又立即杀害了城峰恭助。受害人被击打了两次，不是一次，是两次。这可是有着明确杀意的击打。"

"……"

"我们最好是加快行动！"

里染的声音很严肃。

仙堂用他细长的双目望着把脸藏在雨伞下的顾问。袴田也看出了上司心中的纠结。

六月的体育馆和八月初的水族馆。迄今为止，他已经连续两次把警察耍得团团转，结果如何呢？

"白户警官，请你们各位守住后门和窗户，以防万一。我和袴田从正门走。"

仙堂甩去头发上的雨滴，对辖区警署的刑警们下达了命令。白户等人点头，绕到房子背后。留在原地的袴田和仙堂相互使了个眼色。最后，两人再次踌躇地抬头看看屋顶，迈开了步子。

他们缓缓穿过院门，走近房门。

就在他们伸手要按门铃的时候，从屋子里传出一声尖叫。

一名少女猛地拉开房门，拼命地冲出来。那是城峰有纱。还有一个人在她身后追赶。

此人脸上流露出的神情，显得比有纱还要走投无路，她手里还握着一把菜刀。

有人在喊叫。袴田把有纱掩在身后，仙堂则与追赶而出的人对峙。菜刀被敲落在地的声音夹杂着雨声响起。对方逃向马路，仙堂抓住衣服阻拦。两人扭打在一起，滑倒在水泥地上。

"啊！"警部喊叫着从房子对面的台阶滚落下去。

"仙……仙堂警官！"

裤田一溜烟地跑下台阶，只见仙堂躺在地面低吟。他见裤田来到身边，伸出手来，示意自己没问题，然而他似乎摔伤了腿，站不起来了。

对方紧挨着他躺在水坑里。或许是因为摔倒瞬间仙堂挺身而出伸出援手，此人只受了点轻伤。不过对方杀意已经消磨殆尽，不再动弹，虚弱地喘着气，任凭雨水击打着憔悴万分的侧脸。

搜查人员从台阶上下来，将此人团团围住。雨势越来越大，但是没有一个人在意。所有人皆已目瞪口呆。

少年走进这个圆环。

他既没有夸耀自己的胜利，也没有因为结局而安心。他用浑浊的双眸俯视凶手，带着几分寂寥地说：

"初次见面，城峰美世子女士——来吧，哪位能给她戴上手铐？"

2 解说

"你来晚了。"

"抱歉，停车场太挤了……"

"柚乃，早上好！"

"你好。"

在约好碰头的商店前，梅头瞪着哥哥，柚乃则与香织击掌问好，又和手捧花篮的有纱相互鞠躬。站在一旁的无用之人别说是打招呼，连看都没看她一眼，正打着哈欠玩手机。

"香织，你是把他从睡梦中硬生生叫起来的吧？"

"推理正确！"

这事，不用推理也知道。

"领带，你最好是规规矩矩系上。这也算是探望病人嘛。"

"没关系。葬礼的时候我会好好系上。"

"你要是当着他的面说，会被杀死的哦……"

算了，穿着校服来已经不错了。不对，恐怕这也是香织给他套上的。

"人都到齐了。那我们就走吧。"

在白户的带领下，三名刑警和四名风之丘的学生向五楼的整形外科病房走去。

柚乃是头一回来大医院。来之前她满脑子都是阴风惨惨的想象，而现在，她在扶梯上透过玻璃看见的中心花园，漂亮得像公园似的。散步的小径上，一名护士正推着轮椅上的少年向前走。头顶上就是周六的艳阳天。

或许是因为昨天下起的雨在夜里就停了，也仿佛是因为各种情况都已告一段落，这碧蓝的天空比平时显得悠闲恬静。

他们要去的是 506 号病房。门上贴着名牌：仙堂裕次郎。哥哥敲敲门，一名戴着眼镜的少女开了门。

"我是……"

"哟，你们来啦。"

疑惑的少女身后传来熟悉的声音。没穿西装，而是身穿蓝色病号服的警部从床上坐起身来。在他身边的是一位他们未曾谋面的中年女性。

"我工作上的伙伴来了，你能让我们单独待会儿吗？"

"原来是这样啊。不过，你可能还有需要的东西……"

"没关系，你回去吧。"

"短裤，真的三条就够了？"

"你回去！"

看上去他们就像是爱操心的妈妈和青春期的儿子似的。在仙堂的再三命令下，她不情不愿地站起身，对这帮人点头示意，领着女孩离开了病房。在擦肩而过之际，少女看了一眼柚乃，面带疑惑地歪歪脑袋，最后还是一言不发地向电梯方向走去。她或许是在奇怪，为什么"工作伙伴"里会有高中生吧。她没穿校服，但看上去应该是初中生的年龄，气质中虽略带仙堂的强硬，却眉目清秀很是好看。

"这是您太太和女儿？"哥哥问道，"其实不用让她们回去的。"

"我奉行的原则是不把工作带回家。行了，你们随便坐吧。"

这是单人病房，窗户开着，吹进来柔和的风。房间虽小，但窗户边上有个架子，放置着电视机、冰箱。靠走廊的墙边放着客人用的小桌子和四把椅子，有几分商务酒店的模样。现在的病房都这样吗？还是因为患者的社会地位高？仔细想来，"警部"也是个不得了的头衔呢。

右腿上缠着石膏的仙堂裕次郎（柚乃是头一回知道他的全名）看上去有些难为情，其中几分大概就是为了这优厚的待遇。

"你们不用特地来看我的，伤得又不重。哦，连白户警官也来啦，真抱歉，还有你们……"

"没关系，警部平常很关照我们嘛。"

"我不记得关照过你啊。"

他冲着香织皱皱眉头，又笑着对有纱说：

"城峰同学不要紧吧？后来没再受打击吧？"

"嗯，没有。我还好……警部，您的腿情况怎么样？"

"只是骨折而已，两三个星期就好了。"

"只是踩滑从台阶上摔下来而已嘛。"

画蛇添足的一句话让拯救少女的警部凝固了笑容。说话人却还在摆弄手机。

"你也来了呀。"

"你说得就像是不愿意我来似的。"

"看你的态度，好像是不愿意来嘛。"

"昨天，我为了做好看《冰果》最后一集的准备工作，把前面的二十一集都看了，现在很困，我可以在刑警先生旁边躺一会儿吗？"

"袴田，你快按键把护士叫来，我想要镇静剂。"

"我是在开玩笑。你看上去比我预想的要精神多了，这比什么都好。"

里染伸出手来，把一个纸袋递给仙堂。

"这是什么？"

"我把文库本《Black Jack》的全集给你带来了，给你住院时解闷。"

"你是故意气我吗？"

"哪有啊！我是为你考虑。还有，这书我已经读了很多遍，你出院后也不用还给我，送给你了。"

"我的病房不是你处理旧书的地方！"

柚乃心想，这样下去会影响病人身体，连忙说："好了，好了。"大家各自拿出慰问品来拯救警部的坏心情。

柚乃和哥哥一起准备了混合装西式点心，保土之谷警署准备了水果。有纱带来了黄色玫瑰插花，香织则准备了住院用的洗漱用品。仙堂蛮不好意思地"嗯""哦"着接下了礼物。最后，极不情愿地接过了里染的纸袋。

"嗯，你就当成度假，好好休息休息。"

"我可不愿意在这种不能抽烟的地方度假。袴田，搜查总部没出什么问题吧？"

"照常营业。大家都很担心仙堂警官。对吧，梅头警官？"

"大家都说呀，幸亏摔下去的不是自己。"

"梅头警官，你注意一下气氛嘛。气氛。"

趁着刑警与仙堂说话，有纱把花装饰在架子上，柚乃和香织则从冰箱里拿出绿茶，倒好分给大家。接下来大家觉得有些无聊，便围着小桌子坐下了。

这么一来，柚乃觉得这似乎和在里染房间里休息没有太大差别（不过房间的干净程度有天壤之别）。眼下，坐在椅子上跷着二郎腿的里染就完全不在乎受伤的人，喝着茶，就像在自己的城堡里一样——果然不该带他来。

"我说——"

就在冷场的时候，有纱对刑警们说：

"美世子婶婶……"

房间里热闹和睦的气氛冻僵了，瞬间恢复了医院原有的安静。不过，哥哥对这个问题似乎有所预料，回答道：

"她袭击你的时候似乎处于精神错乱的状态，但是逮捕后接受讯问时神志很清醒。尽管她基本上还保持沉默，但已经承认人是自己杀的。"

"是吗？"

有纱用几乎听不见的声音说，手紧紧拽住裙裾。虽然美世子拿着菜刀袭击了她，可她还是难以接受这个事实。受害人的母亲是凶手——这个真相让与此毫不相关的柚乃等人都很震惊。

城峰美世子杀害了城峰恭助。为什么她要这么做？那天晚上发生了什么事？疑问多得数不清。但是，其中最为让人放心不下的——

"里染！"

仙堂喝干绿茶，叫了顾问的名字：

"我有一件事要问你。"

"什么？"

"你是怎么知道她是凶手的？"

少年把没喝完的茶放在桌上，终于把头从手机上抬起来，然后对白户点点头。

这位五十上下的刑警伸手从包里拿出了一把小美工刀和《遥控刑警》，放在侧台上。全都是案发现场如假包换的真东西。看来这是里染事先安排好的。仙堂责备地看了一眼把证物带出来的白户，但接下来也只是耸耸肩膀，一副"事到如今说了也没用"的表情。

柚乃和香织在椅子上坐直了身体，有纱也紧紧地抿着嘴，像是做好了思想准备。仙堂在床上撑起上身，刑警们站在他身边，静静地等待顾问开口。不知何时，哥哥已经准备好了笔记本和钢笔。

里染重新系好深绿色的领带，从椅子上站起来。

3　从美工刀入手

　　"在这次的案子中，我犯了个大迷糊，一直没有注意到近在眼前的机会。为了讲得更明白，我从头把这个大迷糊给大家讲一讲。锁定凶手的条件主要有五个。我会挨个确认，如果有不同意见和疑问，请不要客气，尽管提出来。"

　　开场白的同时，里染靠近窗边，从架子上取过一件证物。

　　那是插在受害人屁股口袋里的黄色美工刀。

　　"在第一天勘验现场的时候，我首先留意到了这把美工刀。这种类型被称为伸缩式美工刀，通过调节螺丝来控制刀刃出入。它和装在笔袋里的替换刀刃品牌、厂家和大小都一致，因此可以断定这是恭助的个人物品。特征大致就是这些，不过仔细一看，有一点值得关注，那就是刀尖略有缺损。"

　　里染把刀刃推出几厘米，指着刀尖。

　　"刀尖严重生锈，但是缺损的断面却很干净，看来是最近刚刚才弄坏的。而且，如果是几天前缺损的，就应该是恭助把刀刃折断的。由这一点看来，我认为刀尖是案发当晚在图书馆里弄坏的。

　　"假设是在馆内弄坏的，其原因会是什么呢？很难想象这是由于撞上了墙壁和桌子。正常人不会挥舞处于伸展状态的美工刀，恭助的衣服上也没有留下搏斗的痕迹。既然是这样，最有可能的原因就是掉在地上了。但是，案发现场的书架周围并没有发现刀尖的碎片。美工刀如果掉在开架区，本来就难以导致刀尖缺损，这是因为开架区地面全都铺上了柔软的地毯。那会是落在馆内哪个地方了呢？办公区？不对，搜查人员已经检查过那里了。如果有碎片，立刻就会被发现。要说到馆内其他地面，且警察没有搜查过的地方，会是哪儿呢？"

"卫生间！"

哥哥喊叫起来。他受到的冲击战胜了医院的礼节。

"是的。这只是推测。但是只要搜查卫生间就可以确认，这很容易办到。我作为尝试，去了距离案发现场最近的二楼卫生间。在卫生间一找，果真发现了碎片。"

柚乃回忆起第一天的现场勘验。

在检查完美工刀之后，里染突然提出想去卫生间。他一边走向卫生间，一边嘟哝着："要找的是刀尖。"

柚乃终于明白了勘验现场时他的奇特行为。

"碎片是这把美工刀的一部分，第二天哥哥的报告也印证了这一点。另外，据说碎片里含有少量卫生间地面的材料，因此可以明显看出，有人把美工刀带进了卫生间，而且把它掉落在地上摔坏了。"

里染像拿指挥棒似的挥舞着美工刀，继续说：

"这个人是谁呢？这可以从指纹上判定。要把美工刀带入卫生间，这个人必须触碰两个地方，一是美工刀本身，还有一个是卫生间的门把手。我们首先考虑前者。哥哥，美工刀上有谁的指纹？"

哥哥翻看着他常用的笔记本，说道：

"只有城峰恭助的指纹，另外也没有被擦拭过的痕迹。"

"那么，有可能触碰美工刀的人，只可能是恭助自己，或是戴着手套，小心翼翼以免留下指纹的人。采取这种行为的人，在案发当晚的图书馆里，只有一个人。"

"凶手……"

香织轻声说道。里染点点头：

"可是，凶手会不会没戴手套呢？因为凶器上的指纹是被擦掉的……"

听到柚乃的观点，里染点点头，说：

"是啊。键盘盖子和凶器上的指纹的确被擦掉了。可这是因为，这些地方是凶手行凶之前触碰过的地方。作案后的凶手，为了不在现场留下更多的指纹，应该是非常谨慎的，她会把手帕卷在手上，或是用衣襟把手隔开。其证据，就是便门内侧门把手上的指纹并没有被擦掉。这是因为凶手离开图书馆的时候，并没有直接接触门把手。"

"哦，原来如此。"

这么说来，凶手也有可能触碰过指纹未被擦掉的地方。

"我们再说回来，"他又开始面对所有人讲述，"美工刀上的指纹可以将候选人缩小到恭助和凶手两个人身上。那么另一个地方，卫生间的门情况如何呢？哥哥，卫生间的门上有恭助的指纹吗？"

"没有，没有他的指纹。"

"也就是说，恭助并没有进入卫生间，剩下的候选人就只有凶手一个了。因此，把美工刀带入卫生间的就是凶手。而且这应该是发生在杀人之后。原因嘛，就是刚才对袴田妹子解释过的那样。"

里染在此稍作停顿，拧拧黑色螺丝，把伸展的刀刃缩回美工刀外壳里。

床上的仙堂不悦地交叉着胳膊，说：

"也就是说，情况是这样——城峰美世子……"

"刑警先生，我的解释还处于初期阶段，请暂时用'凶手'这一词语。"

"哦，好的好的……'凶手'杀害城峰恭助之后，取出他的美工刀，上了二楼，又再次返回，把刀插进了屁股上的口袋里。"

"从逻辑上来看是这样的。另外，我认为美工刀一开始就是插在他屁股口袋里的。如果凶手是从笔袋里取出来的，那为了不引起怀疑，就应该放回笔袋呀。"

"可是，为什么凶手要把美工刀带进卫生间呢？"

"很容易就能知道凶手拿它做了什么。刀刃在卫生间里发生了缺损，意味着当时刀尖是暴露在外面的。刑警先生，我们把刀刃伸展出来，会是在什么时候？"

"切割某样东西的时候。"

"是的。还有可能是为了擦掉刀刃上附着的某样东西，或是把刀刃掰掉一部分。不过这些可能性都可以否定。因为，美工刀上没有被擦拭的痕迹，刀尖生锈，也不会是刚刚掰掉旧刀刃后露出的新的部分。那么凶手一定是在卫生间里切割过什么。

"另外，如果美工刀在卫生间里伸缩过，也可以用来解释凶手把美工刀掉在地上的原因。稍作想象就能发现，在用手帕包裹手指的状态下操作美工刀，是相当困难的。在旋转螺丝伸缩刀刃的时候，手一滑，把刀掉到地上并不牵强。"

警部想象着凶手使用美工刀的场景，动动右手，"嗯"地点点头。里染接着说：

"因此，对刑警的总结可以补充如下：凶手在杀害城峰恭助之后，从他的裤兜里拔出美工刀，去了二楼的卫生间，在卫生间里切断了某样东西。接着返回现场，把美工刀重新放回裤兜。"

缺损的美工刀刀尖，三毫米左右的细小碎片，为我们指引了通往不可捉摸的凶手的道路。

前来探望的人彻底忘记了来此的目的，而患者本人仙堂也完全忘记了右腿的疼痛，听解释听得入了神。所有人的目光都集中在窗边里染和他右手摆弄的美工刀上。

但是，还有很多不明了的地方。

"切割某件东西这一点我能理解。可是凶手为什么一定要去卫生间呢？"

"还有，凶手到底切割了什么？"

梅头和白户代表大家问道。

"女士优先，我先来回答姐姐的疑问。凶手在卫生间里使用美工刀，绝对不是心血来潮，也不是顺便为之。照明的问题证实了这一点。开架区卫生间的照明是感应式的，夜间会切断电源。二楼的卫生间没有窗户，所以，比起卫生间里面，有月光的室外会更加明亮。依靠手电筒的微弱灯光，用美工刀切割某样东西，比起卫生间里，外面会更容易操作。然而凶手却仍然选择在卫生间里使用美工刀，一定是因为迫不得已。"

"是因为什么呢？"

"我的线索是发现刀尖的位置。刀尖的碎片确实是在卫生间里发现的。洗手池的镜子上有裂缝，上面贴着写有注意事项的纸，仔细一看，能发现这张纸四个角上的胶带有重新粘贴过的痕迹。我把纸揭下来一看，发现左下角的胶带背面附着有银色碎片。"

实际参与卫生间搜查的柚乃和哥哥对视一眼。

是的，那是最让人难以理解的地方。胶带背面附着有碎片，这是怎么一回事呢？

"美工刀掉到地上，刀尖出现了破损，这是不可置疑的事实。但是，碎片自己蹦起来钻进胶带空隙，是不可能发生的奇迹。既然这样，那么在美工刀发生破损的那一瞬间，原本粘好的纸是从墙上揭开的，胶带被重新粘贴的痕迹也清楚地证明了这一点。

"也就是说，粘贴的纸曾经一度从墙上揭下来，反面朝上摆放在地上。凶手试图使用美工刀的时候，不小心把它掉落在地上。这时候刀尖的缺损部分弹到纸上，附着在了胶带背面。凶手在没有发现这一点的情况下，又把纸重新贴回了原处。"

里染变换着手势姿态进行着讲解：

"总结起来就是，凶手在使用美工刀之前揭下了贴纸，使用美工刀之后又把它贴了回去。为什么凶手会采取这种莫名其妙的行动呢？可以合理解释的答案只有一个。"

"为了照镜子……"

有纱小声说道。

"是的。既然摘下了粘贴的纸，接下来能做的只可能是照镜子。也就是说，凶手用美工刀切割某样东西的时候，无论如何都需要照镜子。这就是凶手必须在卫生间里使用美工刀的原因。"

镜子——的确，在图书馆这样的设施中，唯有卫生间里才有镜子。

柚乃忽然想起考试第一天的早晨。

她慌慌忙忙地跑进卫生间收拾自己时，在镜子里看见的东西。自己的脸，还有——

"那么最后，我们来思考一下白户警官的疑问。凶手用美工刀切割的是什么？它可以用美工刀切断，而且切割时必须要照镜子。也就是……"

听了他的话，屋子里的人不约而同地缓缓抬手，伸向自己的脑袋，条件反射地摸摸它。仙堂的夹杂着灰色，香织的别着红色卡子，柚乃的中长及肩。

里染则用手指捏着半遮眼睛的它，痛快地说：

"头发。"

里染把美工刀这件证物放回架子，发出将棋落子时的清脆声音，在鸦雀无声的病房里回响。窗户外面隐约传来院内广播的声音，却又转瞬即逝。墙上的挂钟的指针恰好指向十二点。

哥哥胆怯地开口说：

"凶手行凶之后割断了头发？"

"把美工刀当成剃刀用了。不过，凶手当然没有大量割断头发，我认为只是割断了发梢的一部分。"

"可是为什么凶手要割断一部分头发呢？"

"既然凶手行凶后在现场割断头发，原因就很明显了。凶手的头发上沾上了血。"

哥哥"哦"地应了一声，似乎立刻理解了，但是瞬间之后他又歪着脑袋疑惑不解。仙堂在床上指出：

"受害者是半蹲状态遭到了致命一击，鲜血四溅，地上到处都是。鞋子、裤子上沾上血还好理解，可是要溅到凶手的面部或是头上就难以想象了。"

"不是在击打的时候溅上的。恭助断气后，凶手头发的一部分浸在了蔓延在尸体头部周围的鲜血中。"

"你的论断太片面了吧？头发的事也就是个推测吧？"

"可是我有证据。"

里染立刻回答，伸手取过《遥控刑警》。他展示给柚乃等人看的不是写着死亡信息的封面，而是书的侧面。

上面有好几根像是某种纤细东西蹭上的血迹。

身着病号服的警部，就像遭人乘虚而入似的瞪大了双眼。

"这个血迹，是我在现场勘验时关注到的另一条线索。不管怎么看，它都像是某种沾上血的东西在书页上蹭上的痕迹。而且，这不是一根，是好几根。我觉得能蹭上这种血迹的只可能是头发。然而恭助的头部，在他倒地之后没有任何移动的痕迹。"

柚乃差点啊地叫出声来。现场勘验的时候，里染把尸体的头部抬起来，原来是为了确认是不是头发蹭上了书啊。

"如果不是受害人的头发，那就是凶手的头发了。割断头发的只可能是美工刀，而且现场的确存在头发蹭上的血迹。或许只凭借其中一个依据还不够确凿，但是两个条件都存在，情况就不同了。根据以上两点，我确信，凶手割断的是头发，原因是头发浸在了血里。"

在此得出了结论。梅头似乎终于跟上了顾问的节奏，连连点头。仙堂还咬着不放：

"可是，鲜血只是在地面上蔓延开来，对吧？书也没有在地上移动过的痕迹嘛。"

"对。所以，要把头发浸泡在血液里，而且要蹭上书，就需要凶手把脸贴近地面，别无他法。"

"把脸贴近地面？这种动作……"

"从现场情况来看，这种动作是很有可能的。这么讲是因为，'它'存在于地面上和这本书的封面上。"

里染把书的角度略微一变，把《遥控刑警》的封面——用红色鲜血写下的死亡信息展示给柚乃等人。

"我第一天也说过，凶手不可能没留意到死亡信息。那么假设注意到了，且试图看清地面上的东西时，人通常会采取什么样的行动呢？应该会在一定程度上把脸靠近地面。或者是想要添加伪造的信息时，为了谨慎起见，也应该会蹲在地上。有很多人写字的时候会过度地把脸凑近，对吧？无论是哪一种情况，凶手的头发接触到血都是正常的。我依据某个原因，断定后者的可能性更大……"

"某个原因？"哥哥问。

"现在解释的话顺序会乱，我一会儿再讲——总之，像那样把脸贴近地面的时候，垂在前额的头发部分浸泡在了鲜血里。凶手慌忙移开脑袋的时候，头发蹭到了书，留下了线状的血迹。凶手当时应该是狼狈不堪。鞋子、衣服也就罢了，头发沾上血，即使少量也相当令人担心，而且有可能被人看见。于是，凶手从尸体的屁股口袋里拔出美工刀，跑进二楼的卫生间，照着镜子把带血的发梢割断了。"

里染把《遥控刑警》放回架子。仙堂叹了口气，总算是松开了交叉在一起的胳膊，然而表情依然严肃。

"我接受你的解释。不过，有一个根本性的问题想要问你。刚才你讲的这番话，和圈定凶手有关系吗？"

"当然有关系。这么说是因为，从这一事实，我判断出了凶手的头发长度。"

一听到这条具体信息，刑警们的目光猛然间都变得更加敏锐。

刀尖的碎片和卫生间的镜子推导出了割断头发的事实，根据这一推理和书的血迹又推导出了头发上染血的事实，从死亡信息推断出凶手脸部贴近地面的事实——思索正在结出果实。

"凶手的脸再贴近地面，其距离也通常存在限度。凶手的视力再弱，或是说再怎么谨慎地试图伪装，最低到三十厘米也就足够了。总之，凶手的头发不可能是我或者香织这种长度。如果我和香织非要把头发浸泡在血里，就几乎需要把整个脑袋都贴在地上了。要是这样，会有相当大范围的头发沾上血，那可就不得了了，远不是割断发梢就可以蒙混过关的。"

短发的香织把手比画成地面，时近时远地移动着脑袋，点点头。

"嗯，没有柚乃那么长的头发，恐怕很困难。"

柚乃也同样试了试，果然，自己这种长度的头发，下蹲到一定的程度，会仅有发梢触碰到地面。

然后，她又忽然意识到。里染在勘验现场之后，问过图书馆管理员，他们当中有没有人和昨天相比，外貌发生了很大变化。如果短发的人勉强剪掉头发，发型应该会发生肉眼能够分辨的变化。他或许是想排除这种可能性。

"另外还有一点。假设凶手是头发长及胸部或腰间的人，且发梢沾上了血。然而，这种人此时会考虑'糟了，赶快去有镜子的地方剪掉发梢'吗？如果头发都那么长了，无论是哪一个部分的发梢沾上了血，都可以轻而易举地把头发拉到眼前剪掉吧？也就是说，没必要特意去卫生间，也不需要费事地揭下粘好的纸来照镜子。在剪发梢的时候需要看镜子的长度，最多不超过四十厘米。因此，凶手头发的长度，大约在三十到四十厘米。虽然很难判断准确的数值，但至少要和袴田妹子的一样长，而且要高于胸部、腰部，可以定义为及肩的长度。"

"你等等！"

香织打断了他的话。

"我说，有无可能，这不是头发，而是胡须？"

"真是个好问题。可是很遗憾，这不可能。首先，胡须比头发量少，如果剪断发梢会很显眼。第二，胡须和头发的道理一样，尖端部分要接触地面需要一定的长度。但是，胡须和头发不同，它生长在容易进入视野的地方，因此有二十厘米长就足以用手拿到眼前看清了。第三，本来现代社会的日本就很少看到留那么长胡须的人。案件相关人员当中也没有留胡子的人。"

"照这么说确实如此呢……"

香织伸手摸摸自己的下巴，就像是在惋惜剃掉的假想胡须。

"所以，这是第一个条件。"

里染从衣兜里掏出一支签字笔，面向病床正对面的墙壁。仙堂立刻喊叫起来：

"你要干什么？"

"正好墙壁很白，可以当作白板用。"

"那怎么行！住手住手！我可不想挨骂。"

"又不是我挨……没事，这是水性笔，不怕。"

"你刚才是不是想说：反正又不是我挨骂，不怕？"

警部想要阻拦他，无奈右腿骨折动不了。警部的奋力一搏毫无功效，最后的结论已经写在了即席白板上。

第一个条件：长发及肩的人。

"你断言桑岛不是凶手，原因就在于此？"

哥哥一面把这句话抄在笔记本上，一边玩味着说。

"是的。第二天傍晚，在确认碎片和指纹信息之后，我推导出了这一条件，同时就知道了桑岛法男不是凶手。他是个光头，根本就没有头发用来浸泡在血里。就算他被图书馆解雇之后蓄了发，两三个星期也最多只能到运动员的板寸长度。距离长发还差得远。"

坚持桑岛是凶手这一主张的仙堂赌气似的扭扭身子。床垫不甘心地嘎吱作响。

"那么，大家有什么想问的吗？"

里染询问病房里的各位。白户第一个举起手来：

"有两点想问。我怎么都想不明白，卫生间里也有洗手池对吧？凶手没有用水清洗鲜血，也没有用打湿的东西来擦拭，这是为什么？我觉得这比用美工刀割断要简单呀。"

"确实如此啊。另一个问题呢？"

"一楼卫生间也有镜子吧？如果想照镜子，去一楼卫生间就可以了，为什么要到二楼去呢？就算是为了节约时间，上下楼梯和谨慎地揭下贴好的纸，两者花费的时间也差不了多少嘛。"

"你提出的问题很尖锐啊。不过，无论哪一个都可以用一个答案来解释。凶手害怕脱落的头发会有血液反应。"

白户摸摸自己头发稀少的脑袋，反问道："脱落的头发？"

"头发这种东西，在我们没注意的情况下，会大量脱落。凶手在来回活动的过程中，或许也掉了几根头发在现场的地面上。图书馆是人来来往往的公共设施，如果发现了一般的头发怎么都好解释。然而，如果脱落的头发发生了血液反应会怎样？"

头发和血液反应。可以拿来当范本的证物。凶手会被一击而中。

"即使清洗头发，也洗不净血液的痕迹。对于凶手来说，尽量不要移动，在距离现场近的地方割断沾血的发梢，收在衣兜里，或是扔进马桶冲走，绝不留在现场，这样更为安全，即使多少有些费事。"

"呵呵……这是只有头发才能形成的原因啊。"

"的确如此。不过这是我想象的，或许还存在其他原因，比如凶手只是不够冷静，或是自己杀害的人流淌的血沾在头发上令凶手非常害怕，想尽快从身体上割离。"

等里染结束了他和白户的对话，柚乃等人把目光移向桌子，问道：

"主席怎么看？看上去你有话要说。"

"嗯……里染同学刚才基于各种线索进行了推理，可是你有没有考虑过，这些都是假的线索？当然，通常不会出现这种情况，而且凶手已经被逮捕了，说明里染同学并没有上当。"

"不愧是侦探小说家提出的看法啊。"

"我……我不是什么小说家。"

有纱轻声辩驳。里染并不在意，说道：

"假线索的设想可以很容易地否定。关键证据是胶带背面附着的碎片。如果这是假的，为了伪装成这样，就必须去卫生间，揭下贴好的纸，把碎片沾在胶带背面，再把纸重新贴回去。然而如果要在不留指纹的状况下完成这些行动，比使用美工刀还要费事。总之，留下痕迹的危险性非常之高。可以说，要在书上留下假的血迹也是同样的状况。凶手只是为了误导警方，就冒如此大的风险并不合理。你不觉得吗？"

"我觉得是这样。"

"因此，那些线索不是伪造的。所以，第一个条件是真的。还有其他问题吗？"

他轻描淡写地问完这话，环视病房。没有一个人举手。

里染轻轻叹口气，回到柚乃等人的桌边坐下，一口气喝光了玻璃杯里剩下的绿茶。

香织倾斜饮料瓶，把空了的杯子加满。

4　接触的东西就是全部

"在确定第一个条件之后，我按图索骥分析了图书馆的管理员们，但是凶手不在其中……你们权当推理过程的一部分听听吧。"

里染坐在椅子上继续讲解。

"五名管理员中有三名是长头发。寺村辉树、久我山卓，还有上桥光。其中，根据我第一天对死亡信息进行的推理，久我山可以排除在外。另外，寺村把长头发束在脑后，如果他行凶时也是这种状态，他的头发就不太可能沾上血了。因此，凶手是上桥光。这是第二天我得到的答案。"

尽管从结果上来看这是错误的，可仅仅根据一个条件就得以圈定凶手，不禁让柚乃听得目瞪口呆。

"所以，你当时质问了上桥小姐……"

和他一起进行第三天调查的有纱喃喃道。里染用杯子向她致意：

"对。虽然还有几个地方不清楚，但是我乐观地认为，真凶就是她。因此，我第三天去图书馆做进一步调查。我探了上桥光的口风，为了确认密码的事，也对久我山穷追猛打……然而这时却出现了点小问题。"

"什么问题？"

"地面，刑警先生。案发现场地面的血迹。"

里染用鞋尖叩击着地面：

"我怎么都搞不清楚的一件事，是凶手在杀人后擦拭了现场的地面。我认为凶手试图擦掉留在地面上的某种痕迹。但是，现场是公共设施，留有再多的痕迹，把它擦掉也是神经过敏。凶手擦掉了什么，又是如何擦的？为了查明这一点，我用血和水做了一个简单的实验。"

里染对白户等人和香织概括地介绍了实验内容。分几次将血和水滴落在地上。用略有差异的方法擦拭。

"结果，我弄明白了三件事。袴田妹子，我昨天也跟你说过吧？还记得吗？"

"啊？嗯……"

①图书馆的地毯一旦附着液体，就无法轻易擦掉。

②浸入地毯的水分即使经过二十四小时也不会干燥。

③凶手擦拭了地面。

正在翻看笔记本的哥哥给她解了围。"你真是什么都记录呀。"梅头无语地嘟哝道。

"谢谢哥哥。那么，你们不觉得这三点在逻辑上有问题吗？附着在地面上的液体无法轻易擦拭干净，也不会完全干燥挥发，可凶手却采取了干擦这种极其简单的擦拭方法。尽管如此，凶手却完美地消除了留在地面上的痕迹。"

"听你这么说……"

确实很奇怪。

香织说道："既然凶手擦拭了地面，那一定是洒了或是滴落了某种东西。"哥哥他们也猜测说是唾液或者汗水。但是，通过干擦的方式就得以完美消除痕迹，是不是意味着，凶手擦拭的并不是液体？可是，除此以外还有什么东西需要通过擦拭地面来消除呢？——等等。

"我们再来归纳一遍。"

就在柚乃灵光闪现的同时，里染说道：

"凶手擦掉的东西，是图书馆的地毯上通常不会附着的。如果在谋杀现场发现的话，会成为致命证据，而且通过干擦就可以完全除掉的、液体之外的某种东西。符合这些条件的东西，这世上只有一种。刑警先生，你们不知道吗？"

病床上的警部似乎恍然大悟。他皱起眉头，用仿佛凝结了他三十年刑警生涯的粗大嗓音吼道：

"指纹啊！"

里染默默地点点头，然而警部却并未面露欣喜。

"我早就该发现了……凶手擦拭的不是地面。我如果考虑到，擦拭的是杀人现场的一部分就好了。"

"我理解你的心情。我注意到这一点也是在第三天下午了。我真是太愚蠢了！"

"啊？等等！"香织说，"你是说凶手用手触摸了地面？"

"对。而且是一个一米见方的大范围。我们就这一有趣的事实来做进一步思考。"

里染从椅子上站起身，继续深入推理：

"首先，凶手是什么时候触摸到地面的？地面上的血迹大部分都已经模糊，只有凶器下面还清楚地残留着血液，没有擦拭的迹象。这意味着，凶手触摸地面，应该是在凶器放在地上之后，也就是杀人之后。"

"可是，杀人之后，凶手为了不在周围留下指纹，应该很小心吧？比如用手帕之类的把手遮住。"梅头指出。

"是的。所以，与此不产生矛盾的话，这个时间点应该是在刚刚行凶之后。凶手打死恭助，但还没想好如何避免留下指纹时，蹲在地上，用手在脚边摸来摸去。尸体、凶器的位置关系也可以证明这一点。"

"杀人之后触摸自己的脚边，为什么？"

"这就是问题所在。"

面对越来越摸不着头脑的梅头，顾问冷静地说：

"为什么凶手会采取这种行动？我们用手摸地面的场景其实并不是很多。例如凶手倒立，或是做俯卧撑？这不用讨论吧？刚杀了一个人，怎么可能做这种事？那么，凶手有没有可能是没站稳，手撑在地上稳定身体？这个似乎有可能，可这种情况下，只需要支撑一两个地方就行了。即使凶手行事谨慎，擦拭了地面，也不需要把一平方米的范围整个都擦吧？那原因是什么呢？

"我先岔开一下话题，请大家回忆一下恭助的手电筒。他的手电筒被凶手带离了现场，凶器上有两只手握过的痕迹，而且用书把人打死，本来就需要使出两只胳膊的力气，这几点证明，凶手行凶时一定没有携带手电筒。基于这一点，我们来想象一下行凶时的画面吧。被袭击的恭助脚步踉跄，倒在了离凶手有一定距离的地方。他拿在手里的手电筒应该也滚落在了同一个地方。这么一来，凶手的脚边会发生什么情况？必然会漆黑一片。那么，袴田妹子——"

"在，我在。"

被突然点名，柚乃条件反射地挺直了背。

"请你起立，闭上眼睛！"

"闭眼睛？"

"快点！"

"好……"

柚乃姑且按照他说的做了。她从椅子上起身，闭上了眼睛。眼前的景色消失了，只能透过眼皮感受到外界的光。

咔嗒——她听见脚步有响动，接着又听见了里染的声音：

"我刚才把签字笔扔在地上了。就在你身边，你捡起来好吗？"

"啊？闭着眼睛？"

"闭着眼睛。"

"算了，让我捡我就捡呗。"

看不见让人怎么捡？

柚乃在心里埋怨着，蹲下身来。她缓慢地用手摸索着寻找签字笔。她的右手摸到了椅子脚、桌子脚和香织的鞋子，但是没发现笔一类的东西。再往前，她的脸颊触碰到了一个柔软的东西。

"啊"——她听见了有纱的声音。看来是撞在了她的大腿上。柚乃连忙换方向。

为什么非得干这种事不可？刑警们都还看着呢。她心里想着，越发害臊起来。她几近匍匐，手也在地上——

"啊！"

柚乃恍然大悟地睁开了眼睛，里染的脚就在距离她几厘米的地方。

"你辛苦了，可以起来了。看上去你眼睛也不好用。"

"这明明是你让我干的嘛！"

然而这样一来，柚乃发觉自己就像个气势汹汹的母老虎似的冲着里染，极其屈辱，赶紧站起来。她感到有人正用一种无地自容的视线在盯着她，原来是哥哥，他看上去已经快晕过去了。签字笔就落在柚乃身边，里染把它捡起来，对所有人说：

"就像大家刚才看到的那样，在地面大范围留下指纹，和现场一片漆黑这两点结合起来考虑，这是唯一的答案。凶手在黑暗中为了寻找某件东西而用手在地面上摸索。在行凶时的慌乱当中，凶手把它落在了地上，因此试图找到它。"

嗬——白户颇具古风地感叹一声，接着又向侦探询问道：

"但是，凶手落在地上的是什么呢？"

"所谓疑问无穷无尽就是指这种情况啊。接下来我们来做一种思考。

"首先，在地面四处摸索，表明这件东西很难找——也就是，①可以断定它是个比较小的物品。但因为没有在书的下方寻找的痕迹，所以不是纸张或者笔记的碎片。②可以断定，它是有一定厚度的物品。其次，凶手用手在地上摸来摸去是在刚刚杀完人之后，因此这件物品是一旦掉落就会立刻发现的东西。所以，这是凶手自己的东西。而凶手因为拿着凶器而两手不空，这一点结合①、②，可以得出结论③，这是直接穿戴在身上的物品。而且最为重要的是，凶手没顾得上去捡起手电筒，也要先把这件物品找到。也就是说，明明捡起落在地上的手电筒照着地面，就能容易地找到掉落的东西，可凶手却完全失去理智，采取了在黑暗中用手摸索的方法。留下指纹这件事本身也体现了凶手的极度慌张。因此，凶手掉落的东西，④一定是必须首先捡起来的，对于凶手来说极其重要的物品。"

罗列完所知的一切信息，里染像个老师似的说：

"那么，大家觉得如何？我在这一时间点基本上已经得出了答案，你们呢？"

学生们你看看我，我看看你，就像在商量由谁来举手回答。

"好像还是很难解答嘛。那我再给大家提供一个线索。"

里染再次拿起《遥控刑警》，和刚才一样，把沾有头发血迹的书展示给柚乃等人看。仙堂不耐烦地叹口气：

"又是这个呀？"

"昨天我也说过嘛，所有的线索都是有机结合在一起的。

"我们颠倒一下说话顺序。请大家想想推导第一个条件的过程。我刚才证明了凶手把脸贴近过淌在地上的鲜血。应该是凶手试图看清死亡信息，或是企图伪造信息。

"我滴落血和水做实验时，也顺便做了一个相关测试。我把手指当作发梢，轻轻地触碰血液。血当时刚刚滴落，一摸就沾在了手上。但是一分钟之后再做同样的动作，我发现，只是轻轻触碰已经沾不上血了。这是因为血已经渗入了地毯。"

有纱似乎想起了当时的情况，连连点头。

"这一结果显示，凶手的发梢接触血液，是在恭助倒地后一分钟以内。从杀人到把脸贴近地面，仅仅过去一分钟。即使把血液蔓延开来的时间考虑进去，也是难以称之为充裕的短暂时间。如果算上凶手寻找掉落物品的时间，那就更是这样了……此时，请大家想一想，在这么短的时间里，凶手果真能够想出伪造死亡信息的主意来吗？"

这次的问题很简单。梅头轻声说："办不到。"

"对，办不到。因此，我断定凶手把脸贴近地面，是为了看清死亡信息。这件事是可以办到的。在凶手忙于寻找掉落物品的时候，倒地的恭助用鲜血写下死亡信息，断了气。凶手没有找到掉落的物品，认为自己需要把脚边照亮，试图捡起滚落在恭助手边的手电筒。但是，就在凶手靠近尸体的时候，留意到了手电筒照耀下的死亡信息，为了看清楚而把脸贴近了地面……就是这样一个流程。"

"那就是说，信息不是伪装的，是真的？"

"至少有一半是真的。"

听了哥哥的问题，里染换了一种更为严谨的说法：

"信息有两种，我无法断言哪一种，或是两种都是真的。有可能是凶手发现了一半信息之后，为了对人欺瞒它的意思，而添加了另一半。"

哥哥点头表示理解，又往前翻看笔记本。

"可是，你刚才说，试图看清信息和企图伪造信息这两点，后者的可能性更高啊。"

"对。这确实是个问题啊。你知道我为什么会这么说吗？"

"为什么？……哎哟，你等等！"

哥哥似乎注意到了什么，两道眉头间挤出了皱纹。然后他缺乏自信地说：

"如果凶手是及肩长发，略微弯腰的话发梢是不会碰到地面的吧？"

"应该不会。为了让头发接触地面，必须蹲下来，膝盖着地，甚至弓着背。"

"而蹲下来的目的是为了看清信息……可是，那条信息，我觉得不用把脸凑那么近也完全能够看清楚嘛。字不仅大，还简单。"

写在地面上的"く"和"○"。柚乃他们去现场的时候，站在尸体前面就看得很清楚了。

"我也这么认为。现场的光照度再靠不住，也应该能看得很清楚。即使看不清，把手电筒捡起来照照就行了。尽管如此，凶手却把脸贴得如此之近。这说明凶手的视力极其低下。"

"对啊……可是，眼睛那么差的人，在杀人之后完美地消除证据，而且逃离了现场，这恐怕才是难以办到的吧？"

里染就像和助手讨论的侦探，露出得意的笑容，说道：

"就是这样哟，哥哥。假设凶手是为了看清信息而把脸贴近地面的话，确实贴得太近了。如果眼睛那么差，是不可能像这样杀人的。因此，我认为头发沾上血是在伪装信息的时候。如果慎之又慎地进行伪装，贴得太近也是情有可原的。但是，实验结果却完全相反，出现了矛盾。究竟发生了什么事呢？"

哥哥苦苦思索片刻，最终摇摇头放弃了。里染微微一笑，说：

"实际上情况很简单。我只能认为，凶手把脸贴近地面的时候视力的确很差，而其他时候视力却很好。如若这样，情况便是：凶手仅仅是在把脸贴近死亡信息的时候视力一度低下。"

"一度……？"

"我们的视力通常不会像这样急剧变好或变差。这种现象只有一个，就是在短时间内佩戴或摘下矫正工具。我们已经获得了这一证据。凶手在杀人之后，把某件物品掉落在地上。要把消失在黑暗中的它捡起来，需要照亮脚边。因此，凶手靠近尸体试图拿到手电筒，却发现了死亡信息——这样的话，凶手把脸贴近信息的时候，应该还没有捡到掉落的物品。"

哥哥的表情僵住了，像是遭到电击一般。

"那我再来问问大家，凶手掉在地上的物品究竟是什么呢？"

柚乃不由得看了一眼坐在面前的香织和有纱。不仅是柚乃，刑警们的视线也都集中到她俩日常佩戴的工具上。塑料框架和镜片制作的矫正工具。

凶手想要捡起来的物品。

那是个比较小的物品，有一定的厚度，直接穿戴在身上的物品，对于凶手来说极其重要，而且，一旦掉落就会削弱视力的物品。

"新条件出炉！"

里染没有大声宣告，而是把答案直接写在了墙上。仙堂已经不再对他吼叫。

第二个条件：戴眼镜，且有可能把它弄掉的人。

第三个条件：视力极其低下的人。

"你是说凶手把眼镜弄掉了？"

香织摸摸红色的镜框，问道。

"对。恐怕就是在给被害人致命一击的时候。"

"真是运气不好啊……"

"运气是不好，但这并不是偶然。这是因为凶手为了打死被害人，连续两次用尽力气挥动大部头的书籍。如果凶手使出全身力气挥舞，必然整个身体都会活动。身体活动，眼镜也就容易掉下来。如果佩戴的眼镜镜框较松，在第二次挥舞的同时眼镜掉到地上也不是什么奇迹。"

里染补充完这句话，就像结束一幕表演后的演员退入侧台似的，又回到大家身边，坐在椅子上喝了一口绿茶。

不久，警部茫然地嘟哝道：

"你刚才说的这番话，全都是根据现场仅有的一点血迹想到的？"

"不是。"

顾问把杯子从嘴边移开，订正细节道：

"不是想到的，是经过有逻辑的思考得出的。"

5　红色信息的逻辑

接下来，解谜进程停顿了片刻。不知是谁起的头，大家传递着柚乃和哥哥买来的西式点心盒子，风之丘的学生们就像围坐在桌旁开茶话会，刑警们也在床边嚼起了饼干。柚乃选择的松糕，比起绿茶，味道更适合红茶。

"到此处为止还有什么不同意见吗？"

休息中讨论似乎也在继续，里染大嚼着白兰地蛋糕问。

"凶手佩戴的有无可能不是镜框眼镜，而是隐形眼镜呢？"

"不可能，如果弄掉一边，遮上这只眼睛就能像视力正常的人一样行动。"

"那如果两边都掉了呢……不可能？"

"隐形眼镜怎么可能轻而易举两边同时掉落呢？又不是鲁鲁修里的超能力者。"

香织服气地闭上了嘴。柚乃却搞不清他打的是什么比方。

"虽然显得刨根问底，但我还是想要问问……到此为止的推理有一个前提条件，就是杀人后擦拭地面、把头发浸泡在鲜血中的是同一个人。但是，案发当晚图书馆里应该还有一个人——桑岛法男。他在供词中确实说自己'什么都没碰'，可他当真就没有制造现场的可能性？"

"哦，这一点我忘记讲了。关于第三个人介入的问题，可以从十分钟这一限制时间进行否定。"

"限制时间？"

"我做实验时发现，沾在地毯上的血十分钟左右就完全渗入，用手指使劲蹭也沾不上血，而且即使用手帕擦拭也不再变得模糊。如果是这样，无论是擦拭地上的血迹，还是伪装死亡信息，都是在恭助被殴打后十分钟以内发生的。按照光亮的目击证词，桑岛来到现场是行凶后一个小时。因此，桑岛不可能制造现场。"

"嗬……那么，如果凶手是二人组呢？"

"凶手没有带照明工具，把恭助的手电筒拿走了。这意味着凶手没有携带手电筒。就像刑警先生第一天所说，如果有手机，背景灯就可以当作手电筒使用。凶手如果只是一个人，有可能是偶然碰上了无法使用手机的情况。可能是把手机忘在家里了，又或是电耗光了。但是，两个人的话情况如何？在现代日本，两个人的手机都不能使用是一种偶然性太强的状况。因此凶手是单独作案。"

"分析得很棒。如果有座垫①我都想送给你了。"

"如果枕头可以替代，那边就有。"

"那是我的！"

仙堂咬牙切齿。里染冲着嘴里咀嚼水果馅饼的有纱问：

"主席呢？你对伪造线索的问题，没有刚才那种疑问了？"

"嗯……你看，刚才的推理，是以头发沾上了血为前提的。如果这是假的，关于头发的推理也必须是假的，然而头发的推理不可能是假的，所以……"

"不愧是悬疑作家啊。"

"我……我可不是作家……"

好像不管说什么都落得被他嘲笑的下场。

"不过，或许我搞懂了里染同学当时行为古怪的原因。"

"啊？他行为古怪？他对你做什么了？你没事吧？"

"天马一直就很古怪嘛。"

"你别说话！"

见里染瞪眼，柚乃和香织转过头来继续与松糕作伴。有纱慌忙说：

"我说他行为古怪，并没有什么古怪的意思，不对，说他古怪也确实是古怪，不过……在图书馆和久我山说话的时候，里染同学想要捡掉在地上的书，却僵住不动，是不是当时就留意到了指纹、捡东西之类的情况了？"

"答得好！我在刚刚做完实验的时候，就猜到凶手想要擦拭的并不是液体。我花了一些时间来思考凶手擦的是什么，不过当

---

① 《笑点》节目中，作为奖励会送座垫。

我实际用手触摸地面时发现了端倪。推导出眼镜就很简单了，因为有你和久我山近在眼前嘛。"

有纱红了脸，碰碰自己的眼镜架。

"不过，灵光一闪之后，我反而觉得问题很严重。所以我对刑警先生说自己还'稀里糊涂'。"

"这当然很严重，如果刚才列出的条件是正确的，那么嫌疑人就翻了个个儿。"

里染话音未落，就吃光了整个蛋糕。

刑警们看着他，紧张感再次充斥病房。柚乃一口吃掉剩下的松糕，喝口茶咽下肚。

"我们回到排除法。"

里染看看写有文字的白板——原本的病房墙壁，说：

"图书馆五位管理员中，满足三项条件的人——长头发，有可能弄掉眼镜，视力低下的人是谁？那须先生一个条件都不符合，排除。梨木女士，如同刚才所说，是短发波波头，排除。寺村先生是长头发且戴眼镜，但是当他把头发扎起来的时候，和第一项条件有微妙的差异，而且他不可能弄掉眼镜，因为他的眼镜带有金属链，因此彻底排除。上桥小姐也戴眼镜，但是她的眼镜是用来装饰的平光镜，不符合'视力极其低下'的第三个条件，可以排除。这样一来剩下的就是……"

"久我山卓。"

警部挤出了这个名字。

"是的，久我山先生符合所有条件。及肩长发，戴眼镜，从他的镜片厚度和上桥小姐的证词来看，他明显视力低下。但是，如果他是凶手，不可能在现场留下那样的死亡信息。"

既然脸贴近了地面，凶手就一定会注意到死亡信息。如果久我山是凶手，面对指向自己姓名的信息——他不可能置之不理。

柚乃体会到了里染第三天说自己"又绕回来了"，是一种什么样的心情。搜查第一天认为没有意义而否定的线索，回旋镖似的朝自己袭来。地面上的"く"，封面上把人物圈起来的"○"。两个鲜血写成的留言。

里染第三次从椅子上站起身，搓着两手说：

"好，思考案件核心——死亡信息的时刻再次到来。"

"假设久我山先生是凶手，那他为什么会对死亡信息置之不理呢？会不会，他不知道久我山莱特这个角色名？或者是记错了？但是，我听说他和恭助谈论过《遥控刑警》。他应该读过这本书，也不可能把和自己同姓的角色名搞错。那么是不是他忙乱之中来不及把字擦掉？前一刻刚刚行凶的人，慌慌张张，还把血沾在了头发上，基于这种情况，在一定程度上是有可能的。"

"和我说的一样吧？"

梅头得意地看看哥哥，似乎之前跟他说过同样的话。

"不过这还是算不上确凿……"

"对，算不上确凿，"里染说，"死亡信息是出于什么样的意图写的，又具有什么样的意义？现场留下的是恭助写的信息，还是凶手加工过的？线索并不确凿，因此，尽管可以建立无数推论，却没有任何证据来加以印证。不管久我山先生是不是凶手，我们都必须找到一个绝对牢靠的事实来证实唯一的一种可能性。"

里染在写着"条件"的墙壁前缓缓走过，背靠在窗边的架子上。右腿上绑着石膏的仙堂，探出上半身问道：

"你找到什么事实了吗?"

"我烦恼了五六个小时终于找到了。不，这也应该称为'留意到了'。因为我只是一直没注意到谁都看得一清二楚的事实而已。"

里染再一次拿起《遥控刑警》，脸上的表情比刚才更为严肃，就像要开始某种仪式。他向警部转过身，说道:

"刑警先生，我向你确认两件事。恭助被击打了两次。第一次是右眼皮受伤，尽管没有鲜血四溅，伤口也是很深的，尸体右眼皮肿得完全遮住了眼睛。这一点没错吧?"

"嗯。"

"还有一件事。恭助伏在地上，头部左侧着地——更为准确地说，是受到致命一击的左侧太阳穴贴着地面，以这样一种状态倒地。从倒地到断气，他活动过的只有右手，其他部位没有移动的痕迹。这也没错吧?"

"嗯。尸检报告里是这么写的。"

确认完毕，里染把软壳书《遥控刑警》轻轻放在病房的地面上。就像落在现场地面时那样，封面朝上。

"袴田妹子，你再来当回小白鼠行吗?"

"啊? 这次又要干什么?"

"你用和尸体相同的姿势，在书旁边趴倒。"

"你为什么总是对我一个人呼来唤去……"

虽然这么说，可她又不好意思让香织和有纱来做。

柚乃勉勉强强地站起身，担心自己最终不只是胳膊，连脸和身体也不得不贴在地上。不过地面打扫得很干净，倒也并不嫌弃。

她走到书旁边，回忆着城峰恭助尸体的姿态，趴在了地上。左侧脸颊贴在地上冷冰冰的。《遥控刑警》就在距离自己鼻尖三十厘米左右的地方，被"○"圈起来的久我山莱特和他的搭档，看上去就像是对着病房无聊的天花板在摆动作。

"这样可以吗？"

"远远没有达到再现当时场景的水平嘛。尸体的右眼受了伤，你也把右眼闭上。"

"好，好。"

这家伙，生活态度那么粗糙，要求倒还很多。柚乃趴在那儿闭上了眼睛。

"咦？"

下一秒，她发出了疑惑的声音。

柚乃不由得抬起右手，食指在书上来回摸索。然而，她能做的也就只有这一个动作了。她的手指无法触碰到久我山莱特，再用红色的鲜血画出一个"○"来。

"袴田妹子，"里染声音很冷静，"你在这样的状态下，能够在书的封面上写下信息吗？"

"写不了。"

"为什么？"

"因为封面……书的封面，我根本看不见。"

只剩下左眼的视野里，只有病房白色的床和书的侧面。二维空间的平面改变了角度，变成了一条线，封面融化在了书的轮廓中，完全看不见。都怪这本书厚达三百多页。

"谢谢你的配合，你可以起来了。"

柚乃睁开眼睛坐起来，又一次看见了《遥控刑警》的封面。

她怀着敬畏的心情盯着画在上面的"○"符号。刑警和香织他们也是同样的表情。

嗯，就是这么一回事——里染轻松地说。

"如果不相信，你们可以随便拿一本厚三百页的书亲自试试。头部左侧贴地倒下的人，单凭左眼是无法看清地上的书的封面的。如果面部相当宽，或许能够勉强看见，但是恭助面部轮廓平平常常。进一步说，恭助应该并不知道自己眼前的书是《遥控刑警》。因为，他不仅看不见封面，而且印有书名的书脊也冲着相反方向。这么一来，准确地画个圆，把封面上登场人物的脸圈起来，他是不可能做到的。"

"那么封面上的信息……"

"当然不是恭助写的了。是其他人把已经死去的恭助的手指当成画笔，利用他的血伪造的。这个人是谁呢？根据刚才我解释过的血液干燥的时限问题，能够做到这一点的只有凶手。因此，封面上的死亡信息是凶手伪造的。这一点得到了绝对确凿的证明。"

他摘掉签字笔的笔帽，对着病房的墙壁。笔尖摩擦墙壁，响起了好听的声音。

第四个条件：可以通过伪装信息得到好处的人。

尽管第四个条件已经列出，柚乃等人的视线却依然没有离开躺在地上的那本书。

重叠在一起的书页的厚度。发梢蹭到书的血迹。

仿佛正是这本书惩罚了凶手。因为凶手用鲜血玷污了图书馆这个静谧的地方，所以这本书集合了它所蓄积的文字与纸张，严惩了凶手。一种奇妙的神圣感，充满了柚乃他们的内心。

"你注意到这一点，真是太重要了。"

白户心悦诚服，连连摆头。

"嗯。不过……我是因为一件小事，才注意到趴在地上之后，看到的东西会有变化。"

里染扫了一眼柚乃的脚边，搪塞道。

原来是那个时候啊……原来是我连续两次走光的时候啊……柚乃无力地伏在桌上。香织见状担心地问："你怎么了？"还是不解释的好。

"咦？"柚乃抬起头来："可是，死亡信息里绝对有一条是真的吧？也就是说'＜'是真的，'○'是伪造的？"

"没错。因为，如果是在地面上，受害人还是可以写字的。刑警先生，最后看来，你第二天的观点是对的。"

发现地上留下的"＜"而备感不妙的凶手，为了把嫌疑转移到其他人身上，用"○"把久我山莱特圈了起来——要说起来，仙堂第二天似乎提出过这种观点。仙堂本人好像也感到意外，喉头低吟两声。

"那么，我们根据第四个条件继续排除。久我山先生在书上添加让人怀疑自己的信息，有好处吗？当然是完全没有。虽然存在一种可能性，就是他事先猜到我们会这么想，所以故意添加了，但是，在警方步步紧逼的情况下，他也仍然没有主动指出伪造信息的问题。因此，他百分之百不是凶手。"

里染得出的新结论，在病房里静静地荡起涟漪，层层扩散。

管理员当中，桑岛法男和那须正人不是凶手。梨木利穗和寺村辉树、上桥光也不是凶手。然后久我山卓也不可能是凶手。

剩下的嫌疑人为零。

思考终于追上了昨天的里染。

"我钻进了死胡同。既然没有凶手候选人，'凶手是掌握夜间密码的管理员'这一前提就错了。因此，我针对该前提再次进行了根本性的思考。"

他背靠蓝色天空，在窗户边走来走去。

"掌握夜间密码的人。这一点没错。因为是单独闯入图书馆，所以凶手一定是知道密码的。除管理员之外有机会知道密码的人，是图书馆的其他职员吗？但是，管理员之外的其他人全都具备不在场证明。"

管理员们不是凶手，其他职员也不可能行凶。这么一来——

"凶手不是图书馆内部的人……"

梅头说。解说正在一步步接近答案。

"对。但是，如果凶手不是内部的人，那就出现了两个可疑之处。第一，启用夜间密码仅仅才不到一个月。这么短的时间密码就外泄，可能吗？第二，假如是外面的人知道密码，这个人为什么会在当晚出现于图书馆呢？平常不出入图书馆的人，竟然出现在夜间的图书馆，还与桑岛法男不期而遇，这也太巧了。可是，如果要说凶手事先知道恭助和桑岛法男在馆里，也无法解释。因为他们二人都是单独行动。"

举出一连串的疑问，里染停下了片刻，给柚乃等人一点思考的时间。

的确，如果不是内部人员行凶，情况就越来越让人搞不明白了。既不知道为什么凶手会在场，也不知道凶手一开始是怎么得到密码的。图书馆的密码泄露给工作人员之外的人，在现实中本来就不太可能。

如果要说有——

"实际上，不是图书馆内部人员，且掌握夜间密码的人，我们只知道一个——城峰恭助。"

里染站在窗边，继续往下说。哥哥扫兴地噘噘嘴：

"我觉得这一点大家都知道。"

"是吗？"

"对呀，他不就是从久我山嘴里问来的吗？"

"那我问哥哥一个问题。久我山卓是怎么把密码告诉恭助的？"

"啊？嗯……"哥哥又开始翻笔记，"他在恭助借书的时候，用红笔写在借阅条的背面给他的。写的是：按'输入'，251026。"

"对，那是个六位数的密码。他不是口头说的，而是采用了更为稳妥的便条形式。但是，哥哥，这张借阅条究竟上哪儿去了？"

——啊。

柚乃等人围坐的桌子，病床上及其左右发出了不成为声音的声音。

美工刀呀、书呀、死亡信息等其他各种各样的线索眨眼间忽然从柚乃脑中消失了。代替它们支配大脑的，是一直以来看漏的一张纸片。

图书馆的借阅单。

在它的背面，用红笔写着信息。

"它没有夹在从恭助家里没收的图书馆书籍里，也不在他自己的房间和垃圾箱里。那么他当然是把借阅条带到图书馆去了。

他一边看笔记，一边输入密码，进入了图书馆。

"关于这一点还算有证据。就是他左手的食指和中指上有墨迹。恭助在洗完澡之后第二次外出，说明污渍是在这之后蹭上的。风之丘图书馆的借阅条用的不是热敏纸，而是再生纸，字是用黑色墨水打印的。走到图书馆的恭助，如果用汗涔涔的手捏着借阅条看背面，应该正好就使食指和中指接触到了字，沾上了这样的墨迹……但是，现场却没有借阅条的踪迹！"

的确没有。在现场勘验中，第二天哥哥们的报告中，都根本没有提起借阅条。如果发现了背面写有密码的借阅条，一定会成为重要证据。

"这么一来，借阅条应该和手电筒一样，都被凶手带走了。为什么带走呢？借阅条一旦被发现，陷入窘境的人只有久我山一个。除他以外，并非图书馆内部人员的人带走借阅条的原因会是？"

里染慢慢离开窗边，来到写有"条件"的墙壁前。

"关于这一原因，我提出了一个假设。这个假设单独看来是难以印证的。但是，刚才我们绕了一个大圈子证明了'凶手不是图书馆相关人员'，基于这一事实，以及由此派生出来的非内部人员行凶的疑问，它便具有了很强的说服力。能纳入所有逻辑本应纳入之处的答案，除此之外再无其他。"

他摘下签字笔的笔帽。

"也就是说——从恭助得到借阅条，直至其潜入图书馆期间，凶手有可能偷看了记录。因此，凶手掌握了夜间密码的数字，同时也得知恭助试图潜入图书馆。然后，杀人之后，为了不让警方发现附着有自己指纹的借阅条，凶手把它拿走了。"

第五个条件：有机会接触借阅条的人。

就像里染最初宣布的那样，五个条件集齐了。

他紧跟着大声说："看，我们已进入佳境。"

"从久我山手里得到借阅条之后，恭助只接触过两个人。一个是同学明石康平，还有一个是母亲城峰美世子。明石康平是短发，且不戴眼镜，不符合凶手的条件。那么剩下的那个人如何呢？令人吃惊的是，她满足作为凶手的一切条件。"

笔尖在五个条件上敲击。所有人早已忘记这是病房的墙壁。

第一个条件：长发及肩的人。

第二个条件：戴眼镜，且有可能把它弄掉的人。

第三个条件：视力极其低下的人。

第四个条件：可以通过伪装信息得到好处的人。

第五个条件：有机会接触借阅条的人。

"她留着及肩长发，戴着镜片厚厚的眼镜。从刑警手里接过照片的时候，她下意识地推推眼镜，说明她是个视力很差的人。她常常出入图书馆，知道久我山的姓名，也读过《遥控刑警》。她一个人在家，所以案发当晚没有不在场证明。她有极强的动机，会跟着形迹可疑的儿子前往图书馆，也会从背后击打调查儿子信息的可疑男子。而且，她是这世上唯一一个，既满足这些条件，同时又有机会接触借阅条的人。"

里染把签字笔放回衣兜，说道：

"根据上述事实，我发现，城峰美世子就是杀害城峰恭助的凶手。"

漫长的解说拉下了帷幕。

他摇摇晃晃地走回椅子边，喝光了玻璃杯里剩下的第二杯绿茶。香织忘记该给他倒上第三杯，还和柚乃一起目瞪口呆。有纱凝视着写在墙上的条件，刑警们就像被石膏包裹了全身似的一动不动，只有哥哥在笔记本上沙沙地写字。

"我能问一个问题吗？"

哥哥停下手，抬起头来：

"按照你的推理，地上的'く'是受害人自己写的……可城峰美世子和'く'没有任何关系嘛。这个信息是什么意思呢？"

"哥哥，对于城峰恭助来说，城峰美世子是什么人？"

"哦……是母亲。"

"是的。也就是说，这个'く'并不是平假名'く'。"

里染在空中挥笔似的动动手指：

"恭助想要写'母'字，然而他在写第一笔的时候就耗尽了所有力气。"

6　无与伦比的神圣瞬间

"恭助周一下午四点多从图书馆回家，除了七点钟外出那次，一直在家里。美世子看到记录，就是在这期间。"

里染一边吃盒子里剩下的松糕，一边闲聊似的说。

"或许她是对恭助借了什么书感到好奇，所以看了一眼借阅条，却偶然注意到了背面的记录。说不定她询问了恭助，这个记录是什么。至于她儿子当时是怎么回答的我就不知道了，但她也就是在这时候记住了记录的内容。"

"这可是六位数哦，能轻而易举就记住吗？"

"就这串数字来说是很容易的。就是九九表二这一行嘛。"

"二这一行？"

"二五一十，二六一十二。251026。管理员们应该也是这么记住的。"

这回答似乎正中白户下怀，让他笑容满面，他催促里染道："你接着说。"

"恭助晚上九点二十分左右，谎称'买杂志'，离开了家。因为此前他已经形迹可疑地出了一次门，所以美世子大概是开始担心了。她思考着恭助会是去了哪儿，不到十分钟，就留意到了一件事，夹在书里的借阅条不见了。"

恭助把它带到外面去了？可这是为什么呢？难道和背面的记录有什么关系？

"按'输入'，251026——哪怕直觉并不敏锐的人，看到'按'这个字也能明白这是开锁密码。既然写在图书馆借阅条的背面，就很有可能是图书馆的密码，这一点不言自明。而且，他身着便装，穿着凉鞋就出了门，这不是去远地方的打扮，人应该就在附近，图书馆也在附近……基于这些情况，她认为儿子去了闭馆之后的图书馆。当然，我这番推理并不是很严谨，不过这些证据已经足以让她这位过度保护孩子的母亲行动起来了。于是，她前往夜里的图书馆确认情况。或许因为她冲出门时很慌张，所以把手机忘在了家。"

从家到图书馆走路大概五分钟。就算她比恭助晚出发二十分钟，九点四十五分左右应该也能到达图书馆了。

"便门的密码键盘盖子开着，她半信半疑地输入了借阅条上记录的密码，门居然真的开了！她拧动把手进了门，装有弹簧的门自动关闭了，因此她并不需要触碰内侧的门把手。她看到，办公室里漆黑一片，微弱的光线从右侧打开的门内照射而来。她借着这缕光线来到走廊，发现光源是电脑显示屏。一名可疑的男人坐在柜台里，在黑暗中操作电脑。"

"是桑岛法男吧？"

仙堂说。

"他的另一个名字是'悲剧的主人公'。这个男人是谁？恭助在哪儿？她拿起推车上的《人之临终画卷》，战战兢兢地靠近男人身后。就在这一瞬间，不幸的偶然发生了。电脑屏幕上显示出了儿子的读者信息，男人叫道：'就是这家伙'。很明显，他查阅信息是别有所图。她为了保护儿子，不顾一切地从背后给了这男人意外的一击。"

桑岛法男被击倒在地，不再动弹。这确实是不幸的偶然。

然而，最不幸的事发生在这之后。

"她刚刚松一口气，紧跟着又受到了更大的冲击——自己的儿子出现在正面的楼梯上。恭助应该也很惊讶。顺便说一句，我认为他就是在这一刻把美工刀塞进裤兜的。有人袭击了桑岛法男，究竟是谁？他拿出防身用的美工刀下楼来，却发现这人是自己的母亲，他很沮丧，把美工刀藏进了屁股后面的裤兜里。这么想的话，应该没有什么不自然的地方。

"我不知道还发生了其他什么事，不过美世子应该询问了他在这里的原因。恭助出于无奈，把一切都告诉了母亲。来到二楼或许就是为了指给她看《钥匙之国的星球》摆在哪里。美世子了解了事情的来龙去脉，而母子之间当然还残留着一个重大问题，那就是一楼的桑岛。"

里染停顿片刻，关照地看看有纱。她面色苍白，但是双眸坚定地望着少年，就像在请求他继续说下去。

"两个人见桑岛头上鲜血直流，一动不动，或许都以为他已经死了。我想，恭助一定劝说了母亲去自首。美世子不愿意，甚至有可能要求恭助帮她隐瞒。两个人的争执立刻白热化，很快，她就被恶魔控制了。"

柚乃想象着这样一番景象，咽下一口唾沫。

为了让没带照明工具的母亲看清楚，恭助拿着的手电筒，或许自下而上地照射着自己和母亲的脸。当母亲对他产生杀意的时候，在他眼中会是怎样的形象啊？从下方投射而来的昏暗光线中，母亲的脸究竟又是什么样的呢？

"她举起还在手中的《人之临终画卷》向恭助打去。第一次击中了右眼皮。尽管不是致命伤，可也足以让他站立不稳。紧跟着又是第二下。恭助摔倒在地，也带落了旁边的书。美世子则因为击打而掉落了眼镜。她在脚边摸索着寻找片刻，但因一片漆黑没有找到。需要光源的她靠近滚落在恭助手边的手电筒，却受到了另一个打击。"

手电筒灯光照射的地面上，是鲜血写就的死亡信息。

"她把眼镜的事忘在脑后，为了看清楚而把脸贴近地面，发现恭助似乎要写'母'字，但已耗尽了所有力气。这时候，她垂在前额的头发沾上了血。她先捡起手电筒，找到了掉在地上的眼镜。接下来必须处理头发上的血。运气很好，她看见了裤兜里露出的美工刀。她为了不留下指纹，把美工刀卷在手巾里，拿着刀去了有镜子的二楼卫生间。虽然卫生间的镜子有裂缝，但是评估诸种风险之后，她选择了不去别处，而是留在原地把头发割断。"

里染接二连三地描述了凶手的行动。

她把手电筒衔在嘴里，或是立在洗手池台面上，揭下了贴纸。拧出美工刀的刀刃，割断了沾上血的那部分头发。这时候美工刀落在了地上，碎片飞溅，但她没有发现，把纸重新贴了回去。她用手在地上摸索的时候，割断浸染上鲜血的头发时，手指和手掌上应该多多少少沾上了血，可能她也顺便用自来水清洗干净了。然后，她回到现场，把美工刀重新插回裤兜里——

"接下来，她应该为了如何处理死亡信息而十分烦恼吧。看上去，似乎名字里带有'く'的人遭到怀疑的话，自己就有可能躲得过去。可是，如果有人意识到这是'写了一半的文字'，而发现了真相呢？正在踌躇之时，她看见了《遥控刑警》的封面。久我山莱特。管理员中有一位应该就姓久我山。于是她抓住恭助的手指，伪造了信息，试图把罪行推到久我山身上。这幅画面实在不愿想起。"

里染冲着脸色由白变青的有纱同情地说。柚乃试图回忆起内科在哪一层，以防她突然晕倒。

"接着，她拿走了恭助书包里的《钥匙之国的星球》和手巾。然后又寻找附着有自己指纹的借阅条。说是找，实际上把手伸进衣兜里就取到了。其他地方的指纹也必须擦掉啊。作为凶器的书、用手摸过的地面、便门外侧的门把手和键盘表面——她一面用手巾擦拭自己用手指触摸过的地方，一面拿着手电筒和借阅条、《钥匙之国的星球》离开了图书馆。借阅条和沾血的头发怎么都好办，但是手电筒和书如何处理，她就不知道了。哥哥，你听到什么消息了吗？"

"在地板下面的储物空间深处找到了。看来她是打算找机会再做处理。"

"没想到她会采取这种常见的方式啊……那么她到家的时间应该是十点半左右吧。之后，她死马当成活马医，又进行了一项伪装。"

"哦……"

有纱打开自己的手机。

"是。她打了恭助的手机，还给城峰有纱同学发了邮件，询问恭助是不是在她家，表示自己在家等儿子回来，算是制造了一个小小的不在场证明。这就是图书馆命案中凶手的所有行动。"

听到了他的结尾词，所有人都眨巴眨巴眼睛，像是从案发现场回到了病房里似的。

里染吃完松糕，伸手去取绿茶瓶子。但是，就在他打算往玻璃杯里倒上第三杯的时候，改变了主意，把它放在桌上，说：

"红茶更合适嘛。袴田妹子，那边有自动售货机吗？"

"电梯旁边有一台。"

"哪儿？"

"电梯旁边，就是我们上来的那一部。"

"不知道，主席，你带我去吧。"

"啊？哦，好。"

里染不知为何领着有纱走出了病房……那地方刚刚才路过，这就忘了？回来之后是不是应该让他做个精密检查呀？不，或许他是打算把心里难受的主席带到外面去。

一合上门，演员离去的舞台就恢复了寂静。还沉浸在余韵之中的观众，仍然坐在原处。

"他是忘记说了，还是打算蒙混过关？"

仙堂望着门口说。

"什么事？"香织问道。

"刚才的讲解嘛。城峰美世子是凶手也好，行凶的过程也好，我都认可，但是还有一个谜团没有解开——为什么她要把《钥匙之国的星球》带走？"

"对呀……"

他几乎没有谈及这一点。里染明明把拿走这本书的理由称为"案子的关键"呀。

"有可能，她想隐瞒儿子做的错事。"

合上笔记本的哥哥表达了自己的意见。

"你们看，了解情况的时候，她也反反复复地说恭助是个'好儿子'。尽管伪造图书馆藏书只是接近恶作剧的轻微违法行为，可对于她来说，儿子染指'坏事'是难以原谅的。或许她是为了守护'好儿子'这一幻想才把'坏事'的证据拿走的。"

"的确……既然母亲是凶手，这样的动机也是有可能的。"

这一假设就像黏液一般侵入大脑，让茶和点心的余味都猛然间变得糟糕起来。

支撑着自己的好儿子。表里如一的好儿子。恭助不会跟犯罪扯上关系。不能扯上关系。

必须让他和犯罪扯不上关系。

"扭曲的爱啊。"

梅头吐出这几个字。哥哥也赞同地点点头：

"进一步说，还有这种可能性。她杀死儿子的动机，不仅仅是灭口。还因为无法原谅背着自己伪造藏书，而且非法闯入图书馆的儿子……"

梅头睁开杏眼，和身旁的白户对视一眼。

"哥哥，这个嘛……"

柚乃想说他考虑得太多了，但是又无法明明白白地否定。仙堂问：

"美世子本人的供词如何？"

"昨天讯问的时候，我偶然听见了刚才这些内容。她本人沉痛地说自己'记不清了'。不过，我弄不清她是真的忘记了，还是打算说谎说到底……"

柚乃眺望着窗边摇曳的窗帘，还有窗外一望无际的天空。

她想起了里染第一天说的话。死者究竟想要传达什么信息？凶手又在想些什么？最终无论建立多少推论，都无法搞清别人心里的想法。唯一确凿的，只有她杀害了亲生儿子这一事实。

吹进病房的风，就像图书馆里过于有效的空调一样，让人感到寒冷彻骨。

＊

在鸦雀无声的医院走廊里喝下的苹果汽水，似乎混杂着飘荡在空气中的消毒水气味，并不太美味。尽管如此，甘甜依然沁人心脾，有纱咕嘟咕嘟地吞下好几口。

"你觉得舒服些了吗？"

"嗯……谢谢你给我买饮料。我已经没问题了。"

"你真是不会说谎。"

里染苦笑着说。听上去他这话里除了嘲讽似乎还包含着其他意思，有纱抬起头。眼前的少年又改变主意品起了哈密瓜汽水，明明是说要买红茶的。

在自动售货机旁边，隔着走廊摆放着两张长椅，两个人面对面坐在上面。

这和在图书馆柜台里并排时不同，也和图书馆里在他身后追赶时不同，现在能够一清二楚地看见里染的模样。瘦削的身材。松松垮垮的领带。长长的刘海。还有，暗夜般的双眼。

"美世子为什么要把我的书带走呢？"

听她问起自己在病房里没有谈及的情况，里染耸耸肩说：

"我也不知道。或许是想隐瞒儿子做的坏事吧。这可真是扭曲的爱呀。"

尽管他说自己不知道，可是回答却明明是事先准备的。

"看来里染同学也不会说谎。"

"是你太敏锐了吧？那么我也问你一个问题。"

"你是怎么知道谁是凶手的？"

沁入心脾的甘甜消失了。

"你不是像我刚才讲的那么想的吧？你并没有掌握搜查人员的全部信息。你拥有的材料应该还不足以断定美世子就是凶手。如果真是这样，那你为什么知道凶手就是她？"

"为什么？……就是隐约觉得吧，直觉。"

"直觉？"

"我猜想或许是这样，就去确认了。结果还真被我猜中了。"

"这一点都不像悬疑作家的回答。"

"早说了嘛，我又不是作家……"

一旁的电梯传来了到达声，打断了他们的对话。一名护士走出电梯，向走廊方向走去，并没有留意他们。只有自动售货机和观叶植物的盆景围绕着有纱二人，让她感觉仿佛她们俩是单独置身于密室之中交谈一样。

两人轮番喝着饮料，似乎都在躲避，不愿意自己先开口。最后罐子先见底的是有纱。

"《钥匙之国的星球》还会回到我手里吗？"

"又不会被扔掉。事情告一段落之后应该会交还给你吧。到时候你要让我读一读哦。我听说桑岛赞不绝口，所以越来越感兴趣了。"

"你抱这么高的期待，我可没信心。"

"一定是惊天动地的诡计吧？"

"可是里染同学肯定立刻就能猜出谁是凶手。"

"这可不一定。"

"是吗……"

有纱并不这么认为。

"说不定里染同学不读都能猜得出来。"

听她这么轻声说道，里染停下了倾斜饮料罐的手，笑出声来：

"你让我猜出连封面都没见过的推理小说凶手是谁？"

"我觉得里染同学做得到。"

"连点头绪都没有！"

"这也是撒谎。"

一定有头绪。他只是在刑警面前没有开口而已。

里染凝视着有纱，有纱也凝视着里染。笑容立刻从里染脸上消失，又恢复了平常的面无表情。

有纱知道对方在犹豫，不知道该不该把毫无根据的答案说出口，不知道该不该遵循非理性的直觉。他用大拇指摩挲着罐子边缘，就像被逼得走投无路的棋手决意认输似的说：

"凶手是被害人的母亲。"

全身的肌肤都起了一层鸡皮疙瘩。

战栗从指尖向上蔓延，有纱双肩用力，想要抑制住它。眼泪都要流出来了，可嘴边却不知为何泛起微笑：

"里染同学果然是名侦探。"

他看穿了一切。在得知案子的时候，有纱就隐隐感到不安。她无数次告诉自己这不可能，然而最终仍然无法掩饰。

凶手把《钥匙之国的星球》带走的真正原因。

"你能猜中她的名字吗？"

有纱用沙哑的嗓音继续挑战：

"全名我可猜不到。不过，如果只是第一个字的话……"

这句话已经给出了答案。他是什么时候发现的呢？是昨天自己离开图书馆的时候，还是告诉他小说情节的时候？或是更早之前。

有纱祈祷般地闭上双眼。在笼罩整个视野的黑暗中，朦朦胧胧地浮现出躺在血泊中的堂哥。

他的生命即将终结，任凭自己意识逐渐模糊。就在这一瞬间，无与伦比的直觉穿透了他的身体。他用尽浑身力气，伸出手指，蘸上血，接着……

里染用干燥沙哑的声音回答：

"凶手是名字里有'く'的人。"

期末考试结果公布

25日早晨，出入口公告牌上公布了上学期期末考试的综合排名。一大早就有很多学生聚集在公告牌前。按照我们之前的承诺，二年级的前三名可以获得附加奖品，这使得二年级学生格外兴奋。瞄准门票的学霸们和起哄看热闹的同学蜂拥而至，让出入口一时间喧闹无比，就像刚刚结束比赛的赛马场。

二年级优秀学生的排名请参考右栏。如同此前风评，第一名是风之丘的堕落之王里染同学。这次依然接近满分，令人称快。第二名是小峠同学，相比上一次的第七名提高不少。他帅气地表示："这回是百发百中。"第三名佐川同学以两分的微弱优势战胜第四名，引发师弟师妹一

风之丘时报

2012年9月26日
第224号

风之丘高中
报社发行

话剧团公演
《天使们的残暑问候》
10月10日 老体育馆
敬请期待！

片尖叫。

因此，水族馆门票将赠予里染同学、小峠同学和佐川同学。恭喜三位！请大家阅读第三面的年级主任堀口老师的总评及获胜者采访。嗯，怎么说好呢，我们给大家添乱了。

（副社长 仓町剑人）

二年级学生综合排位

名次	姓名	总分	班级和社团
1	里染天马	980	二1 无
2	小峠一太郎	911	二6 弓箭队
3	佐川奈绪	883	二4 女子乒乓球队
4	八桥千鹤	881	二3 无
5	仓町剑人	857	二2 报社
6	远山杏里	840	二5 合唱团
7	枯泽静贵	836	二7 哑剧社
8	城峰有纱	825	二2 图书委员

总评（二年级年级主任·堀口老师）

当我得知报社的行为，差点就晕过去了。这件事我姑且不提。

因为，这次整体的平均分略有提高，我认为大家也都非常努力。我希望下次考试大家还能保持这种状态。请第一名里染同学上课再稍微认真点。另外，八桥同学别再用荧光笔答题。冈引老师很生气。

对了，还有一件事——不许把附加奖品拿去换钱。禁止转售。我说完了，解散！

事后　公布结果

柚乃走在秋日的晴空下，读着香织给她的最新一期《风之丘时报》——

最终赢得门票争夺战的是里染。但是因为学校不允许转售，所以他的努力都打了水漂。昨天柚乃去社团活动室看了一眼，里染躺在散落着五十张门票的床上，活像个死人。柚乃用一根百奇饼干给他上了香，就离开了。

其他七个师哥师姐，柚乃认识四个。仓町的排名这次也很稳定。八桥千鹤叫嚣着打倒里染，结果却并不亮眼。据说，她考数学Ⅱ的时候竟然用荧光笔答题，使得总分大幅下降。城峰有纱排名也有下降，这恐怕是因为受到了案子的影响。尽管如此，她也考到了第八名，真是了不起。最令人高兴的，是佐川队长荣登第三名，柚乃现在已经开始盼望着队员们全体出动前往水族馆。

顺便说说柚乃自己的考试情况，不好不坏，不有趣不无聊，不喜不悲，总之结果和平时一样。看来早苗说得对："虽然每次这不好那不行地嘀嘀咕咕，可是分数还算说得过去嘛。"

柚乃从报纸上抬起头来，发现图书馆的屋顶近在眼前。

自动门的那一侧，冷气仍然开得过足，短袖罩衫下的胳膊感到一阵凉意。九月就快过去，秋天即将正式来临。读书之季在于秋——虽然并不是应了这句话，但是图书馆里读者很多，或许是因为案子的影响已经大幅消退。

童书角正在搞活动的书架上摆放着白杨社的《少年侦探》系列。调皮的小学生们正盯着设计诡异的封皮。文库书架前，站着看书的大叔。几名读者正在柜台前排队，上桥光正在办理借书手续。她好像已经摘下了装饰眼镜。

绯天学院初中部的校刊《黎明》，和上次一样，与乡土资料摆放在同一个书架上。她抽出 2010 年那一本，离开座无虚席的一楼，向二楼阅览室走去。

她一边爬楼梯，一边轻声哼唱。这首歌来自镜华给她的 CD。考完试之后，她战战兢兢地听了一下，却意外发现，每首歌都很有节奏感，于是就记住了。最近她反复在听的只有这张 CD 和《二十亿光年的孤独》这首合唱曲目。进入十月立刻就是合唱节，接着女子乒乓球队会利用秋假外出集训。高中生活也是意想不到的忙碌。

里染在此期间估计也会一直躺在活动室里。

阅览室稀稀落落坐着几个人，抬眼便是窗外天空中漂浮的卷积云。柚乃选了个靠边的位置坐下来，翻开了《黎明》。时隔十天左右再次来到图书馆，是为了查阅上次没能读成的 2010 年校刊——当时里染上初三。

结构和内容与 2009 年的几乎相同，包括致辞、活动报告、社团活动记录等。柚乃往下翻阅，时不时跳过一些内容。在刊登有大量照片和学生姓名的页面，她会停下来。发现一无所获，又继续往下。

十分钟之后，柚乃泄气了：

"没有啊……"

果然没有刊登和里染、香织相关的线索，也没有非公开开展的社团活动信息。他们真的在绯天读过书？

在这本校刊末尾，也有一个页面用来介绍"今年的黄昏奖"。随意一读，柚乃便吃了一惊。照片上又是忍切蝶子。和去年相同的，她身边依然是那位显得很老实的女孩子。看来她俩是连续两年获奖。

忍切比前一年个子高，让人觉得是在看她的成长记录。可是不知为何，她的女王式笑容却没有之前明显。另一名少女仍然蜷缩着肩膀，仿佛恨不得尽快从台上下来。制服袖子里露出来的左手腕上缠着黑色腕带，这令她显得更为朴素。

在柚乃模糊的记忆中，上一年照片中的她，并没有戴这种东西。看上去不是可摘取的腕带，她为什么要戴这个呢？颜色是和制服相似的黑色，就像故意把手腕遮起来似的——

哥哥的朋友自杀未遂。

就在这一瞬间，她至今未曾留意的疑问从心中钻了出来。

如果镜华说的这番话是真的，如果里染的朋友自杀未遂，这个人采取的是何种方式呢？

上吊？跳楼？服用安眠药加烧炭？对于初中生来说，无论哪一种方法都很费事，可一旦实施就不太可能以失败告终。如果是这样，这位朋友采取的方式应该更为简单吧——例如，割腕。

里染的朋友。听到朋友这两个字，柚乃就想当然地认为一定是男孩。可是说不定……

柚乃凑近校刊，再次仔细端详这位少女。

她并不是蜷缩着肩膀，而是原本就个子娇小。剑眉和冷淡的表情。难以捉摸的恍惚神情。黑色短发，略长的刘海偏分，遮住了一半左眼。

照片下方按照站位顺序写着学生的姓名和年级。三年级学生只有忍切和那位少女。柚乃找到了她的名字：

淡木雪海——

她忽然想起香织说过的一句话，她快要忘记的一句话。

就在期末考试的第二天，在夕阳余晖染红的前庭，停下脚步的香织轻声说出的那句话，柚乃听到的那句话，

里染已经不会再喜欢上谁了。

因为——

"他一直就有喜欢的人。"